目次

ごあいさつ

鶴見大学では古典文学研究の基礎である古典籍の蒐集に努めてきました。その主軸は歌書、物語、軍記です。物語の中では特に『源氏物語』とそれに関する資料に重点を置いており、平成十一年（一九九九）には三〇〇点以上を数えるに至りました。それらを体系的に整理して研究するために発足したのが源氏物語研究所です。収集した資料に即して実証的な調査研究を行い、その成果を定期的に開催される貴重書展や講演会、あるいは毎年刊行される「年報」によって、学内外に広く公開しています。

さて、『源氏物語』の長い研究史に大きな足跡を残した一人として、与謝野晶子（一八七八～一九四二）が挙げられます。『新訳源氏物語』は初の現代語訳として人気を博し、多くの版を重ねました。同時期には自らが「講義」と称する詳細な注釈にも取り組んでいました。その原稿は完成間近に関東大震災によって惜しくも焼失してしまいます。しかし、その成果は晩年の『新新訳源氏物語』、すなわち『新訳源氏物語』以上に原文に忠実な二度目の現代語訳へと受け継がれたと見られます。

鶴見大学図書館には晶子の歌集類や『源氏物語』などの現代語訳はもちろん、書簡や歌稿などの自筆資料も幅広く収蔵されています。その中には『源氏物語』全巻を要約した未発表原稿も含まれ、鶴見大学文学部編『梗概源氏物語』（武蔵野書院、一九九三年）として、影印と翻刻が池田利夫の解説付きで刊行されました。

近年、そのコレクションに晶子自筆の「源氏物語礼讃」二種を加えることができました。それぞれ老舗の古書肆である、地元鶴見の西田書店と京都の思文閣から納入されたものです。「源氏物語礼讃」は晶子が『源氏物語』五十四巻の内容を五十四首の短歌に詠んだもので、親しい知人などに揮毫して贈ったり、晩年に至るまで推敲を繰り返したり、あるいは『新新訳源氏物語』の各巻頭に自筆色紙の写真を掲載するなど、晶子にとって思い入れの深い作品でした。新収の二種を調査した結果、ともに学界未紹介の新出資料である可能性が高いことが分かりました。ここに影印と翻刻、解説を付して刊行します。研究や鑑賞に広く利用していただけましたら幸いです。

西田書店、思文閣、鶴見大学図書館の関係各位に厚く御礼申し上げます。

二〇二四年二月

鶴見大学源氏物語研究所所長　中川博夫

「源氏物語礼讃」歌帖《かじょう》
大正十二年（一九二三）六月

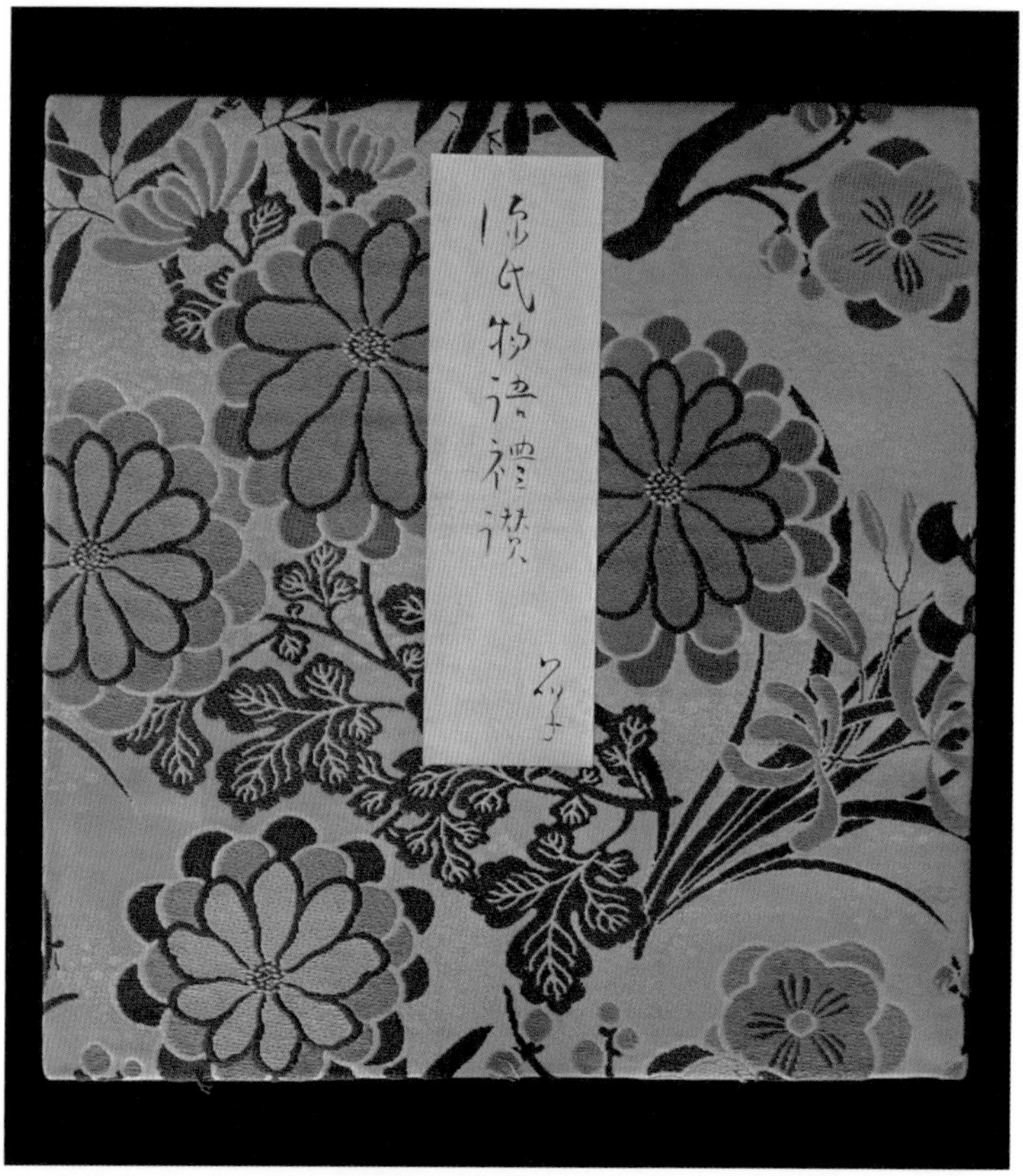

源氏物語礼讃　晶子
（表紙）

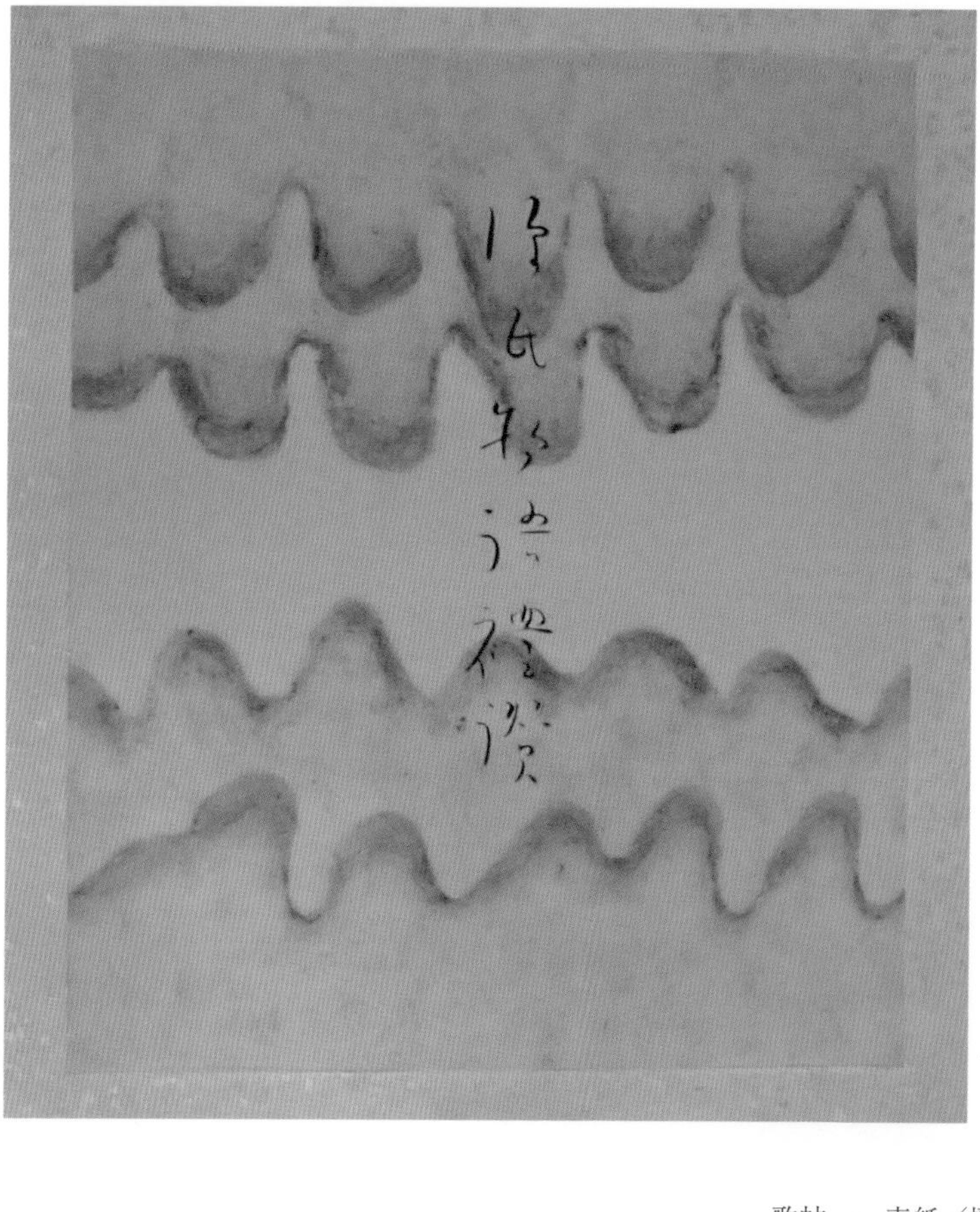

源氏物語礼讃
（標題）

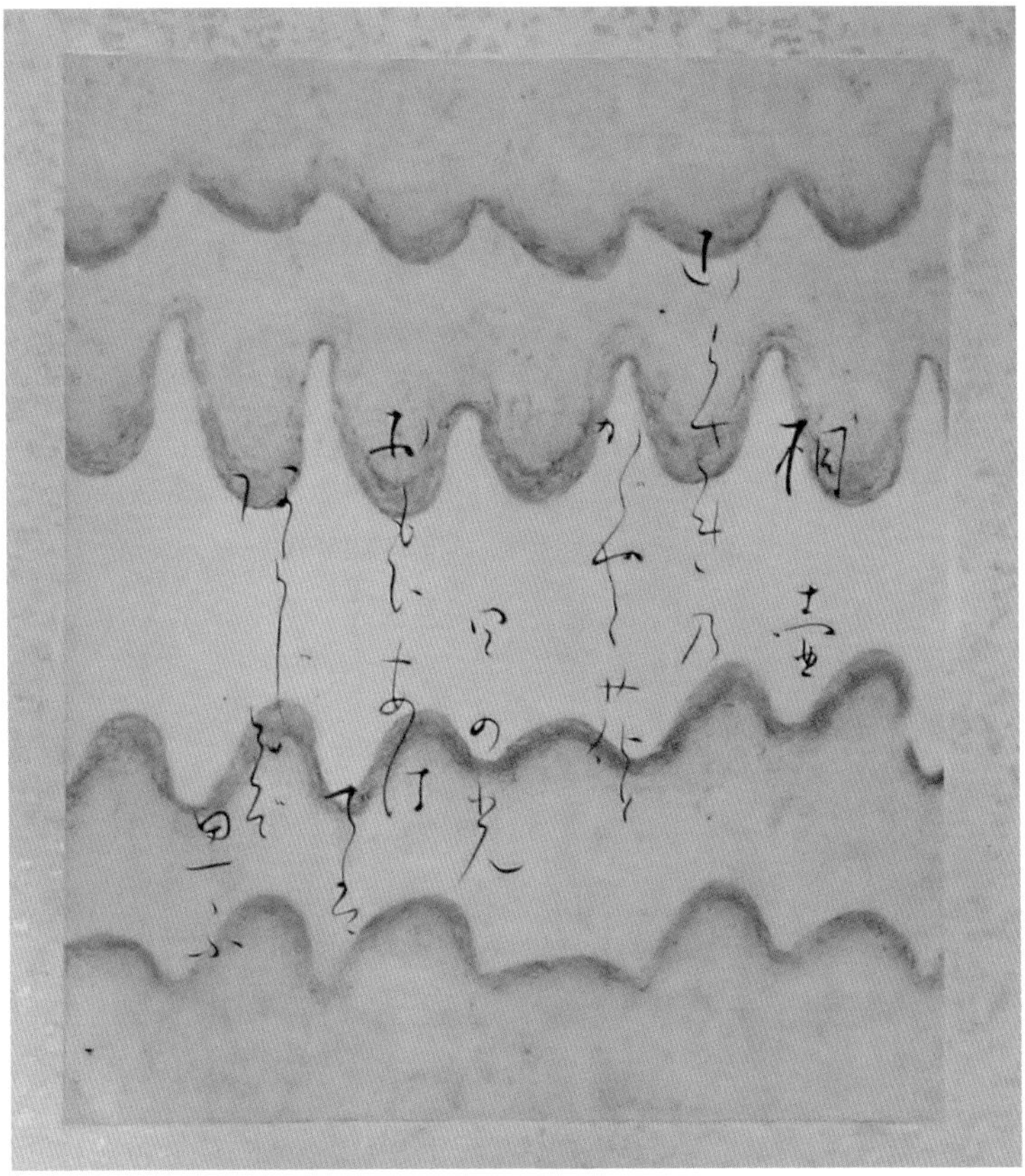

桐壺
むらさきのかゞやく花と日の光
おもひあはではあらじとぞ思ふ

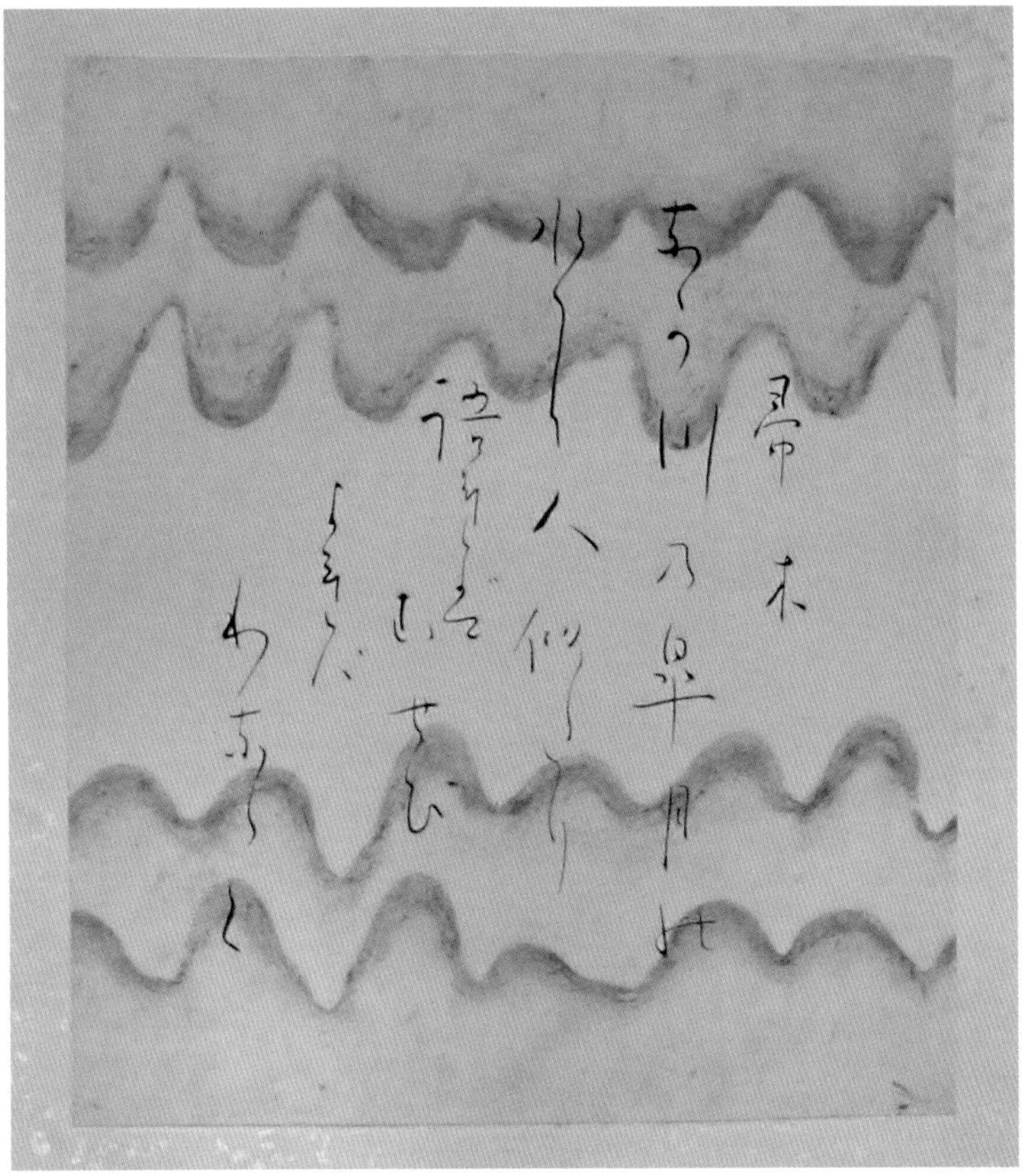

帚木
なか川の皐月の水に人似たり
語ればむせびよればわなゝく

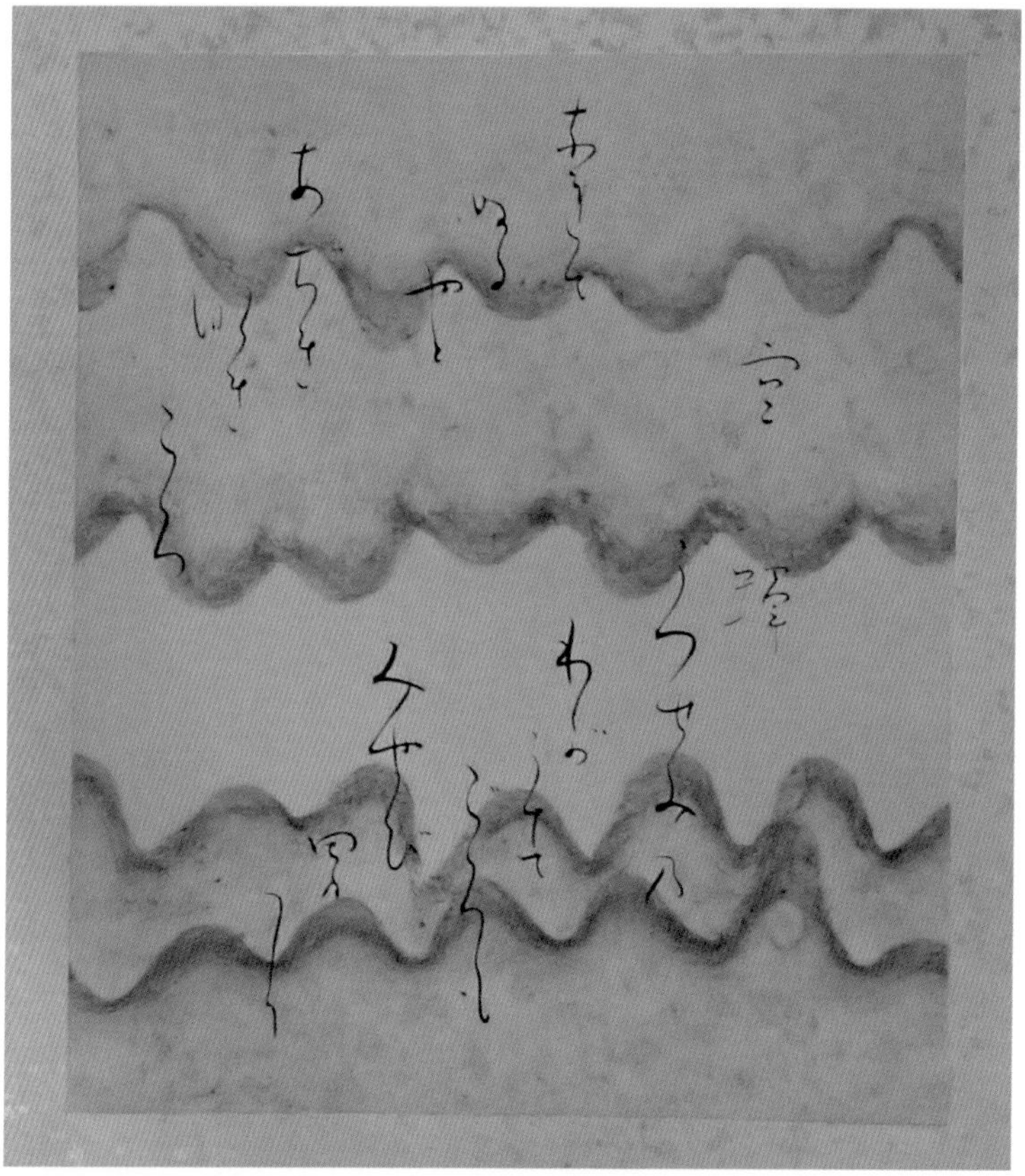

空蟬
うつせみのわがうすごろもみやび男に
なれてぬるやとあぢきなきころ

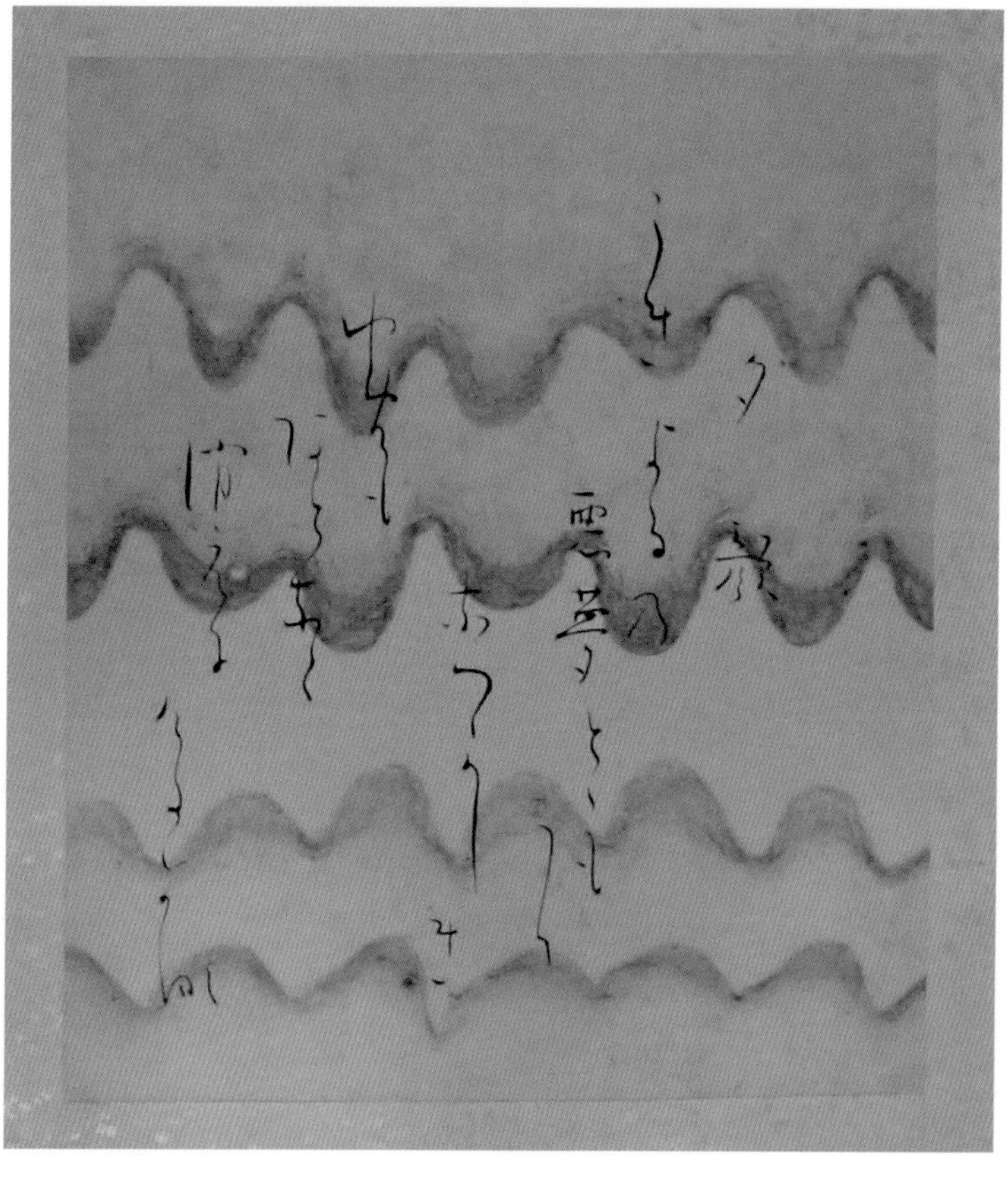

夕顔
うきよるの悪夢とゝもになつかしき
ゆめもあとなく消えにけるかな

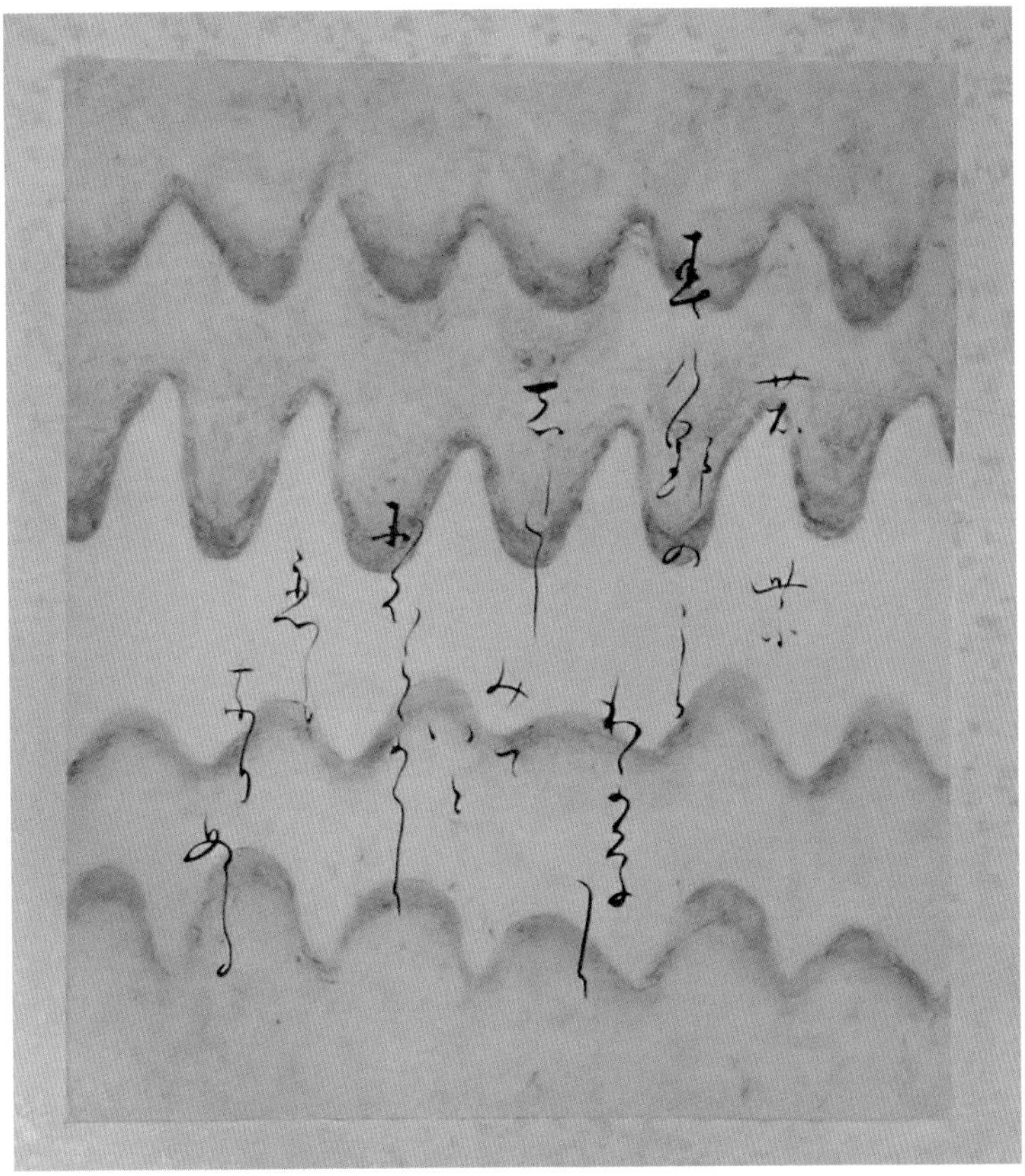

若紫

春の野のうらわか草にしたしみて
いとおほとかに恋もなりぬる

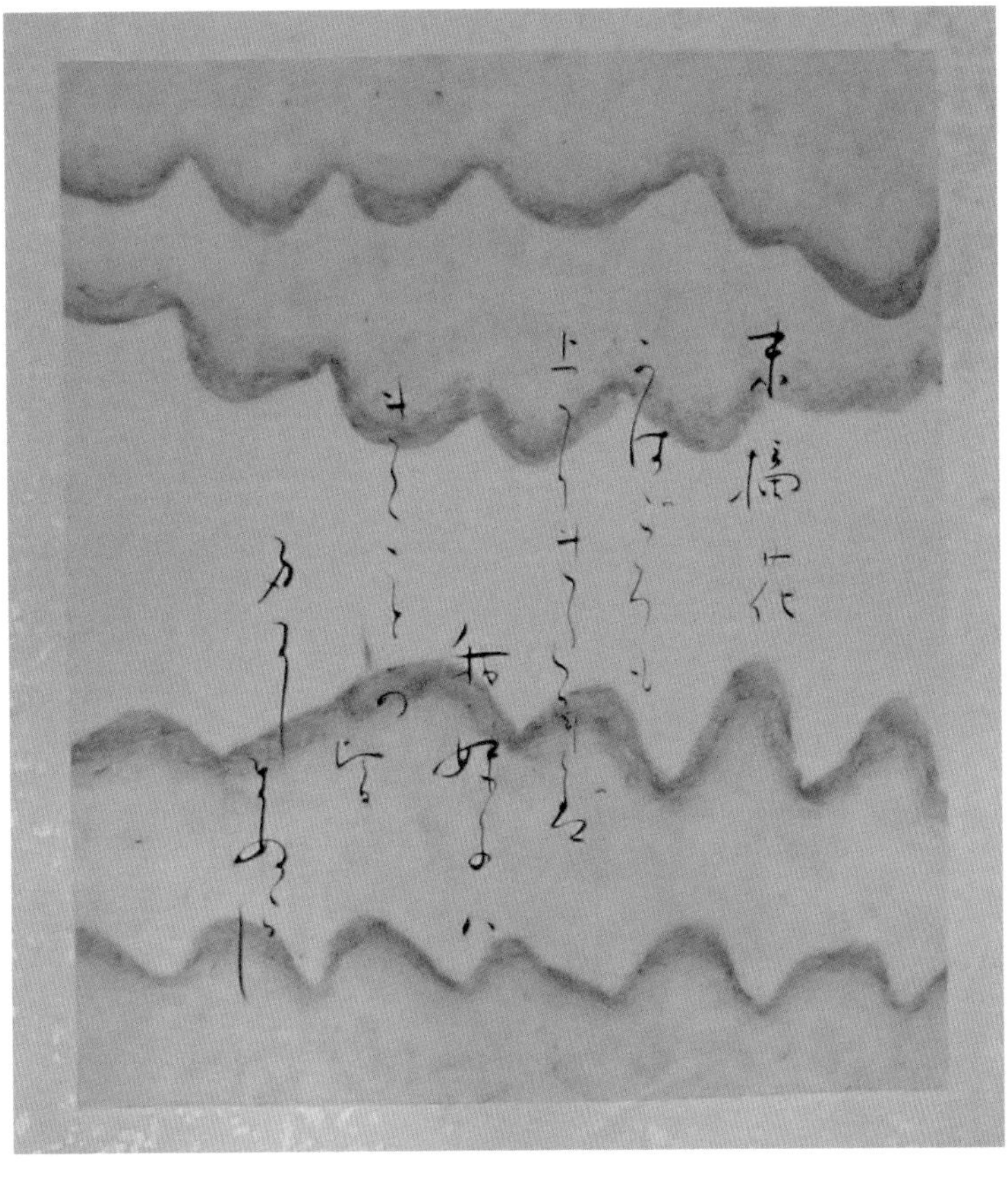

末摘花

かはごろも上にきたれば我妹子は
きくことの皆身にしまぬらし

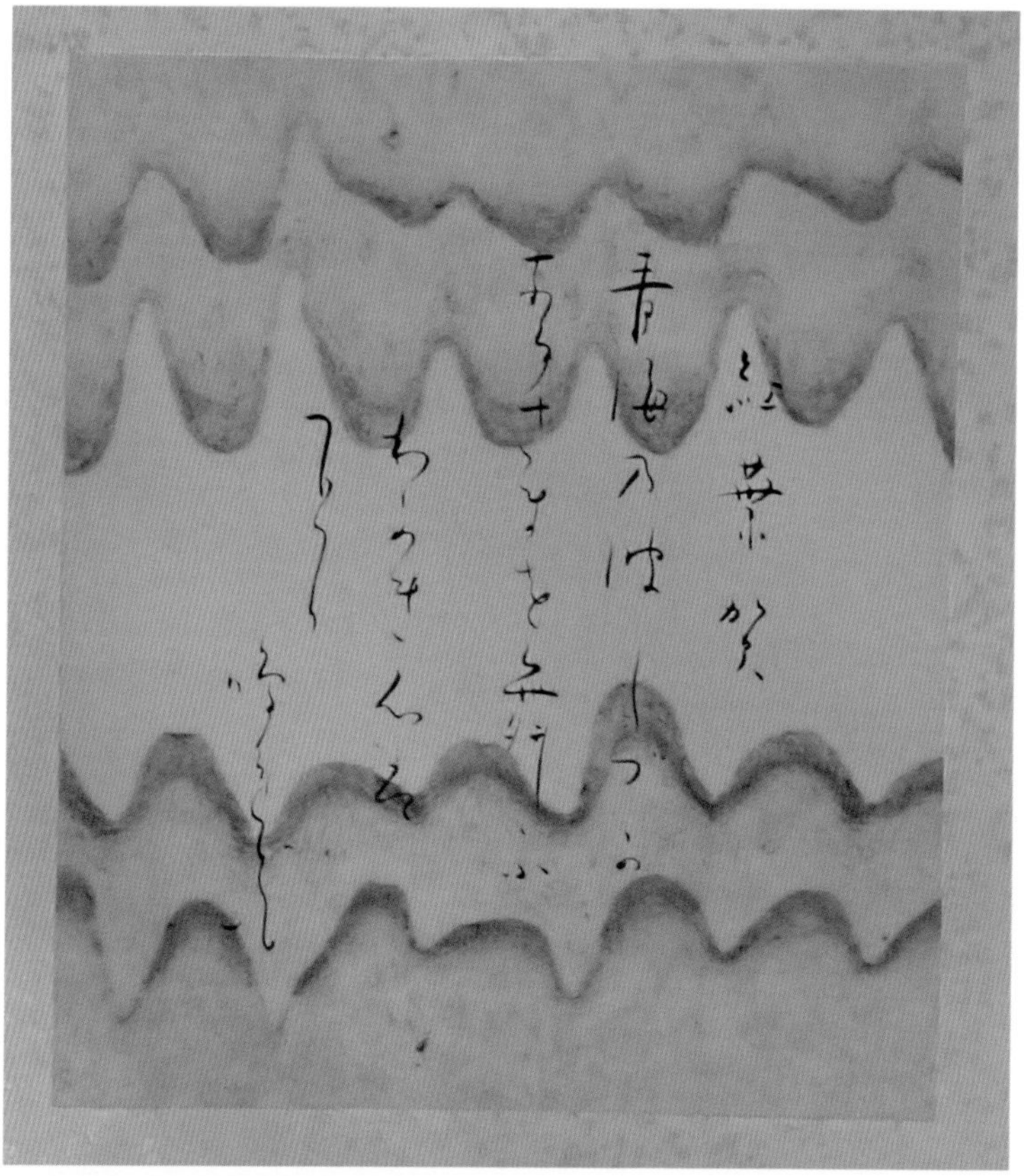

紅葉賀
青海の波しづかなるさまを舞ふ
わかき心は下に鳴れども

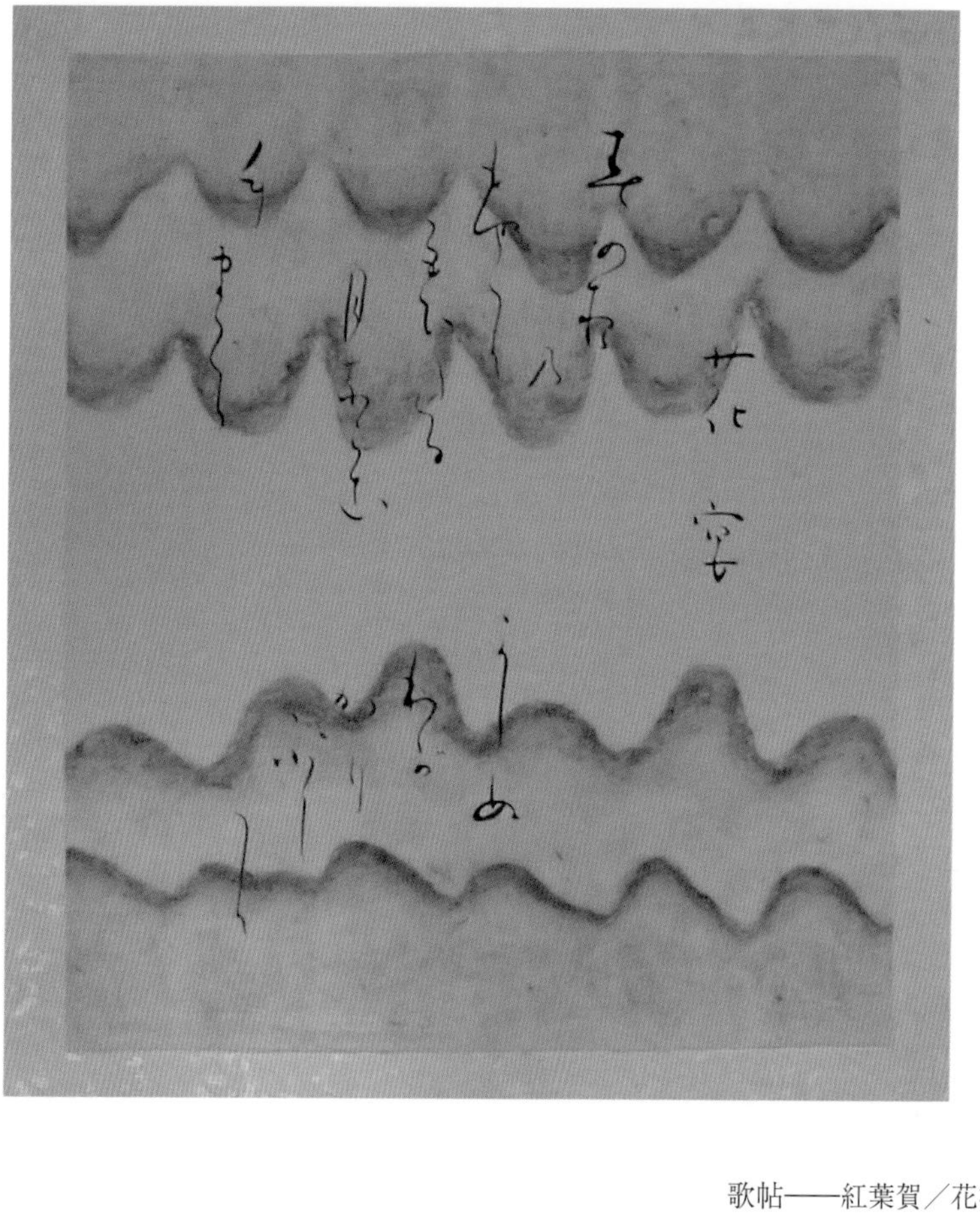

花宴
春の夜のもやにゑひたる月ならむ
手まくらかしぬわがかりぶしに

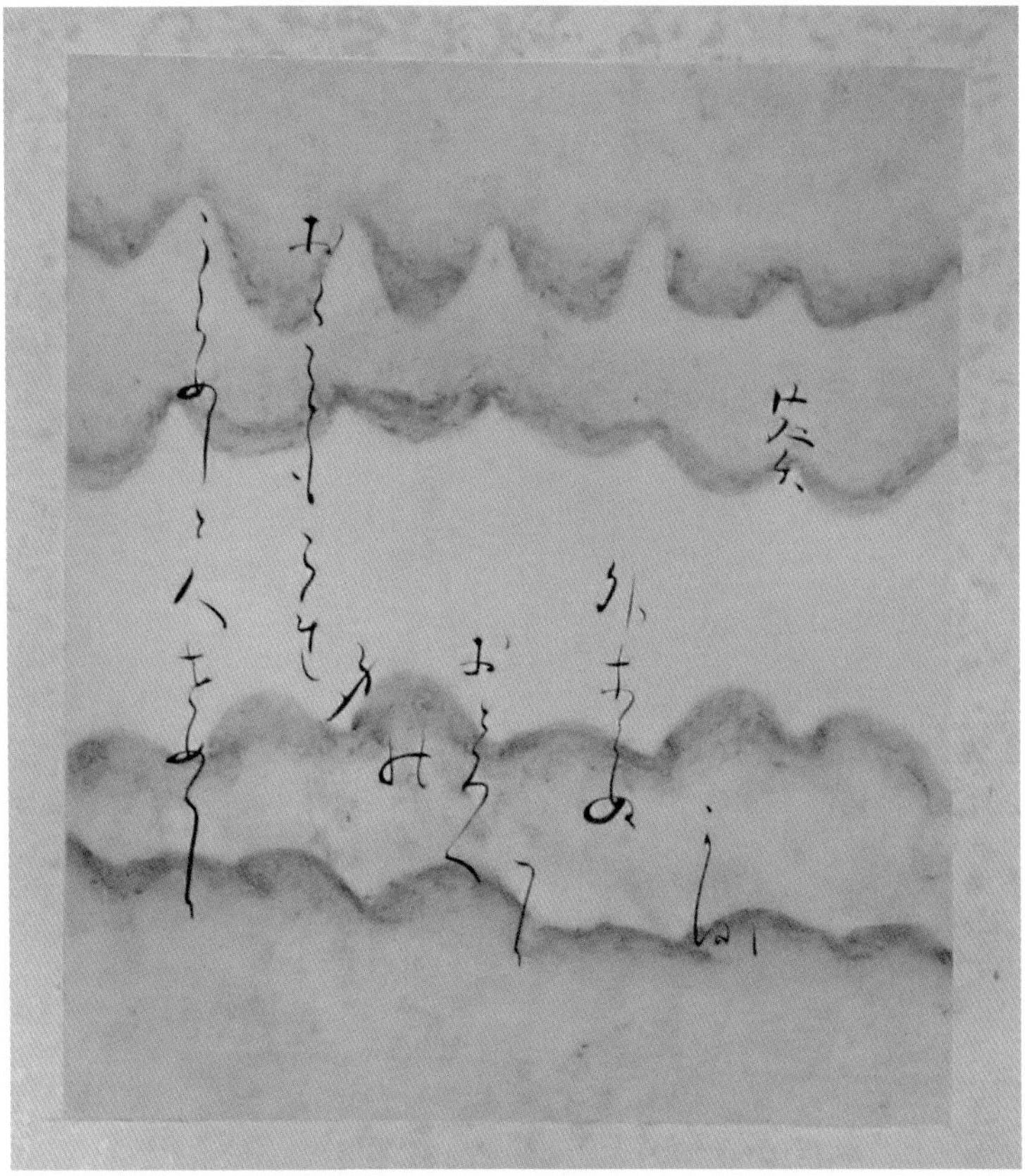

葵

うらめしと人をめにおくこともこれ
身のおとろへに外ならぬかな

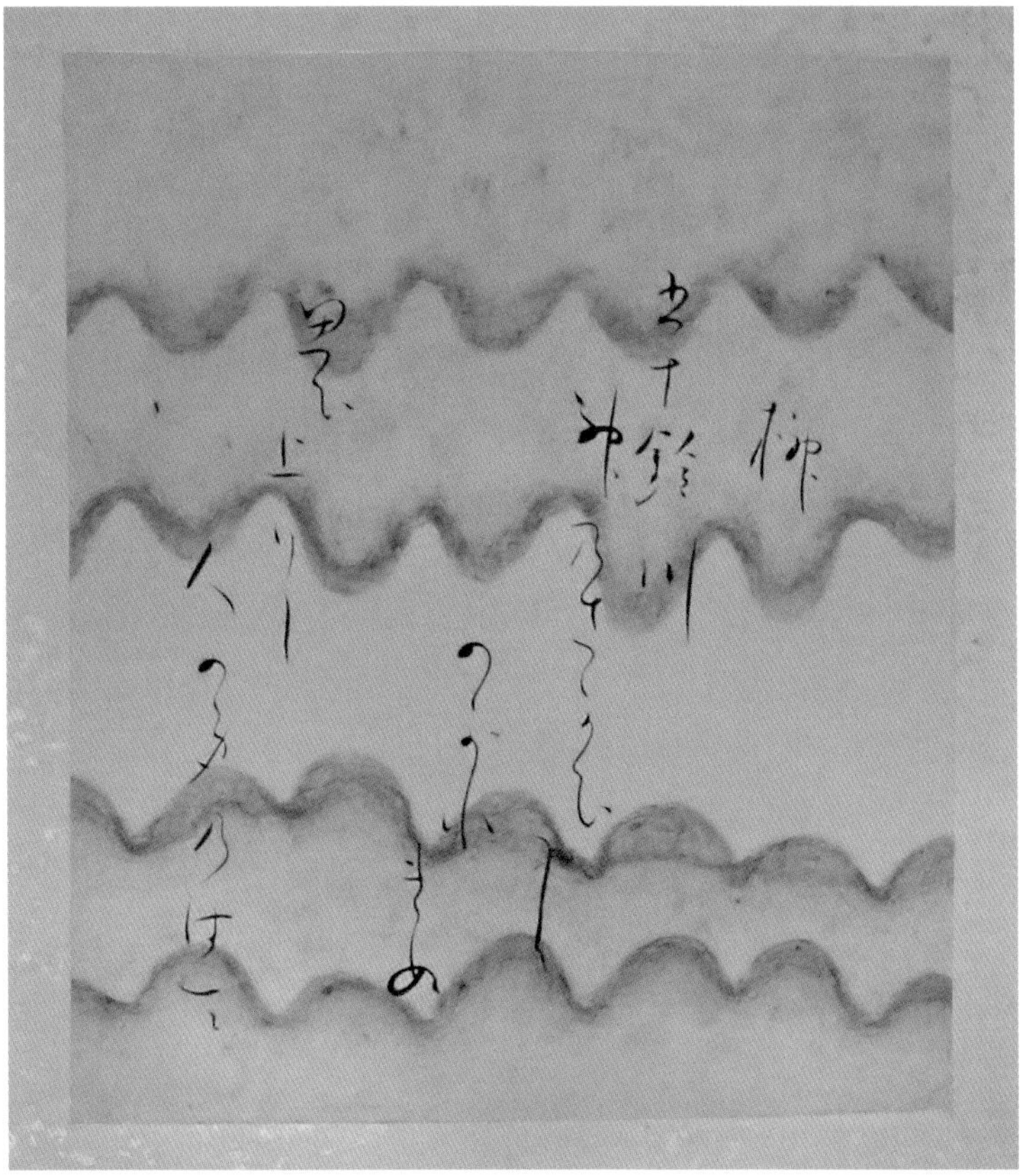

榊

五十鈴川神のさかひにのがれきぬ
思ひ上りし人の身のはて

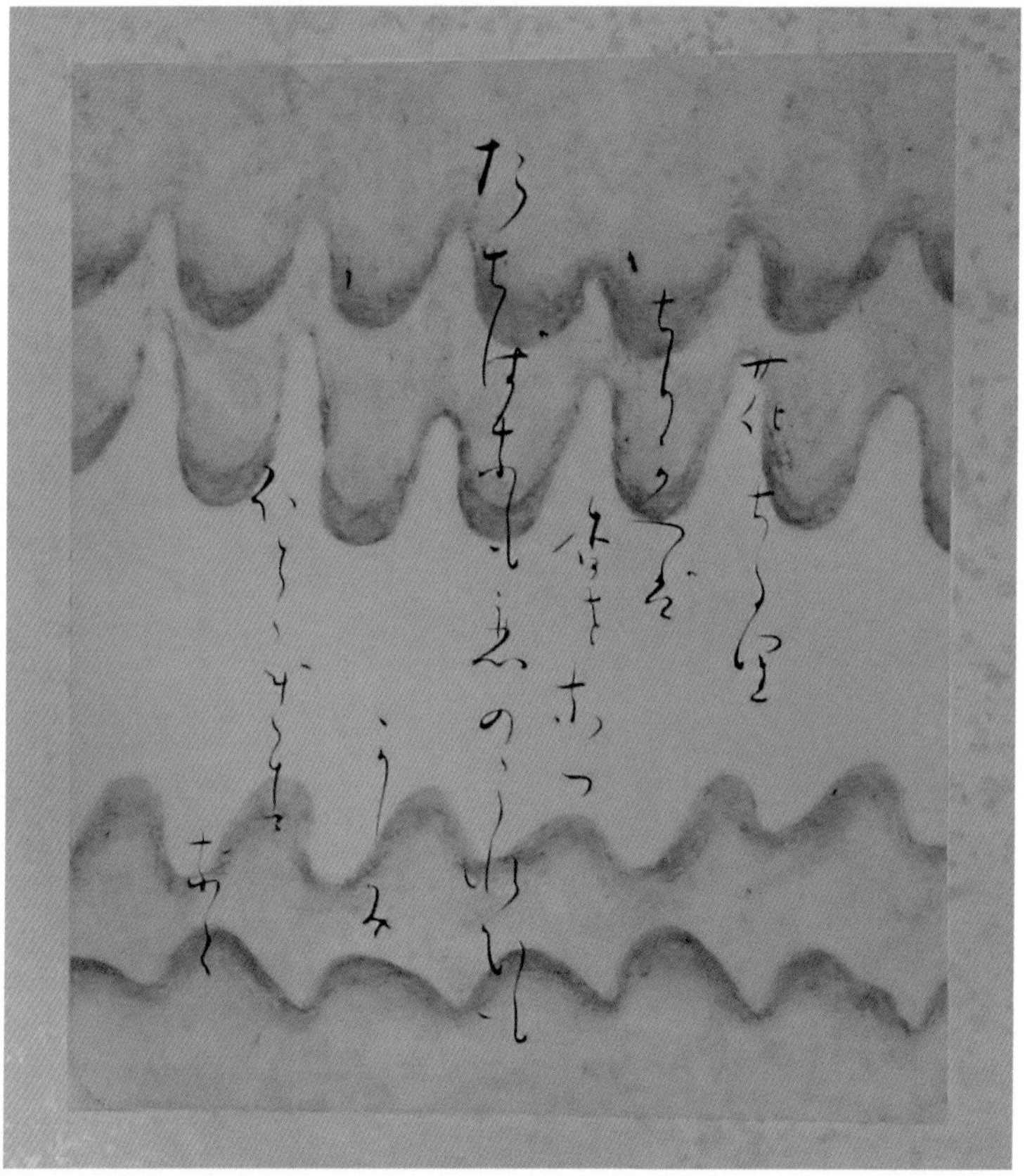

花ちる里
たちばなも恋のうれひもちりかへば
香をなつかしみほとゝぎすなく

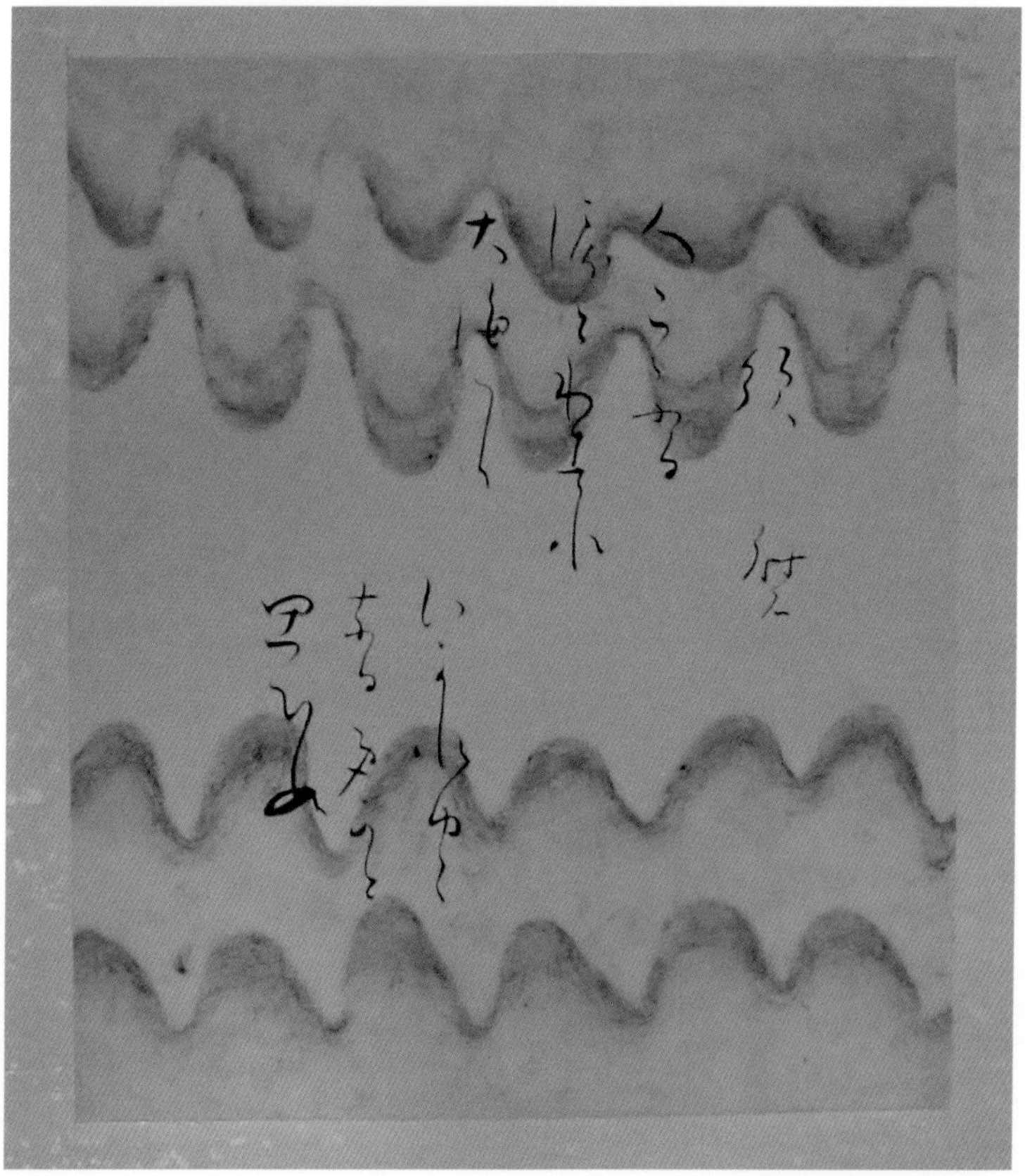

須磨
人こふる涙とわすれ大海に
ひかれゆくなる身かと思ひぬ

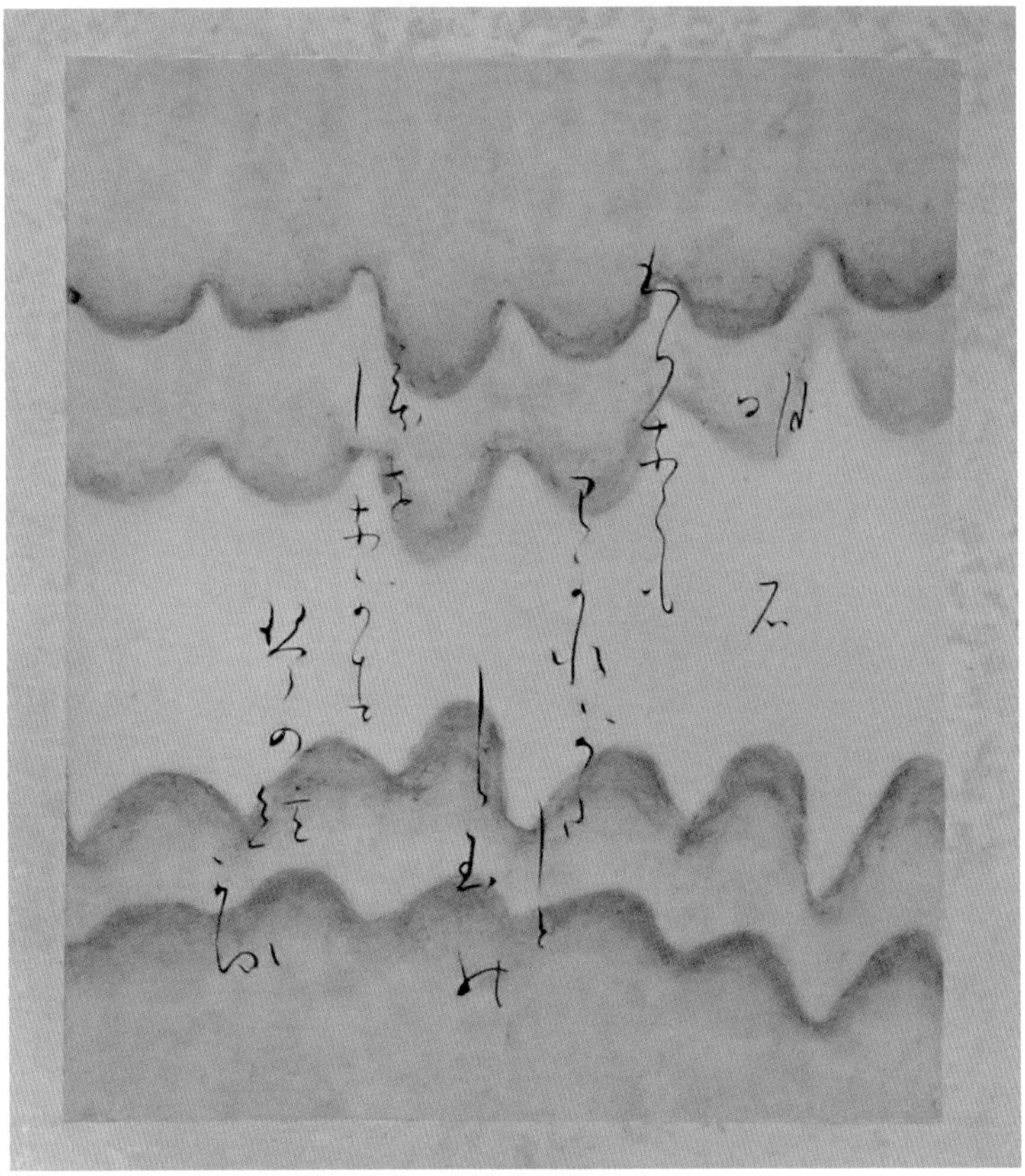

明石

わりなくもわかれがたしとしら玉の
涙をながす琴の絃かな

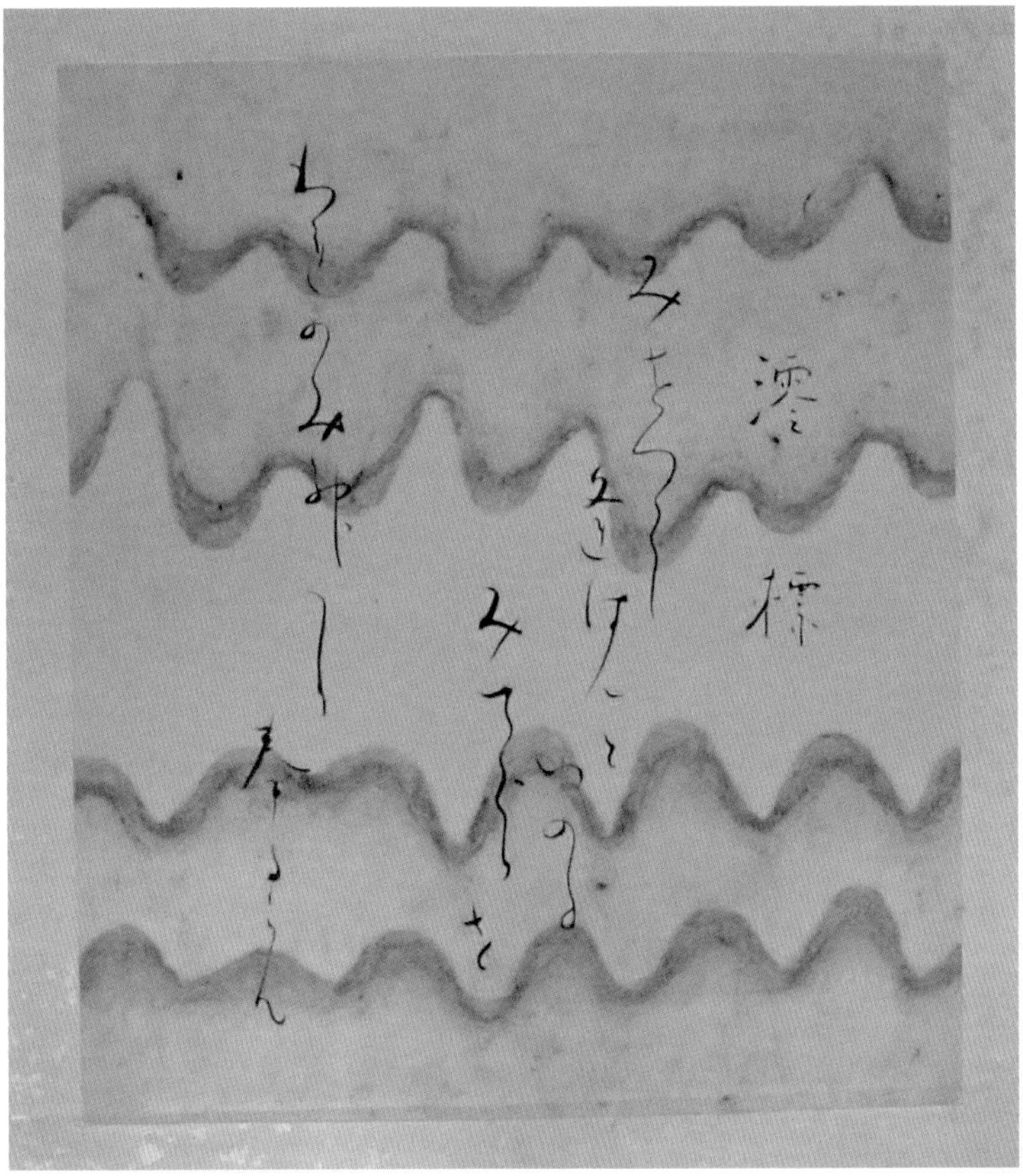

澪標

みをつくし逢はんといのるみてぐらを
われのみ神に奉るらん

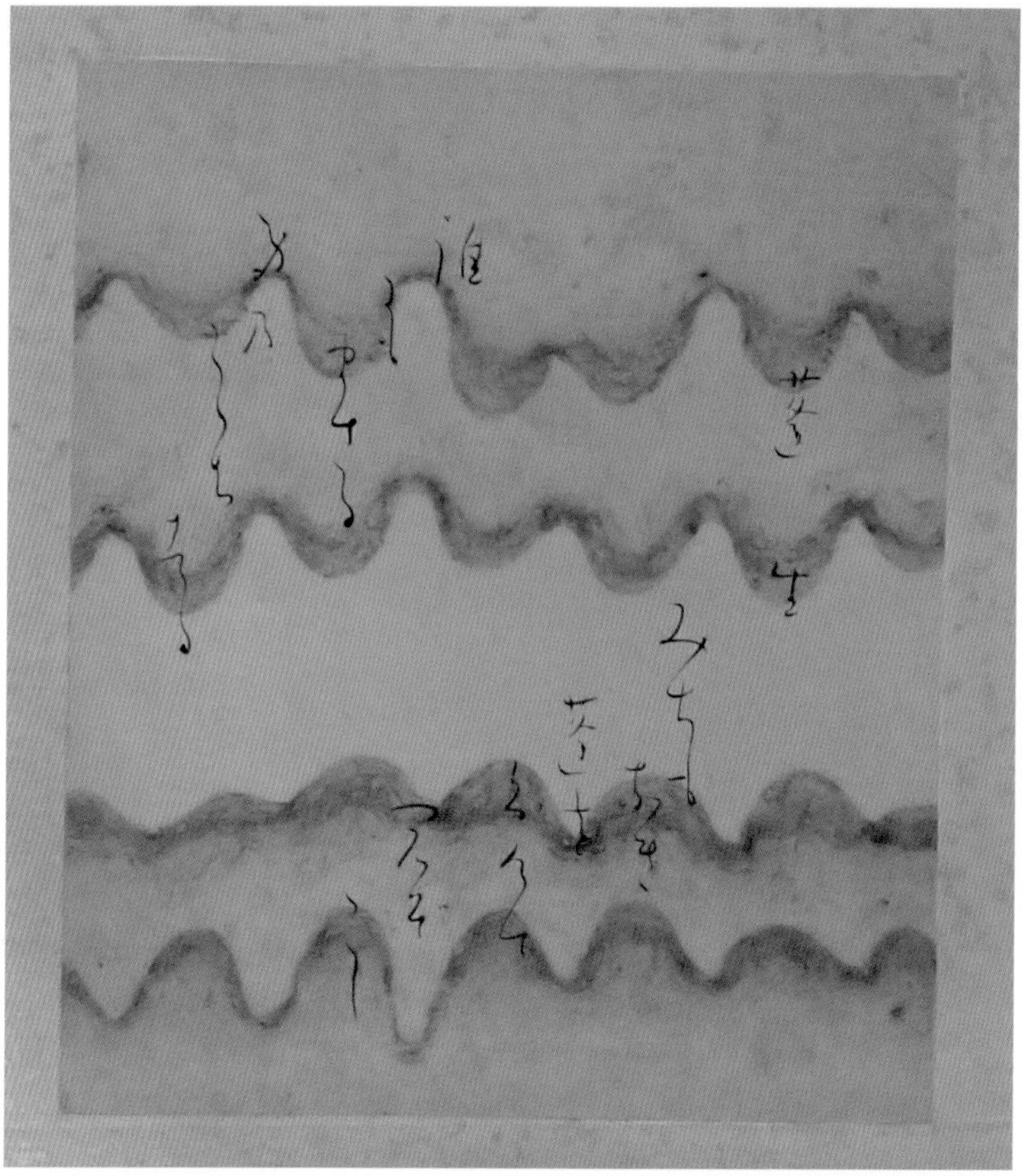

蓬生
みちもなき蓬を分けて君ぞこし
誰にもまさる身のこゝちする

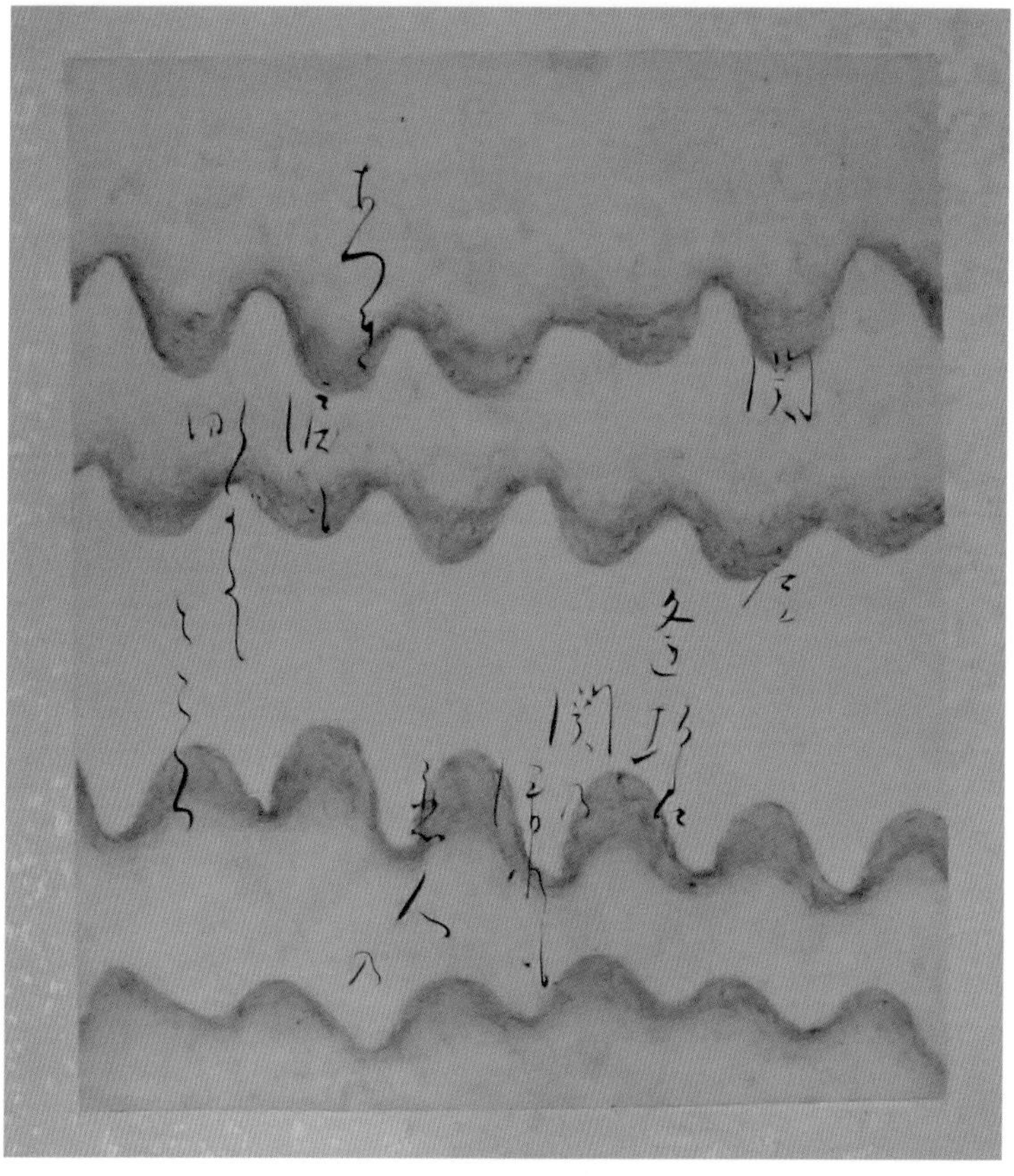

関屋
逢坂は関の清水も恋人の
あつき涙もながるゝところ

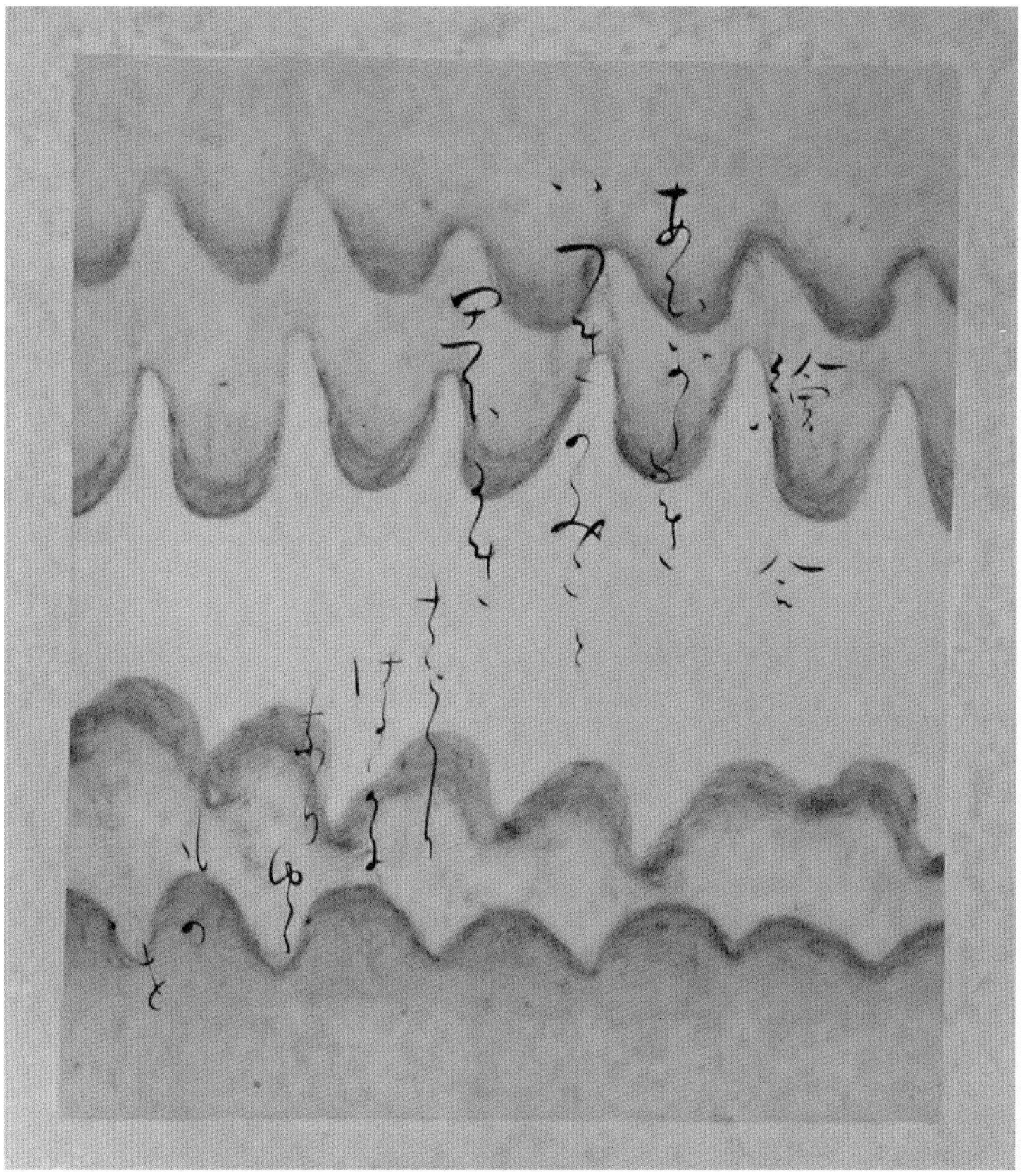

絵合

あひがたきいつきのみこと思ひにき

さらにはるかになりゆくものを

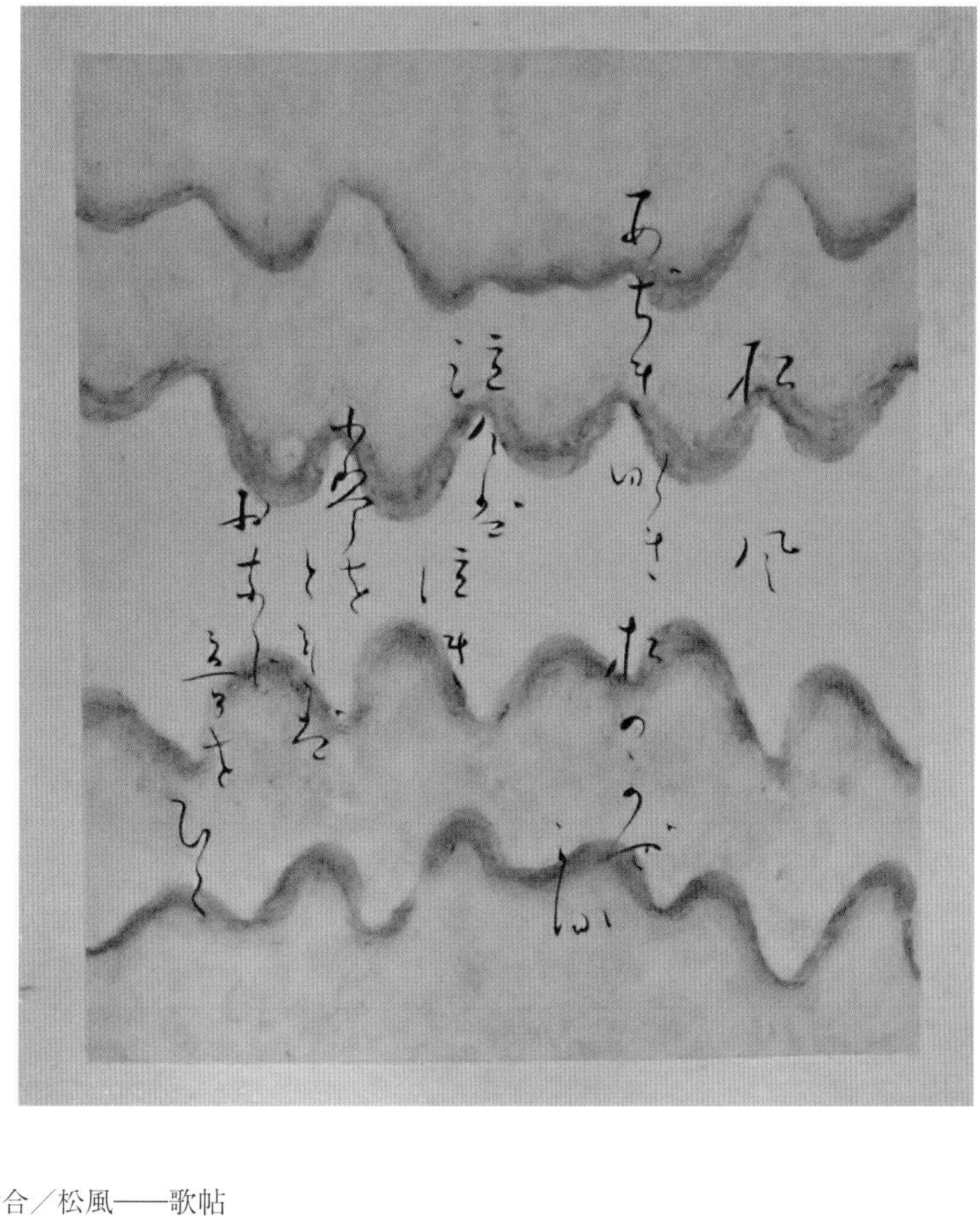

松風

あぢきなき松のかぜかな泣けば泣き

小琴をとればおなじ音をひく

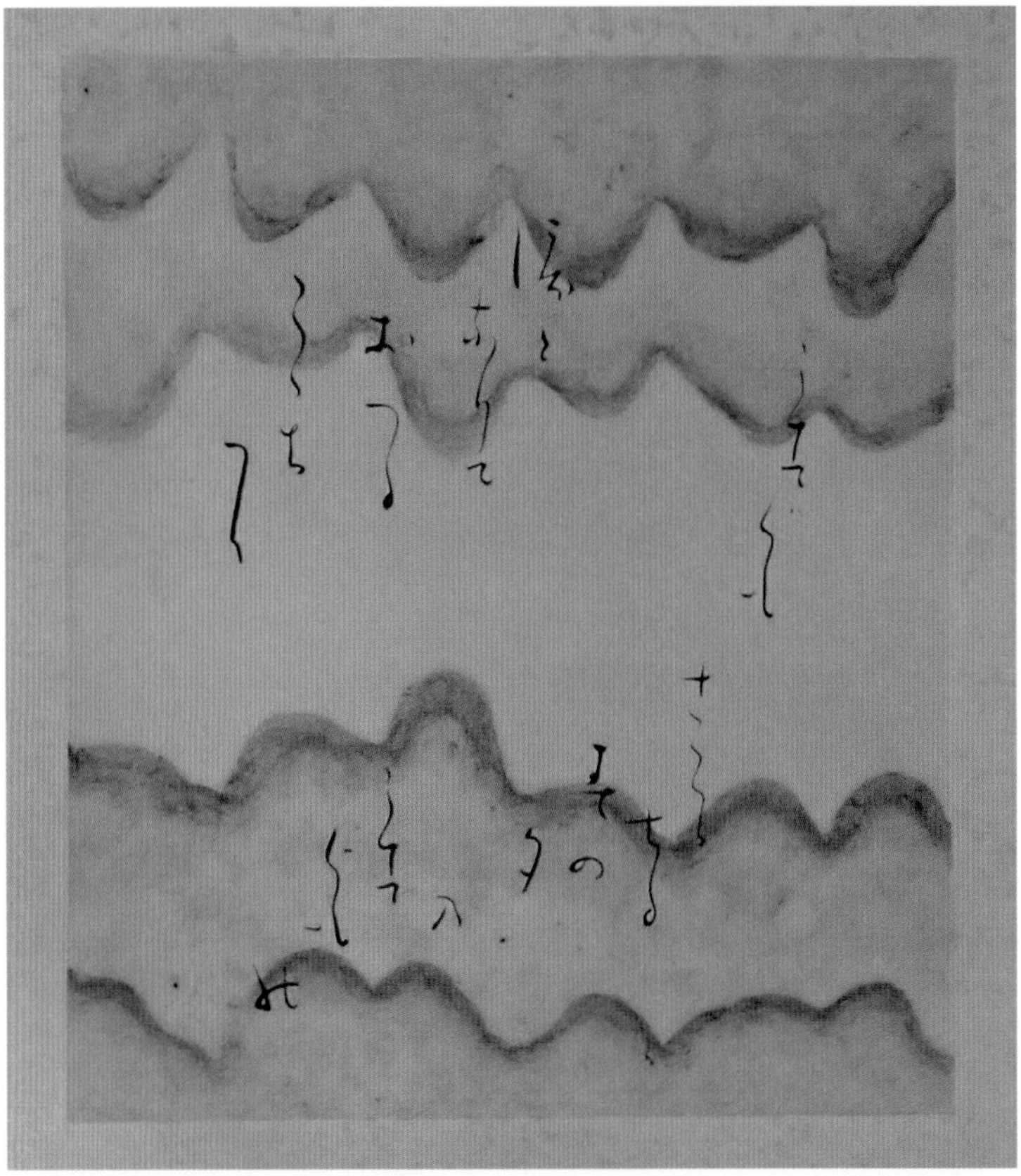

うすぐも
さくらちる春の夕のうすぐもの
涙となりておつるこゝちに

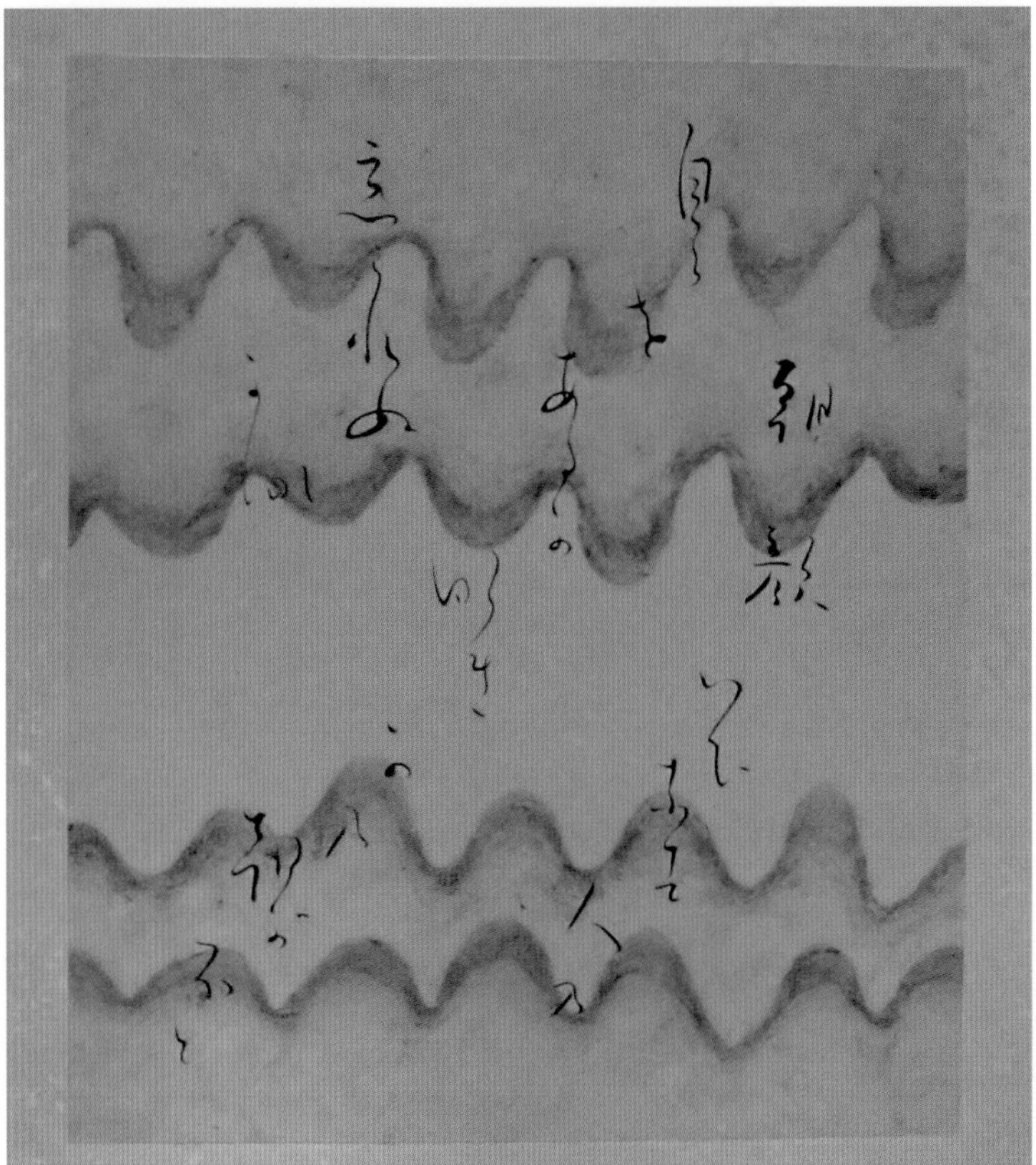

朝顔
自らをあるかなきかの朝がほと
いひなす人の忘られぬかな

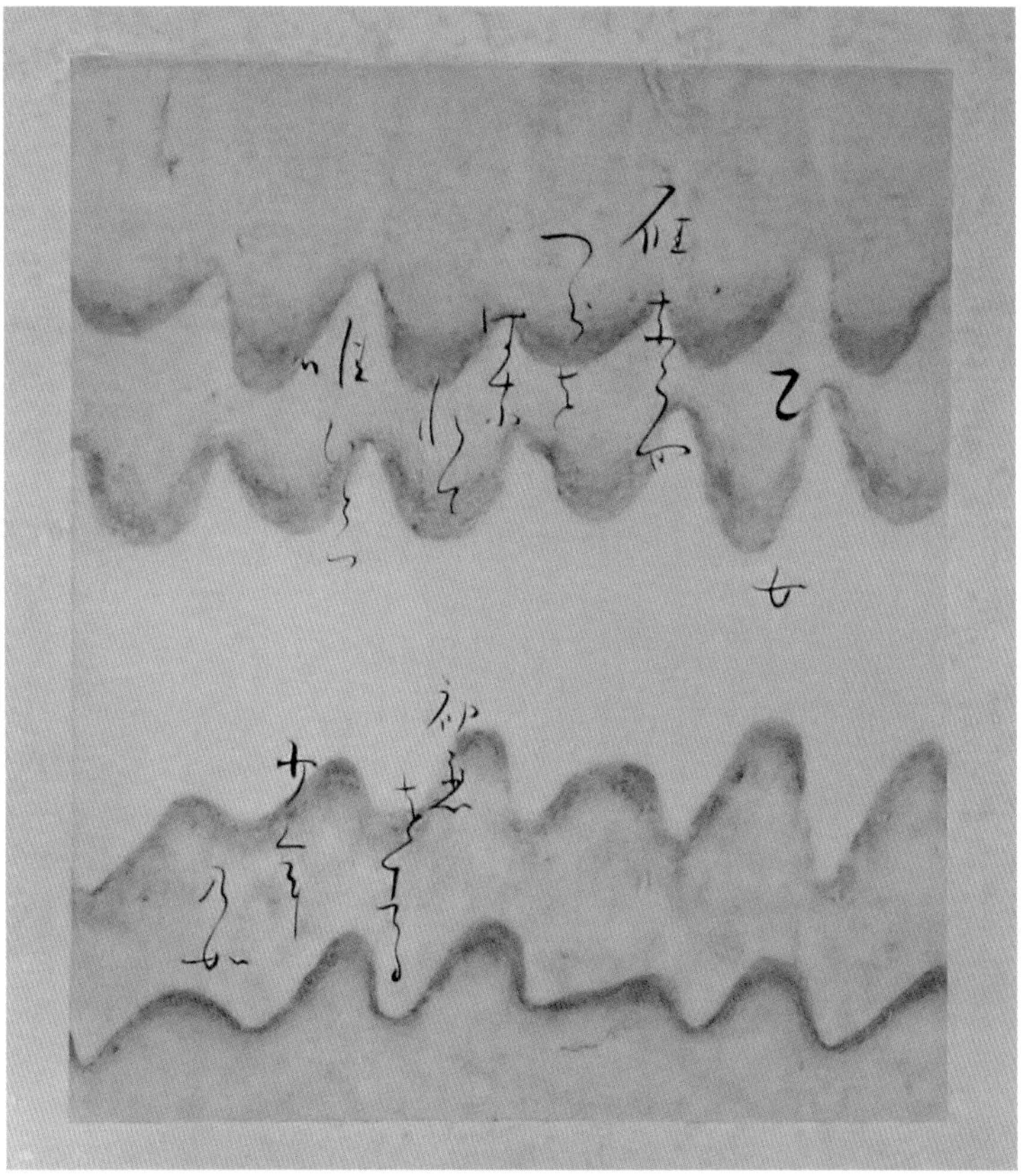

乙女
雁なくやつらをはなれて唯ひとつ
初恋をする少年の如

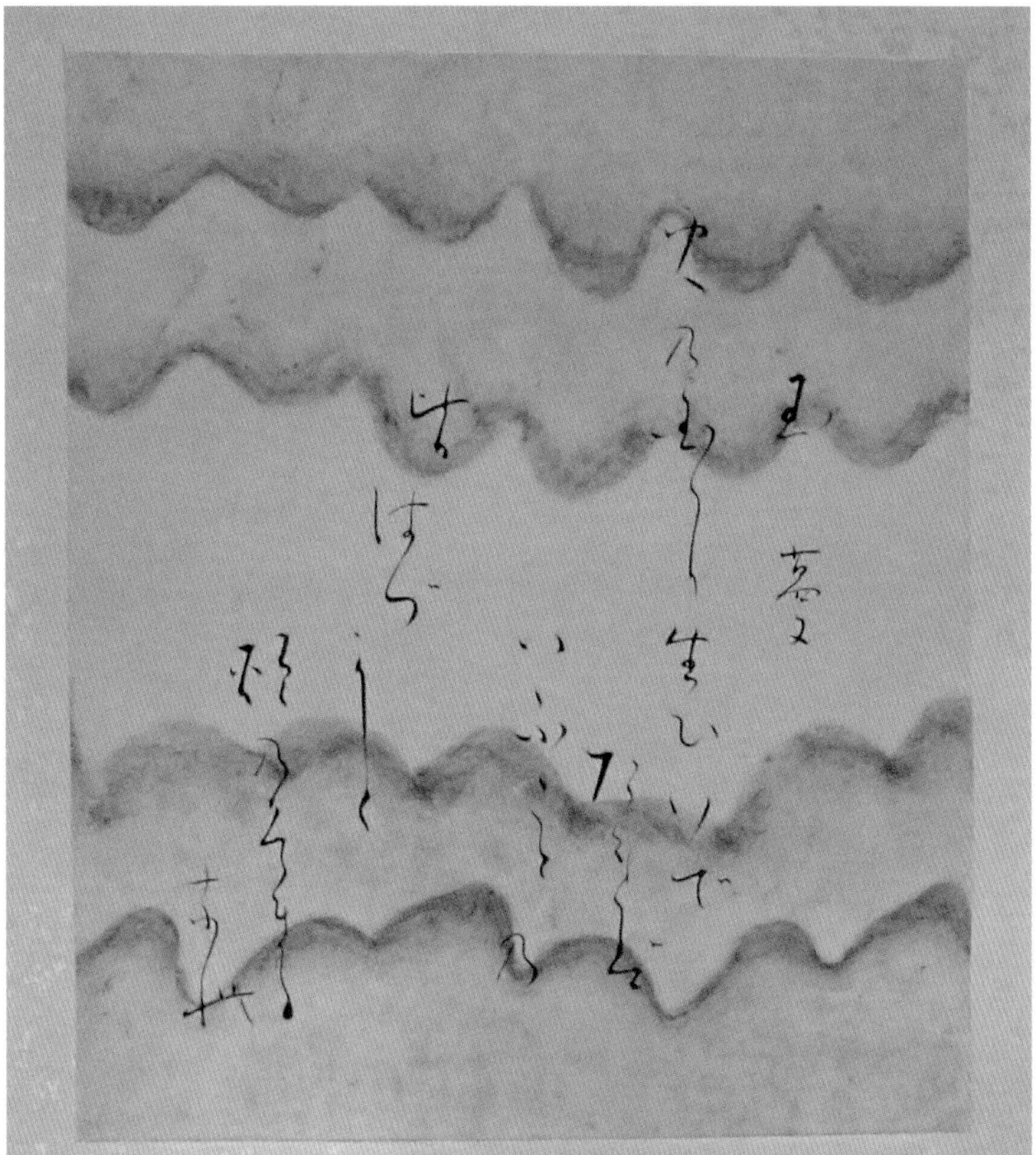

玉鬘
火の国に生ひいでたればいふことの
皆はづかしく頬のそまるなれ

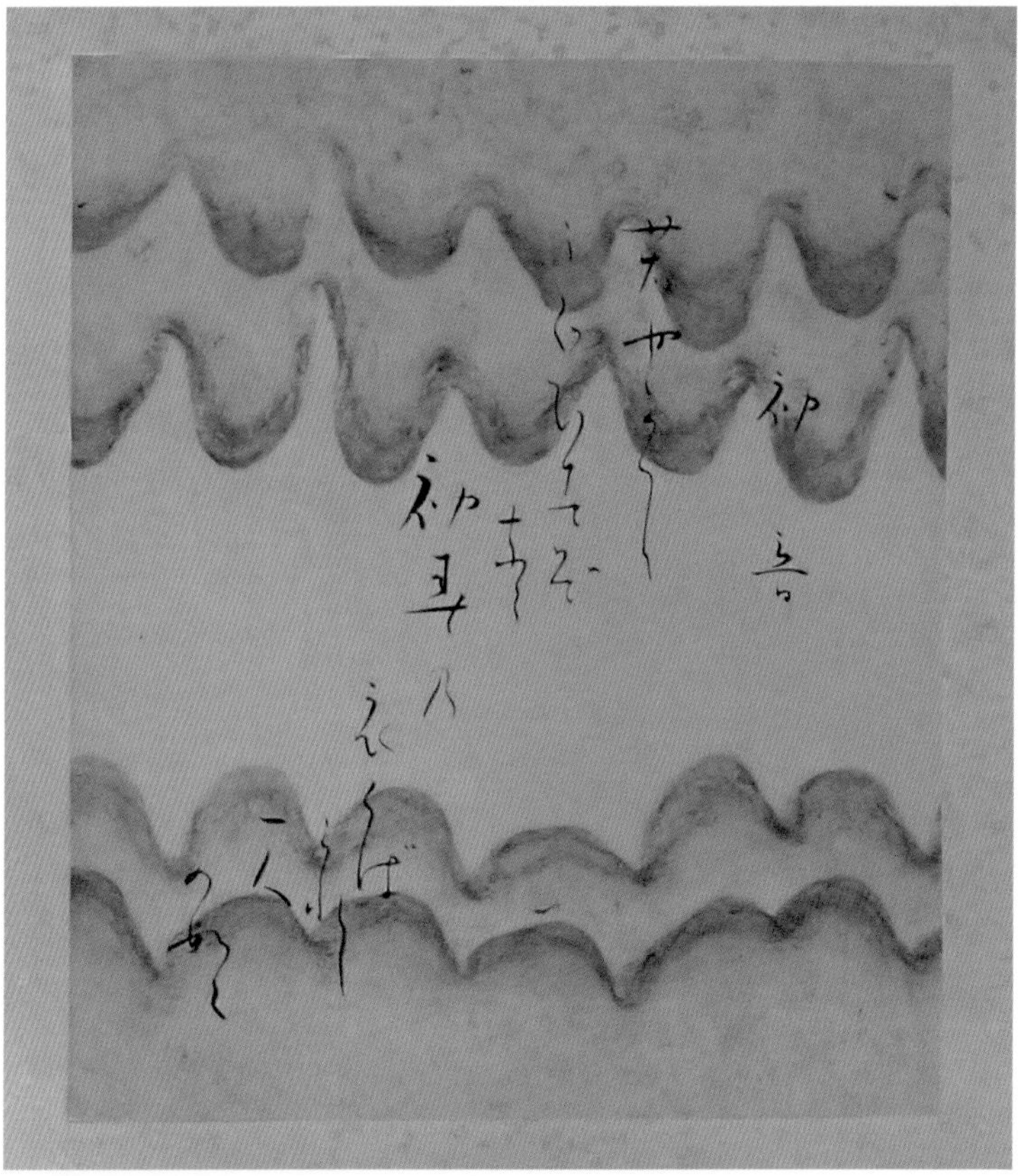

初音
若やかにうぐひすぞなく初春の
衣《きぬ》くばられし一人の如く

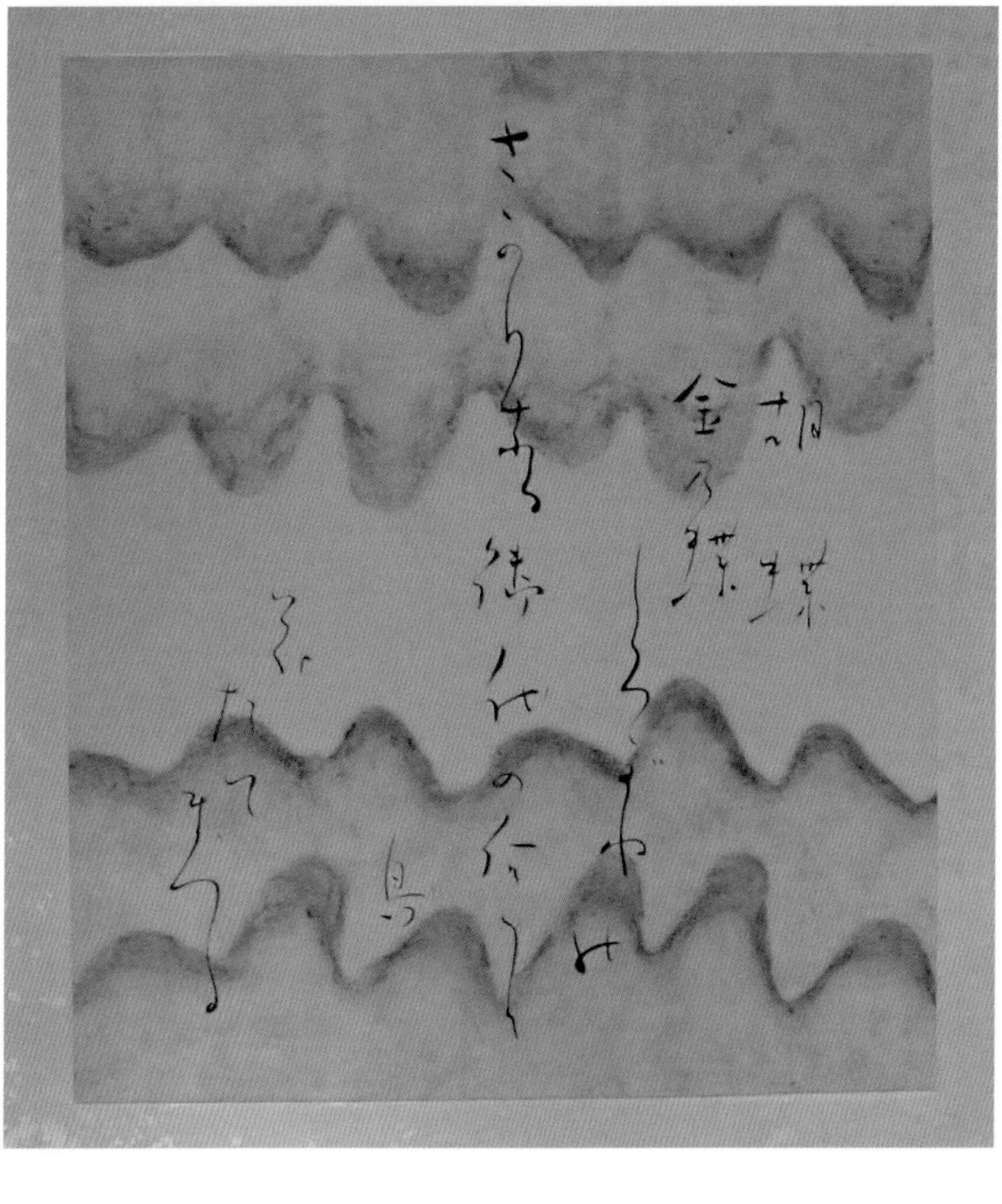

胡蝶
さかりなる御代の后に金の蝶
しろがねの鳥花たてまつる

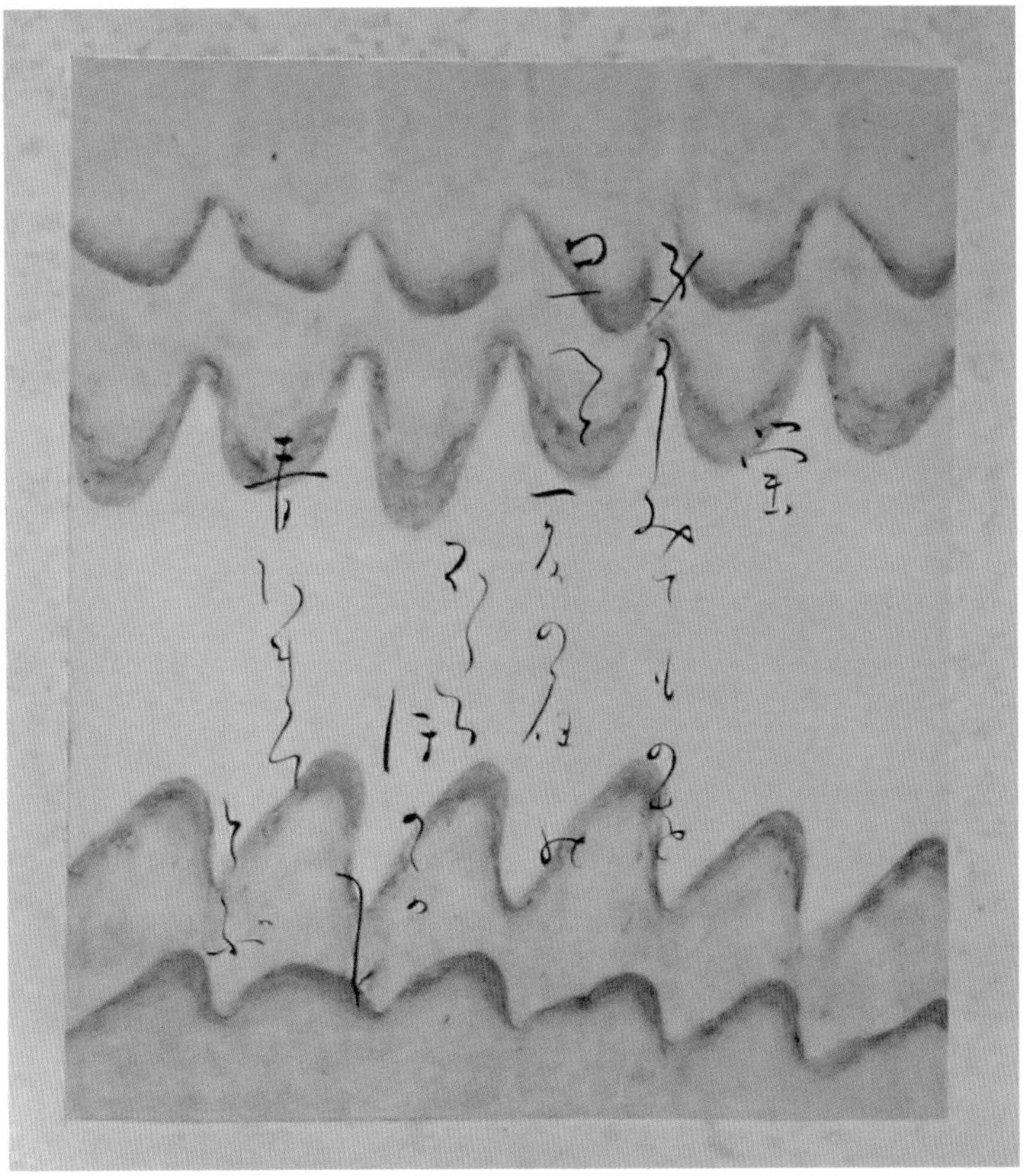

蛍
身にしみてものを思へと夏の夜の
ほたるほのかに青ひきてとぶ

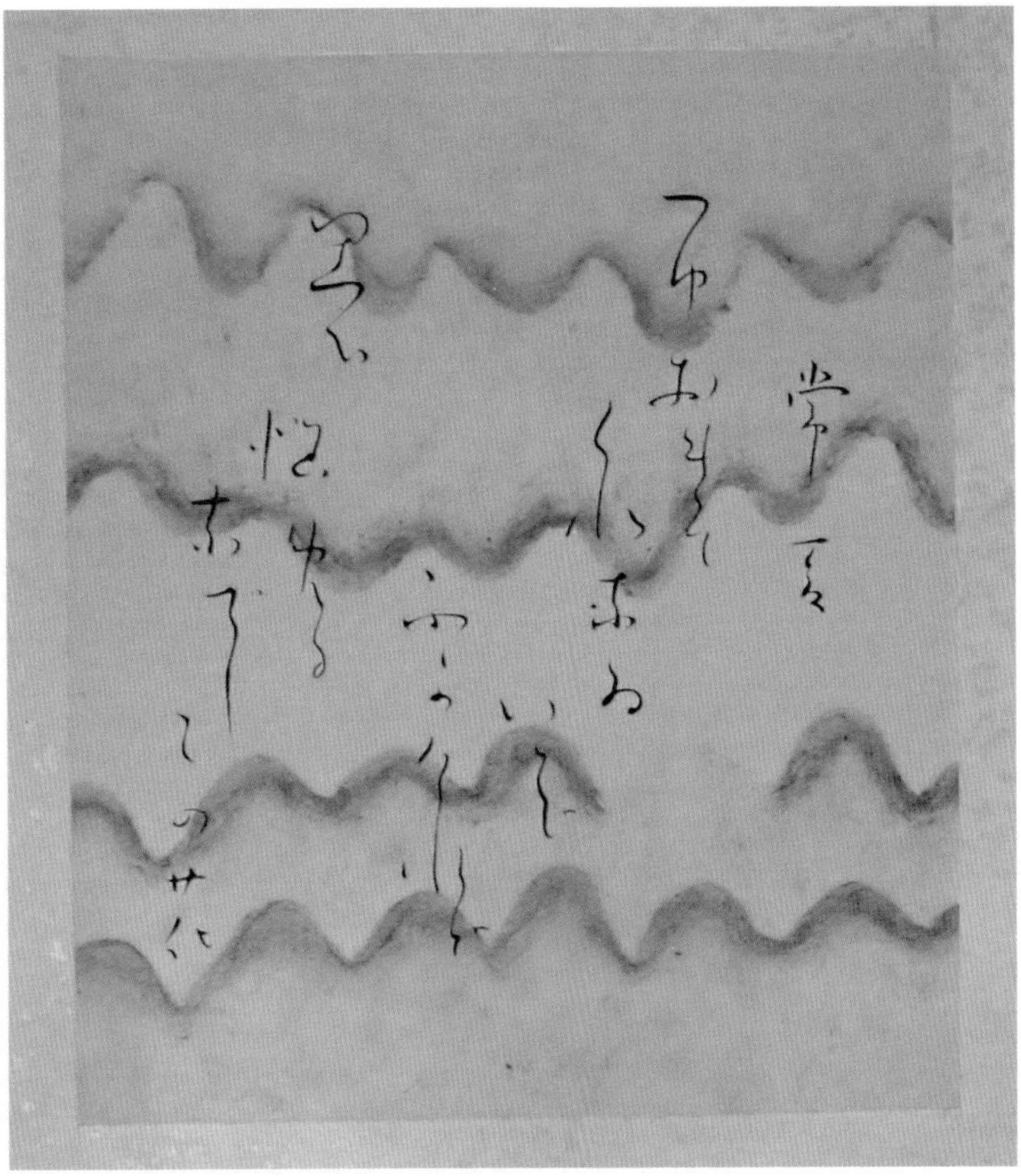

常夏
つゆおきてくれなゐいとゞふかけれど
思ひ悩めるなでしこの花

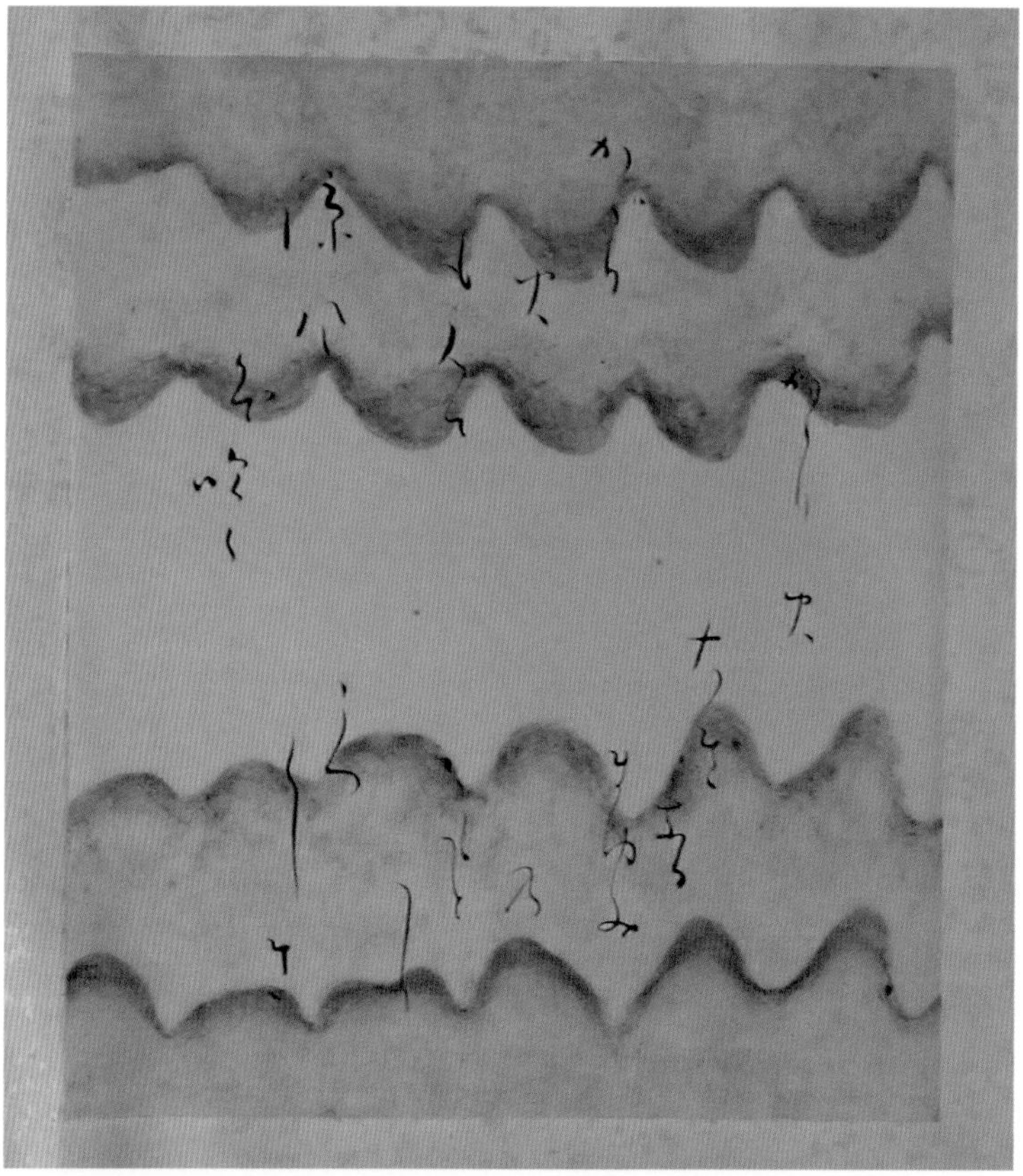

かゞり火

大きなるまゆみのもとにうつくしき
かゞり火もえて涼風ぞ吹く

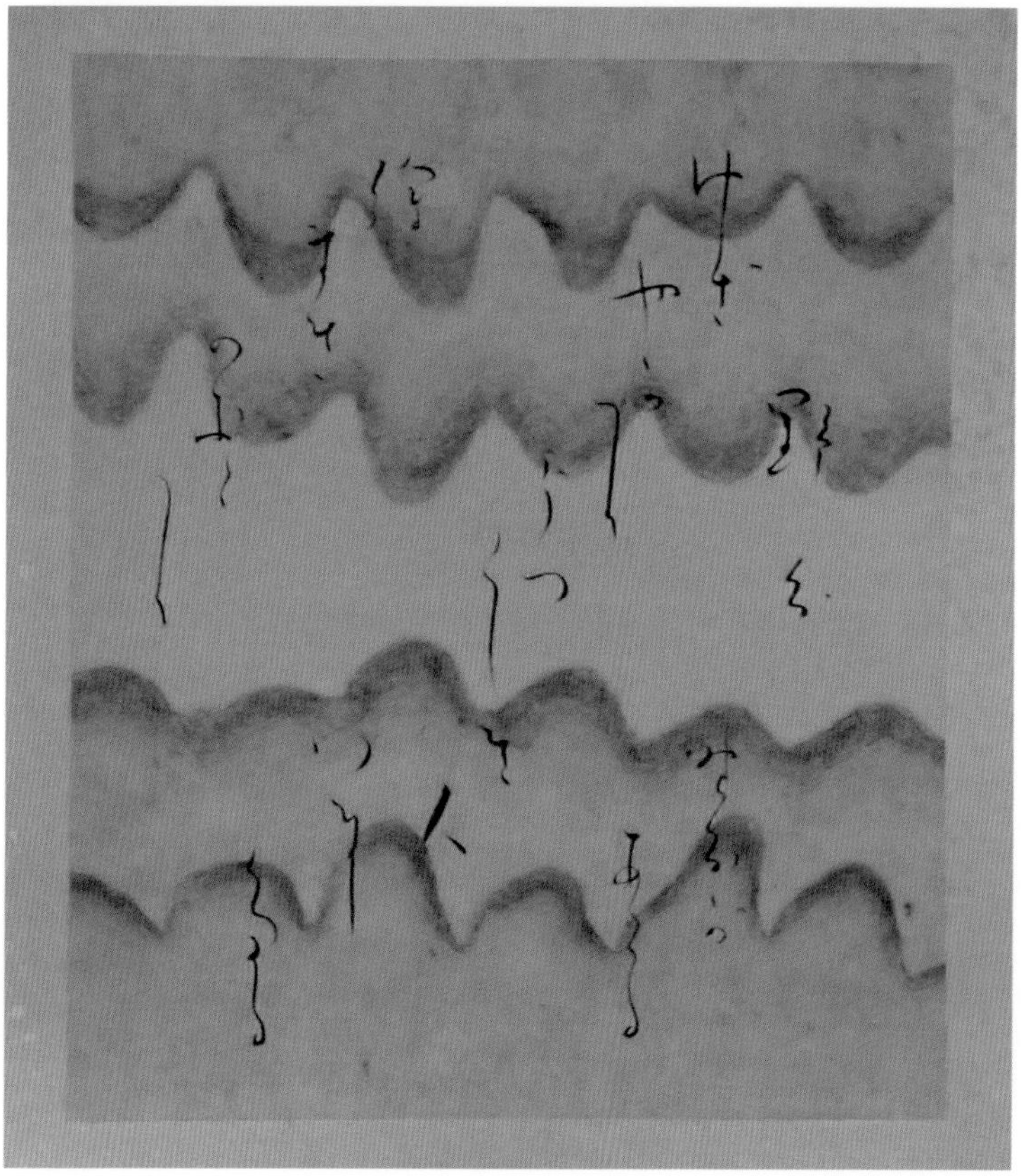

野分

けざやかにうつくしき人いましたる
野分があくる絵まきのおくに

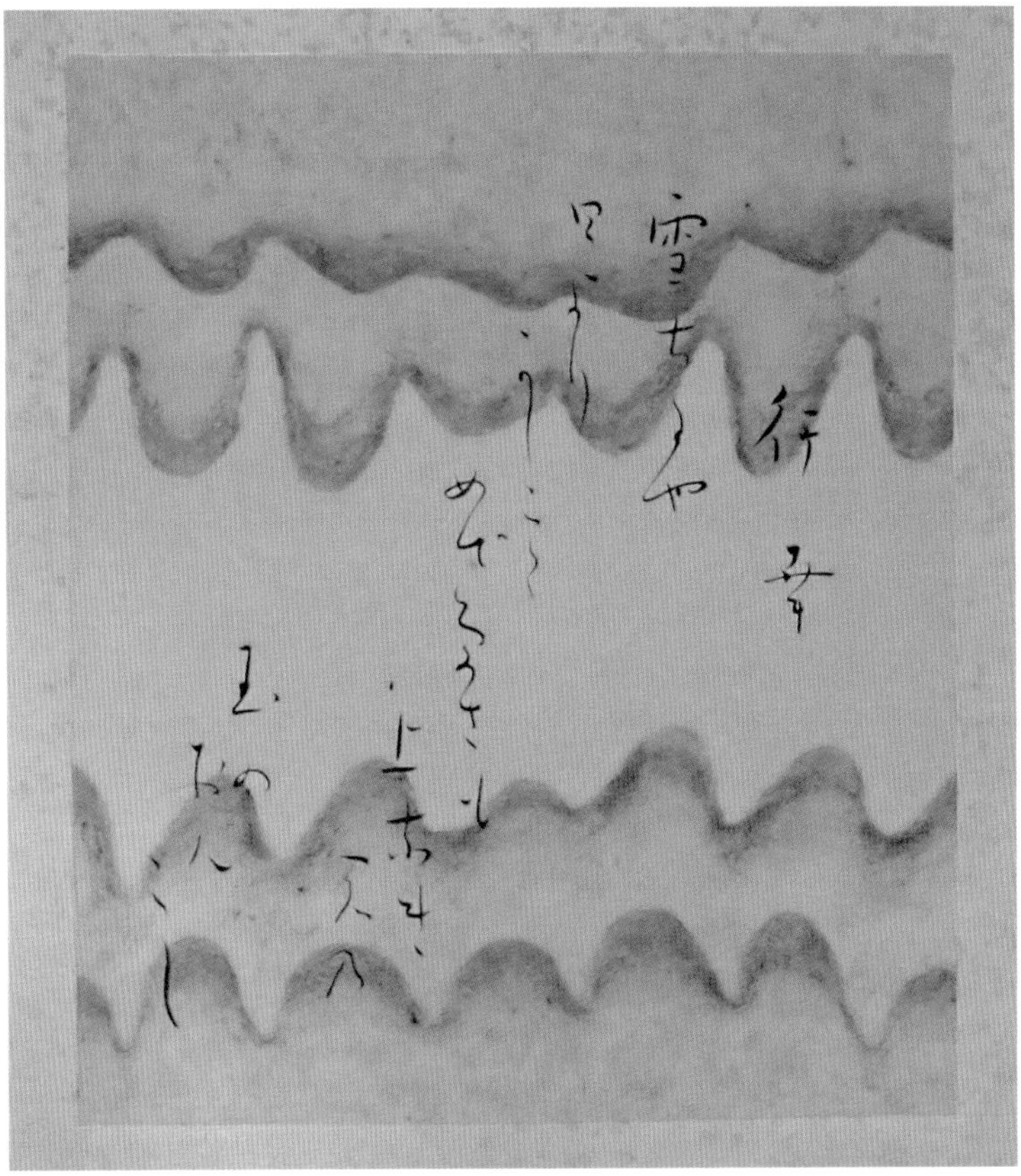

行幸

雪ちるや日よりかしこくめでたさも
上なき君の玉のおんこし

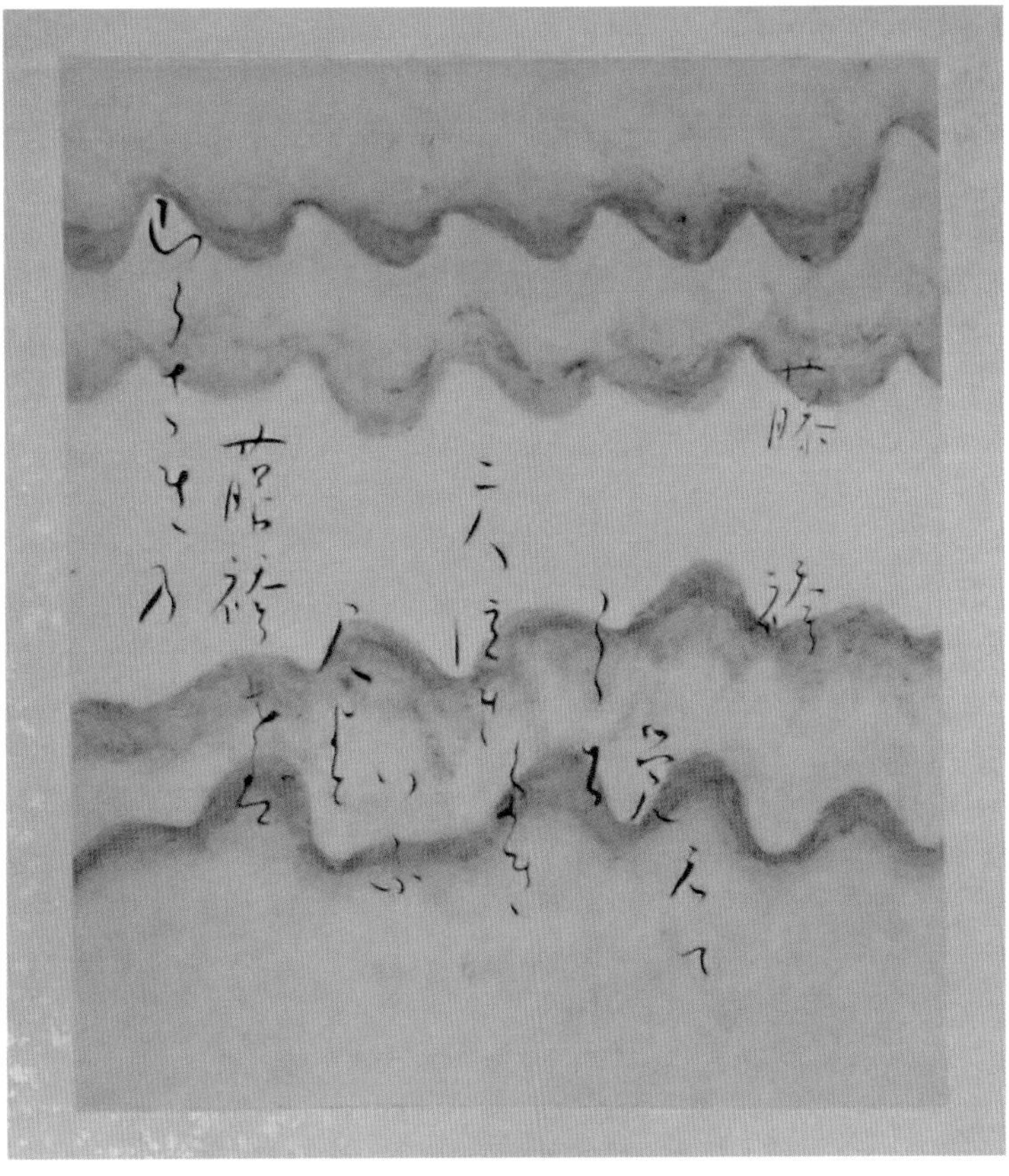

藤袴

むらさきの藤袴をば見よといふ
二人泣きたきこゝち覚えて

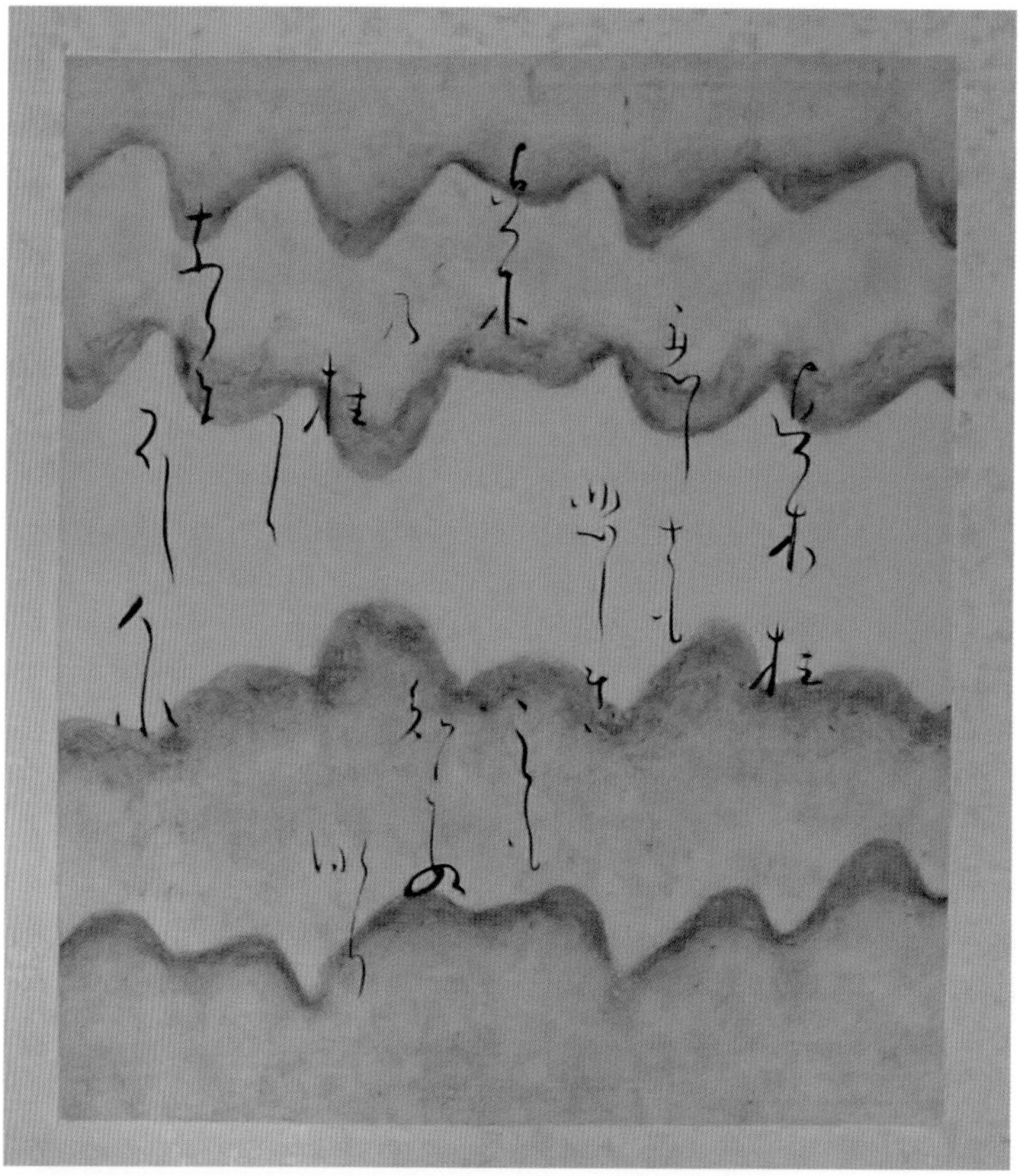

真木柱
恋しさも悲しきことも知らぬなり
真木の柱にならまほしけれ

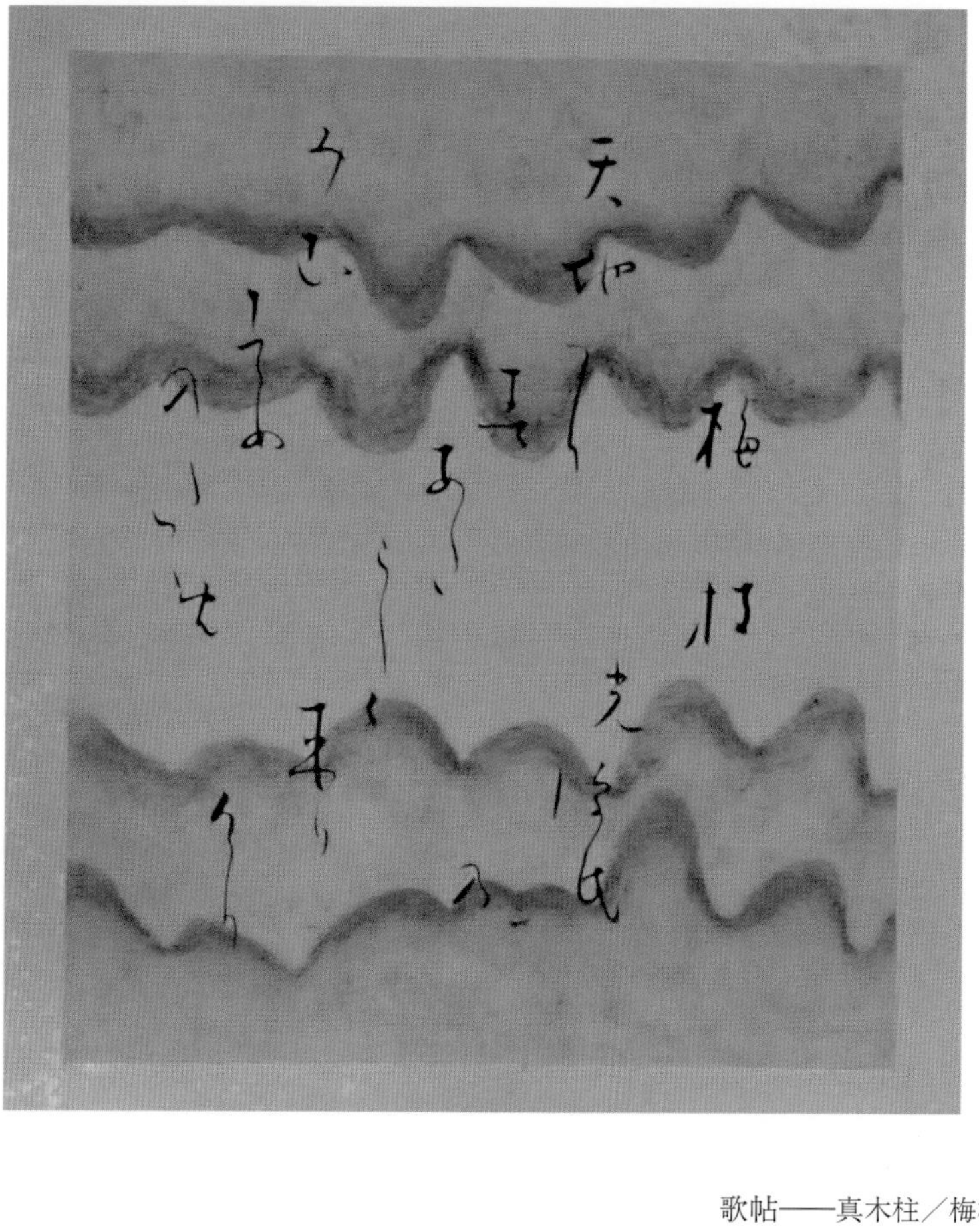

梅枝
天地に春あたらしく来りけり
光源氏のみむすめのため

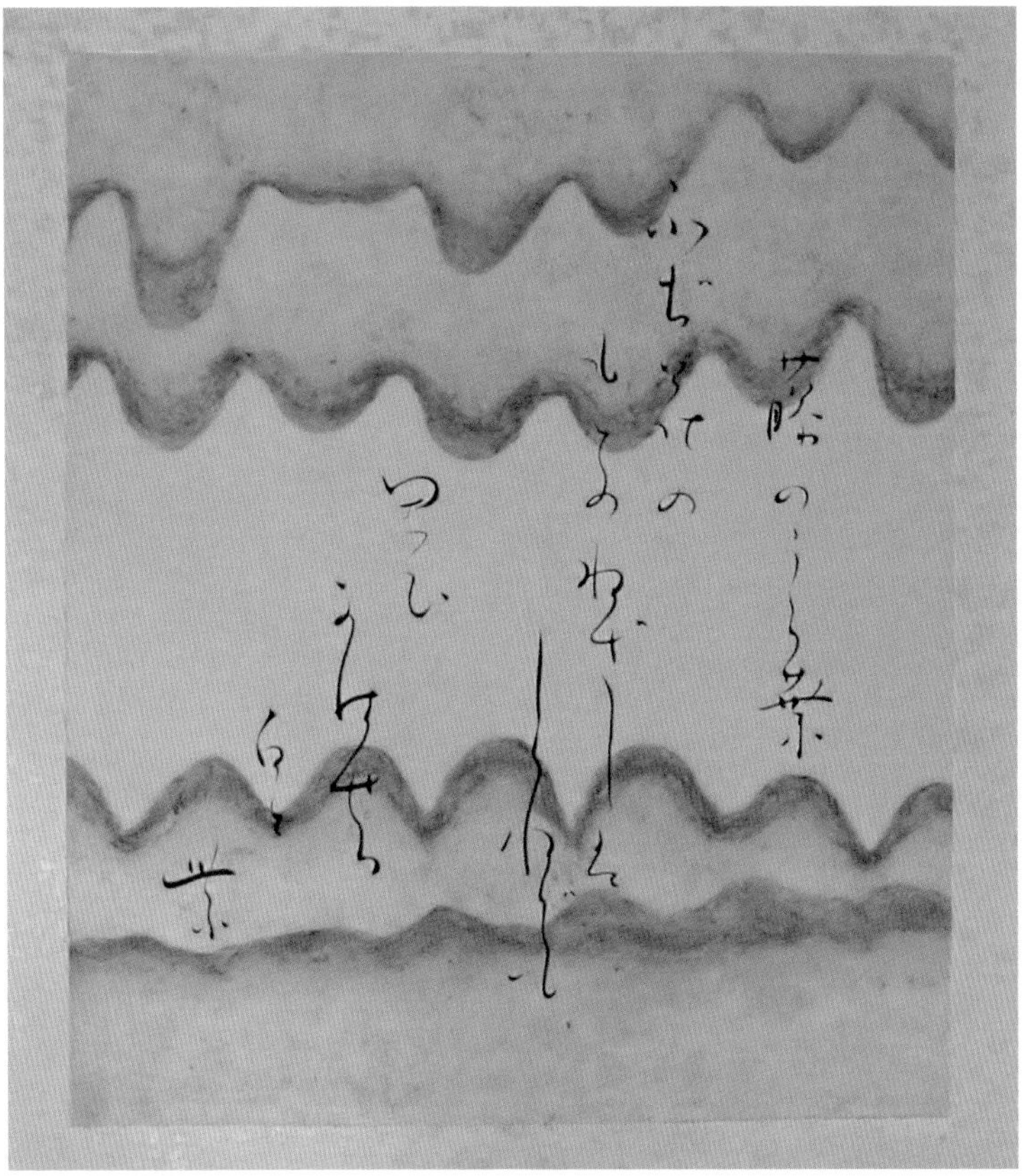

藤のうら葉
ふぢ花のもとのねざしはしらねども
思ひかはせる白と紫

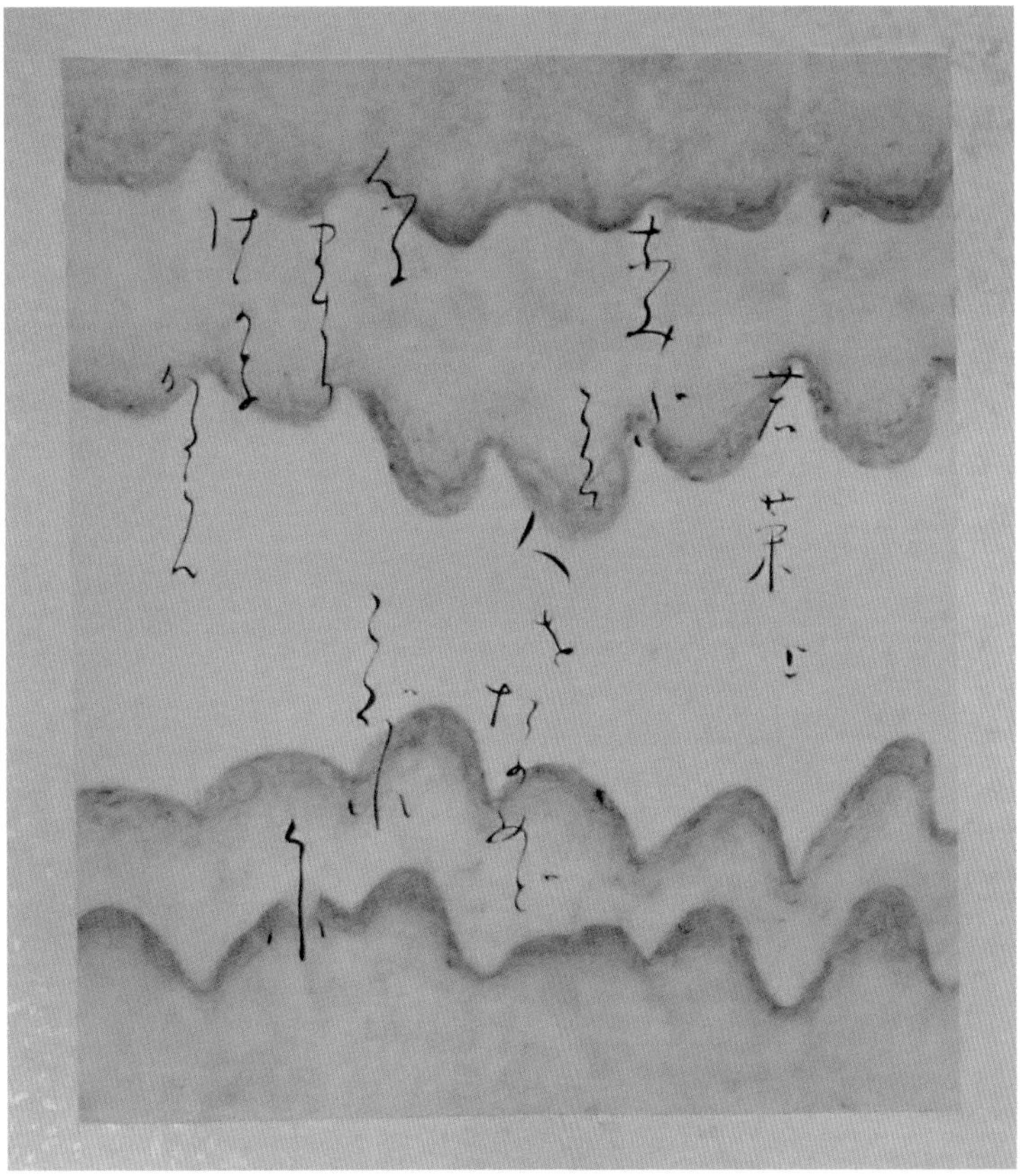

若菜上
なみだこそ人をたのめどこぼれけれ
心にまさりはかなかるらん

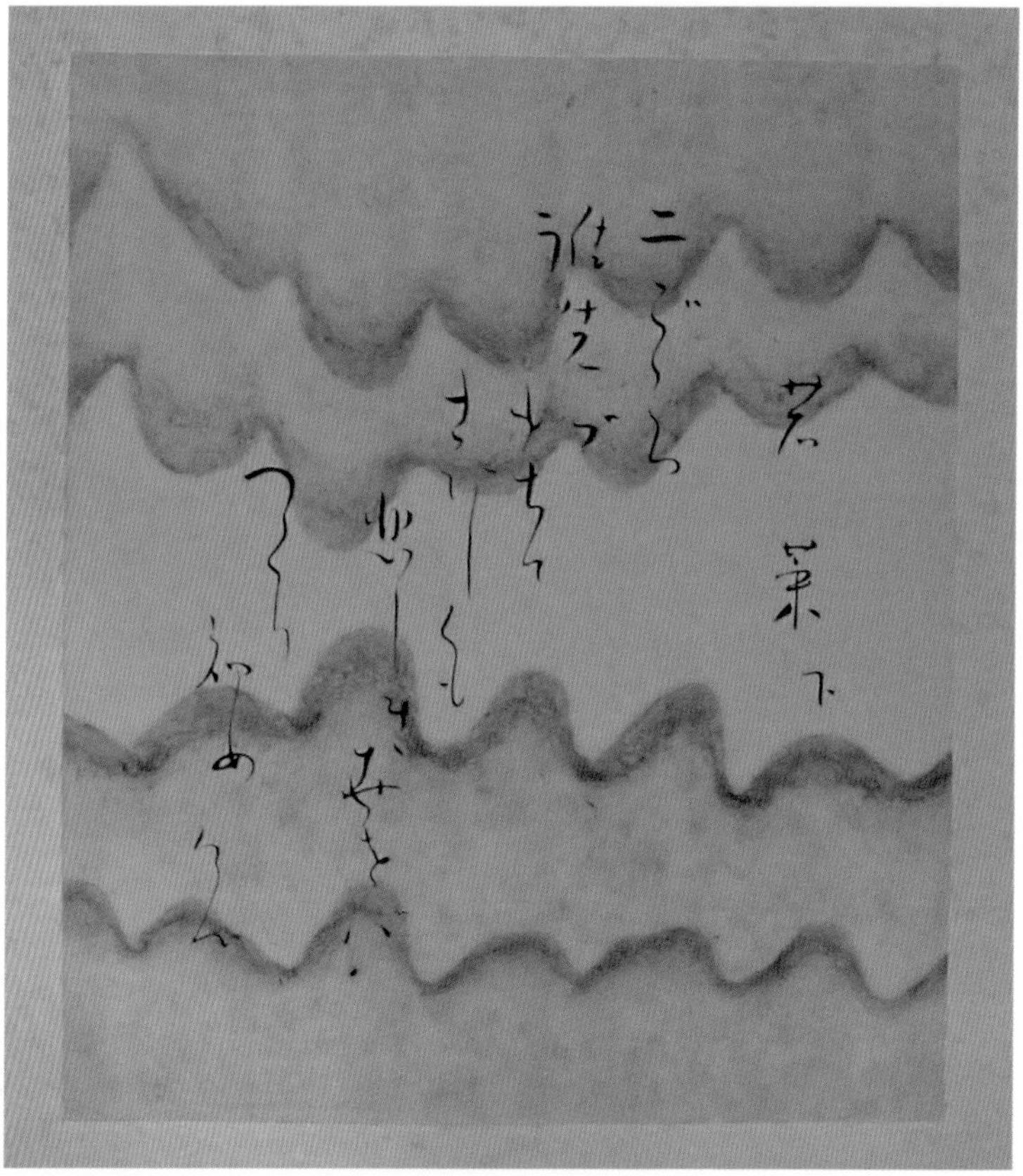

若菜下
二ごゝろ誰先づもちてさびしくも
悲しき世をばつくり初めけん

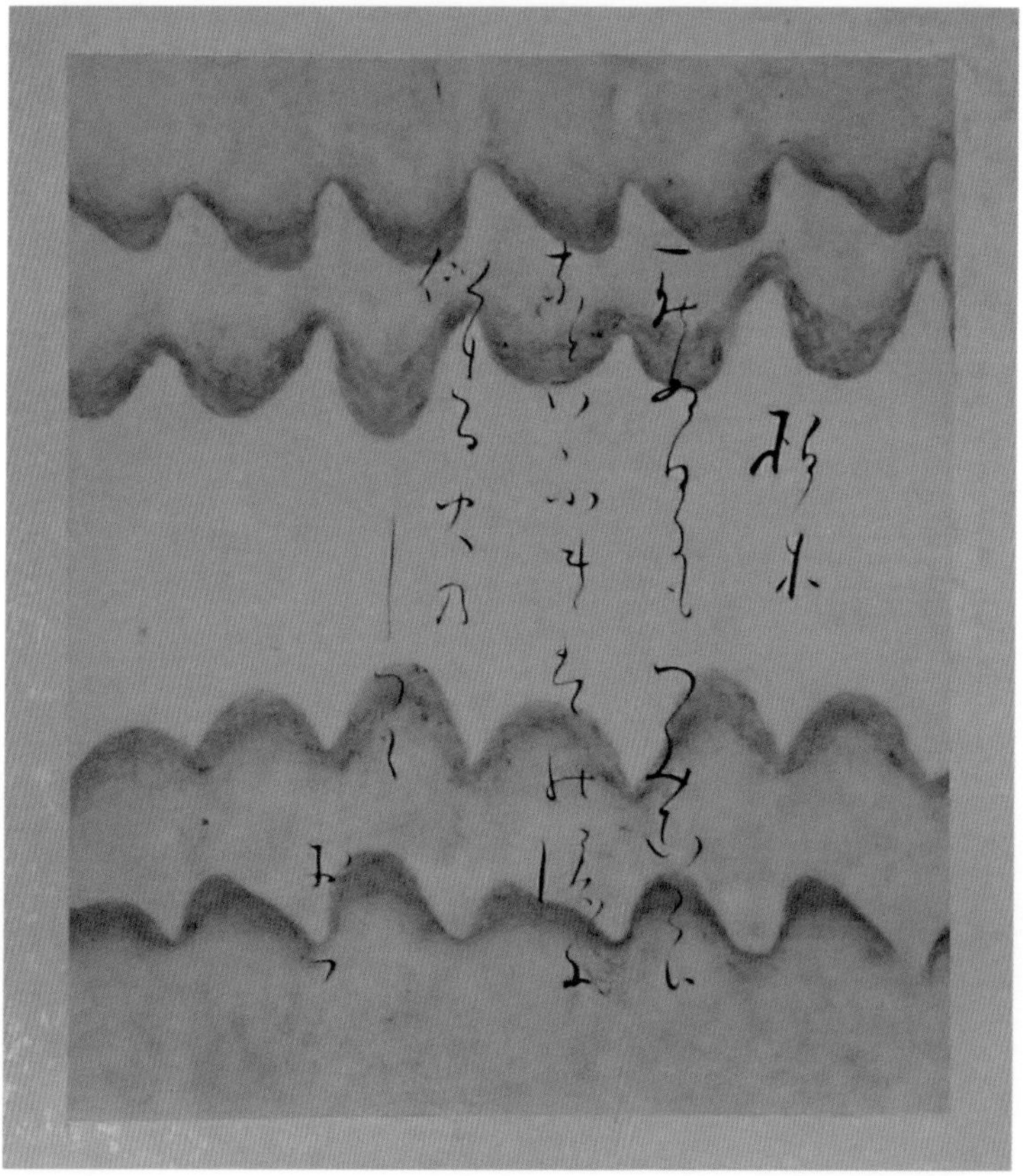

柏木
死ぬ日にもつみむくいなどいふきはの
涙に似ざる火のしづくおつ

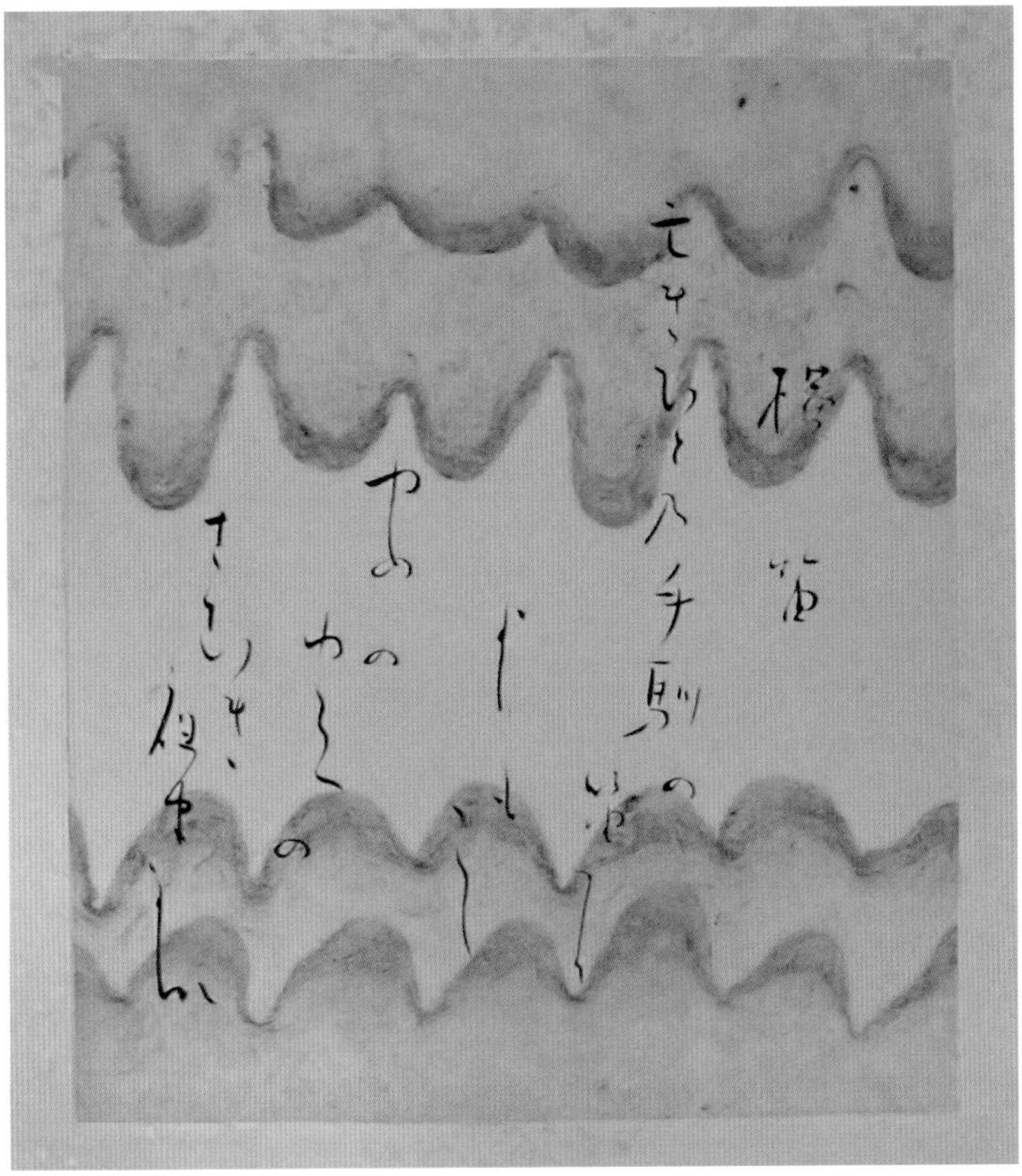

横笛
亡きひとの手馴の笛によりもこし
ゆめのゆくへのさむき夜半かな

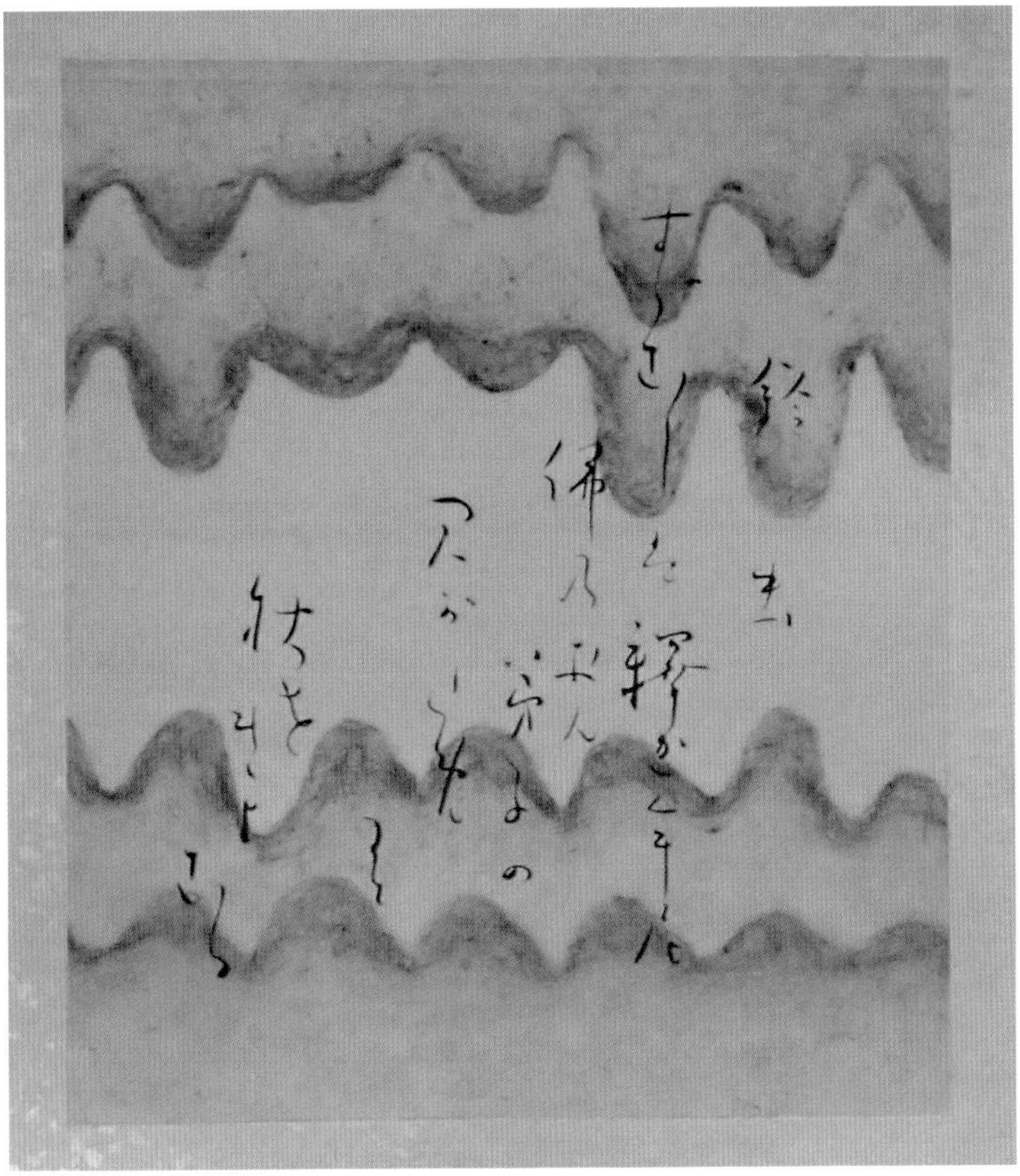

鈴虫
すゞむしは釈迦牟尼仏のおん弟子の
君がためにと秋をきよむる

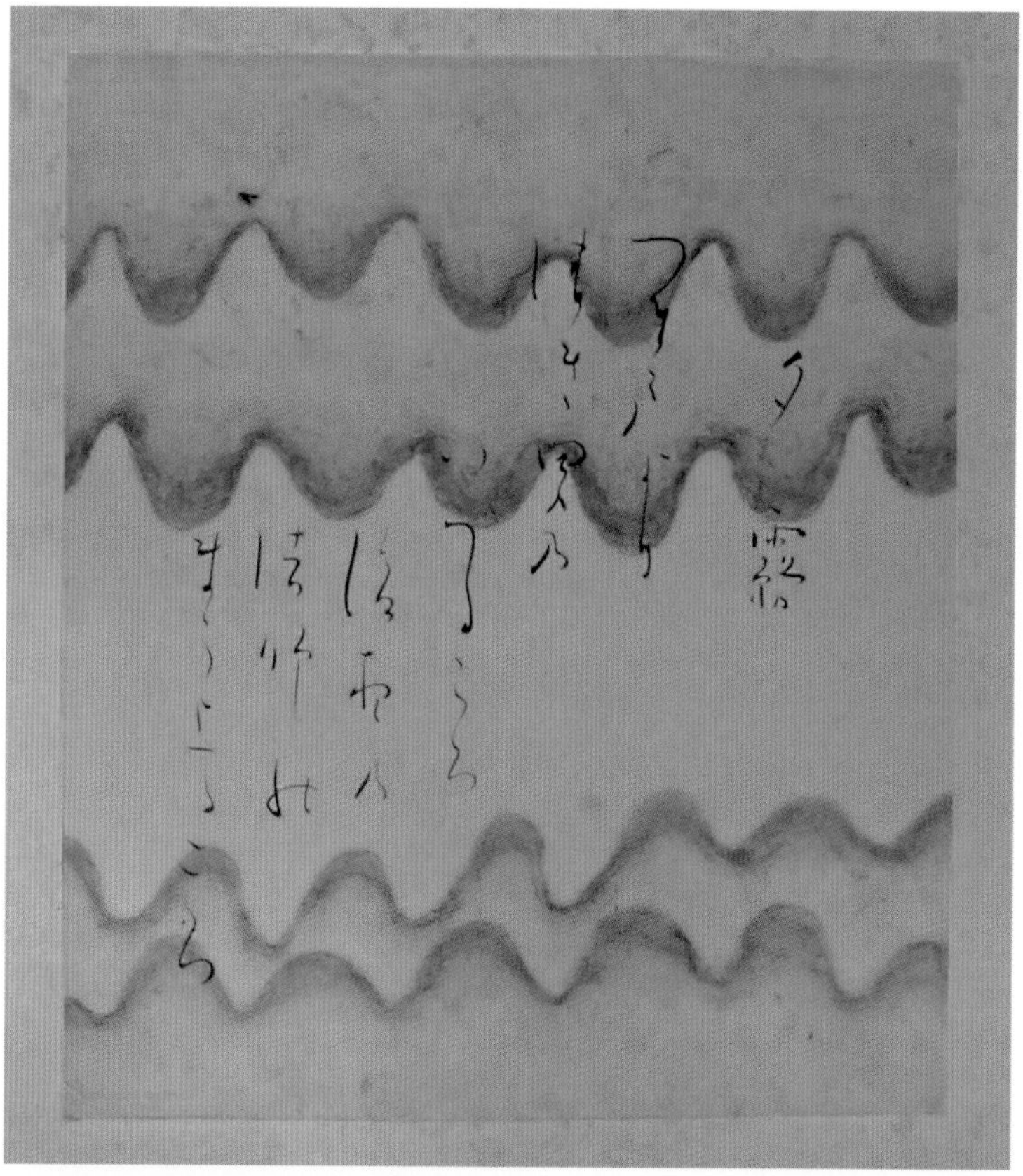

夕霧
つま戸より清き男のいづるころ
後夜の法師のまう上るころ

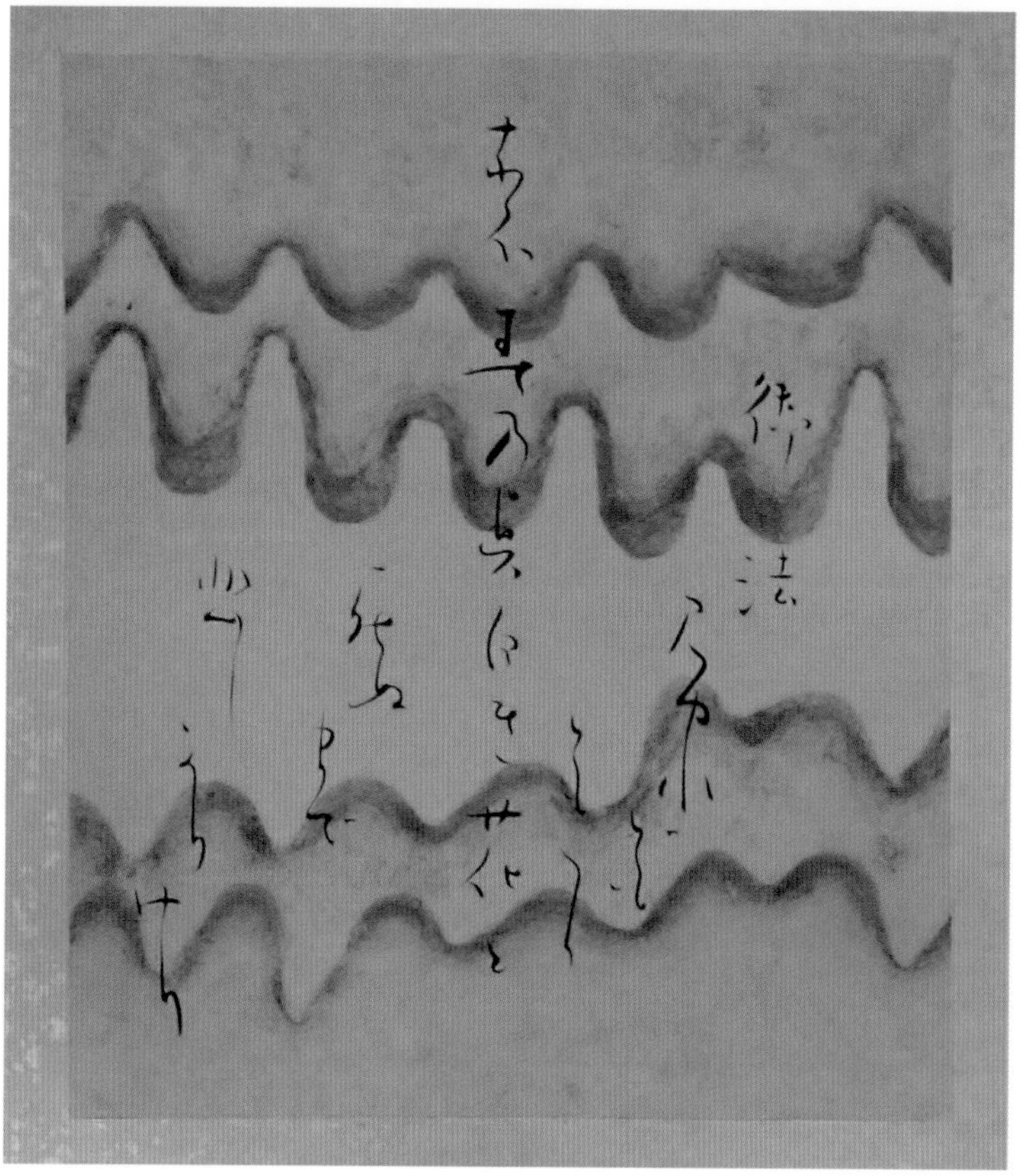

御法
なほ春の真白き花と見ゆれども
ともに死ぬまで悲しかりけり

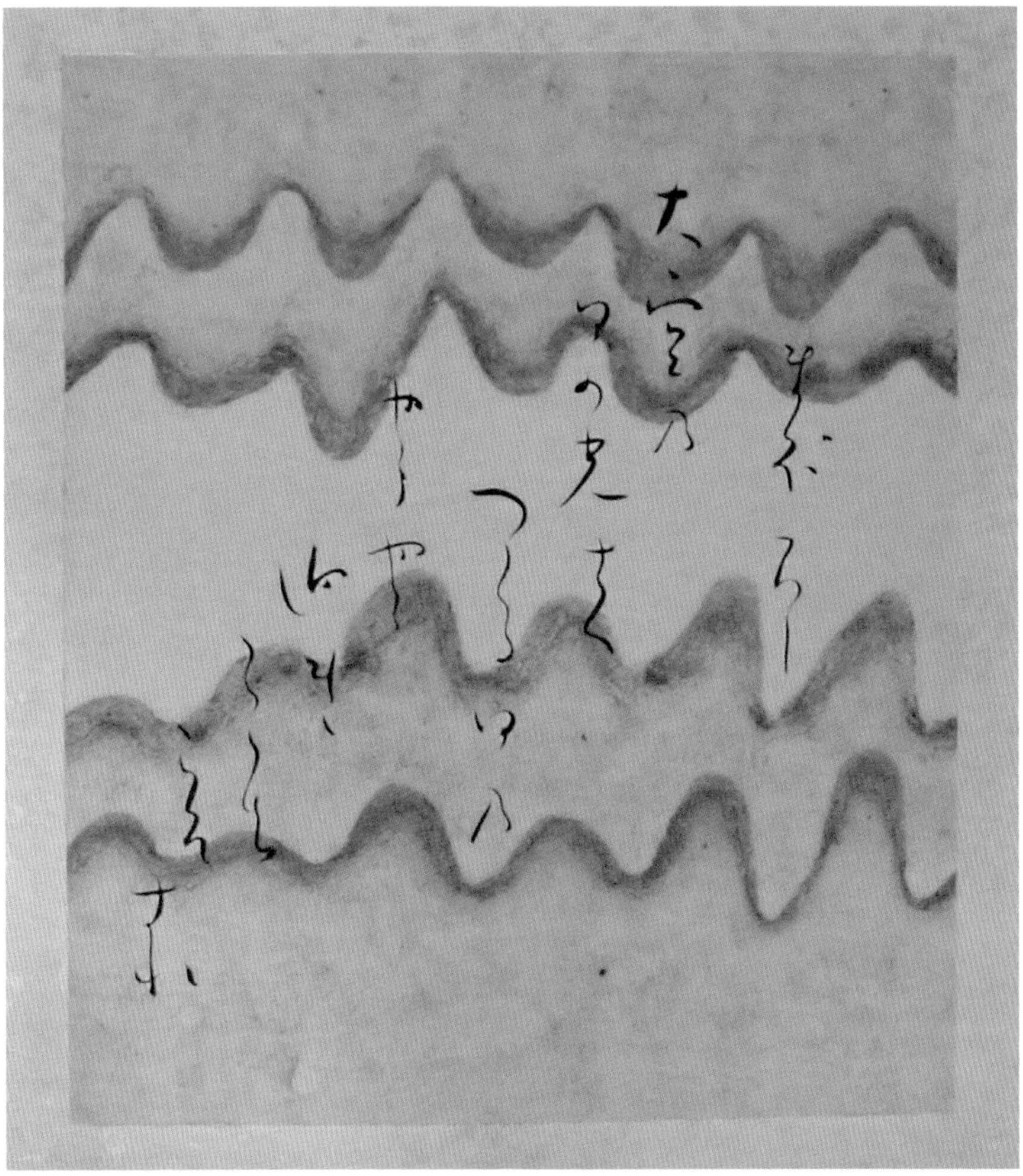

まぼろし
大空の日の光さへつくる日の
やうやく近きこゝちこそすれ

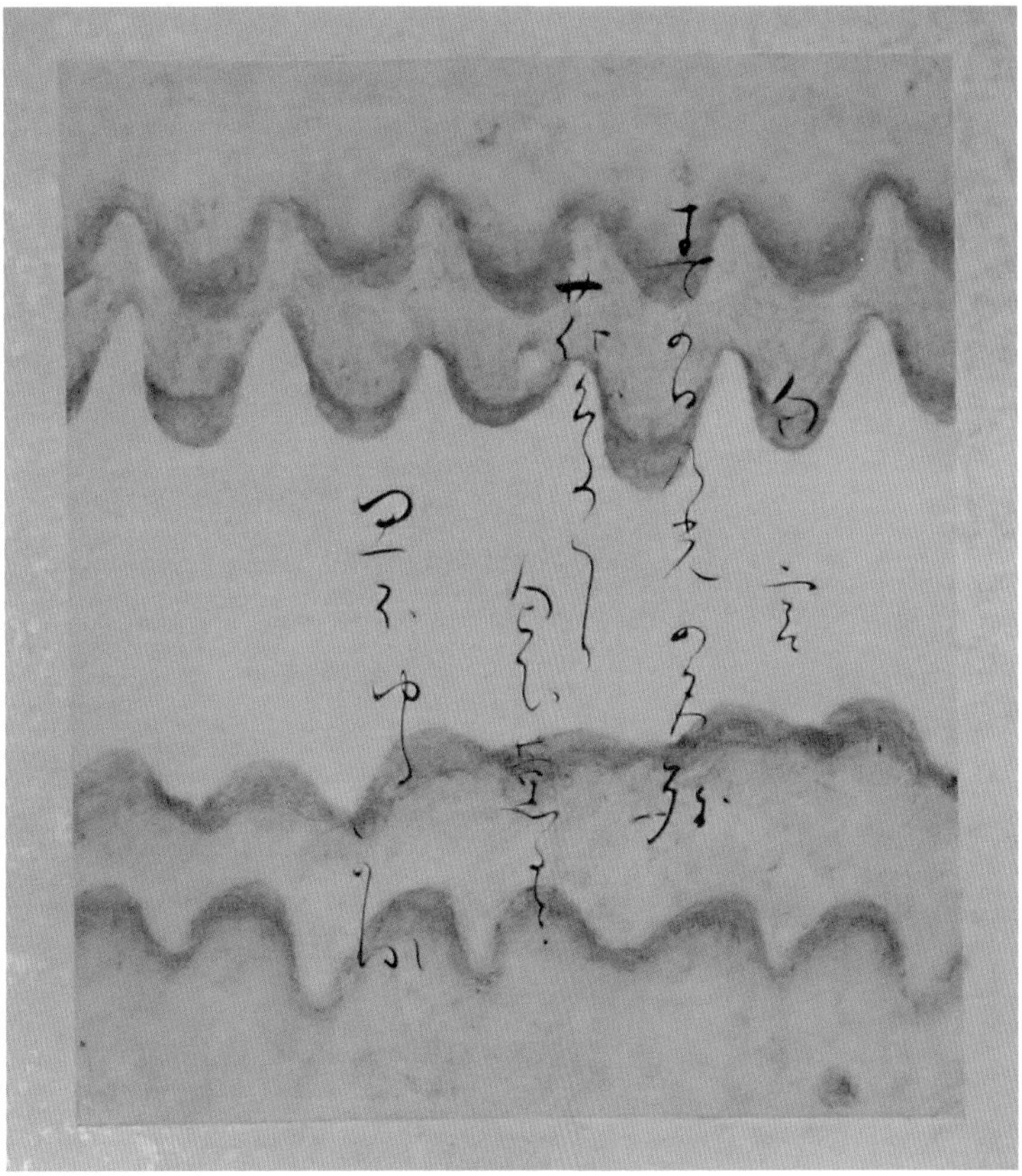

匂宮
春の日の光の名残花ぞのに
匂ひ薫ると思ほゆるかな

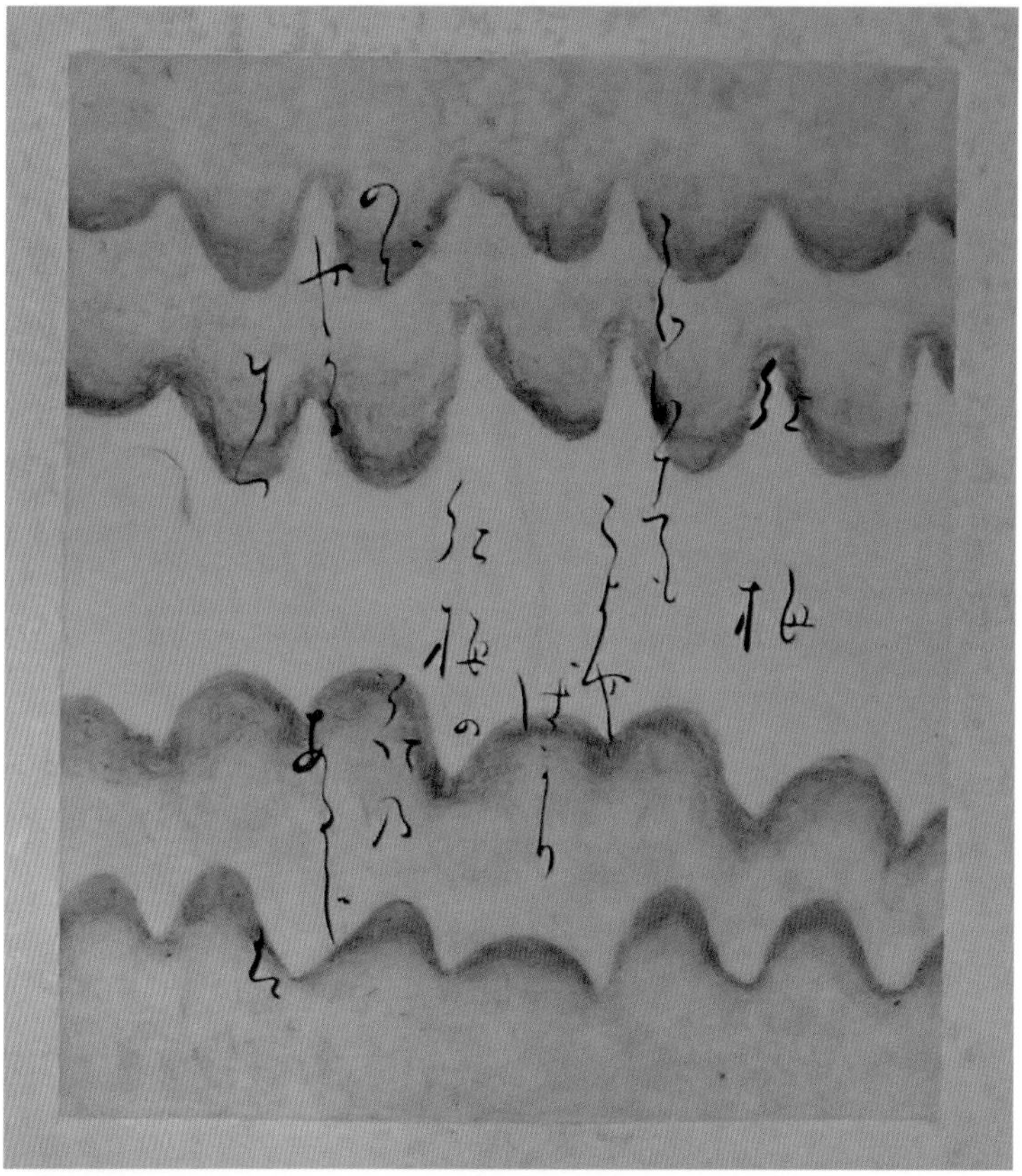

紅梅
うぐひすもこよやとばかり紅梅の
花のあるじはのどやかにまつ

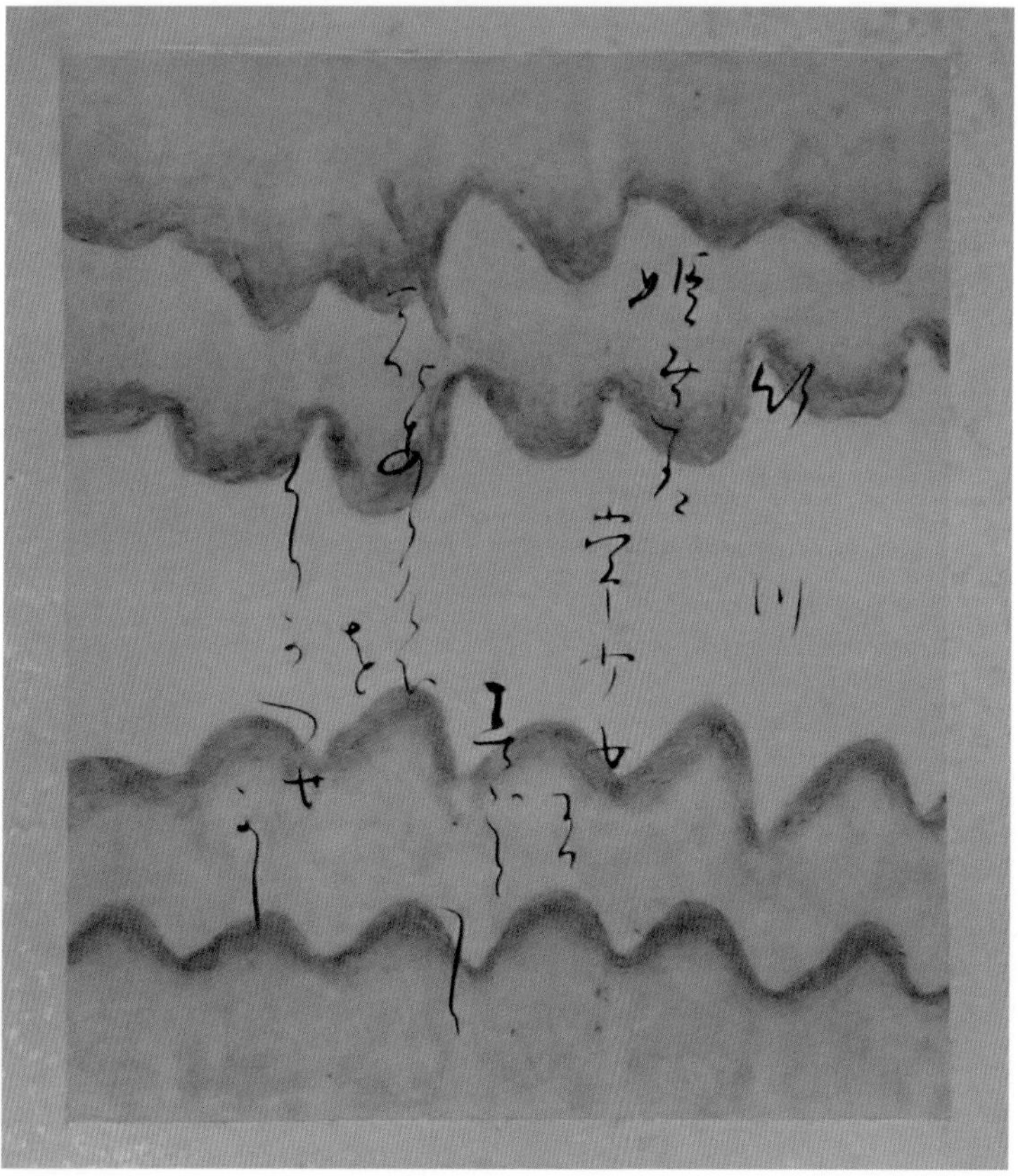

竹川
姫達は常少女《とこをとめ》にて春ごとに
花あらそひをくりかへせかし

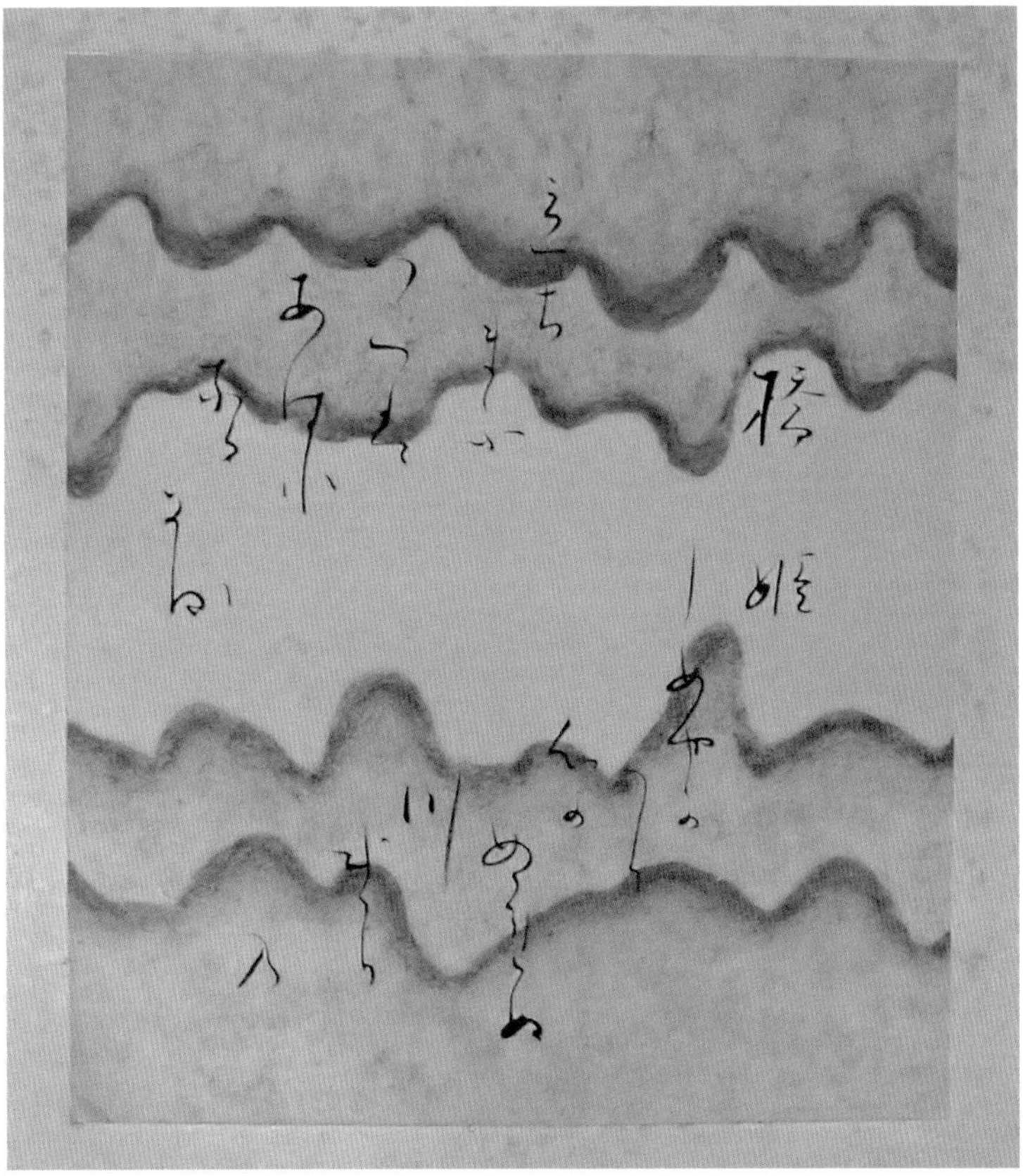

橋姫
しめやかに心のぬれぬ川ぎりの
立ちまふいへはあはれなるかな

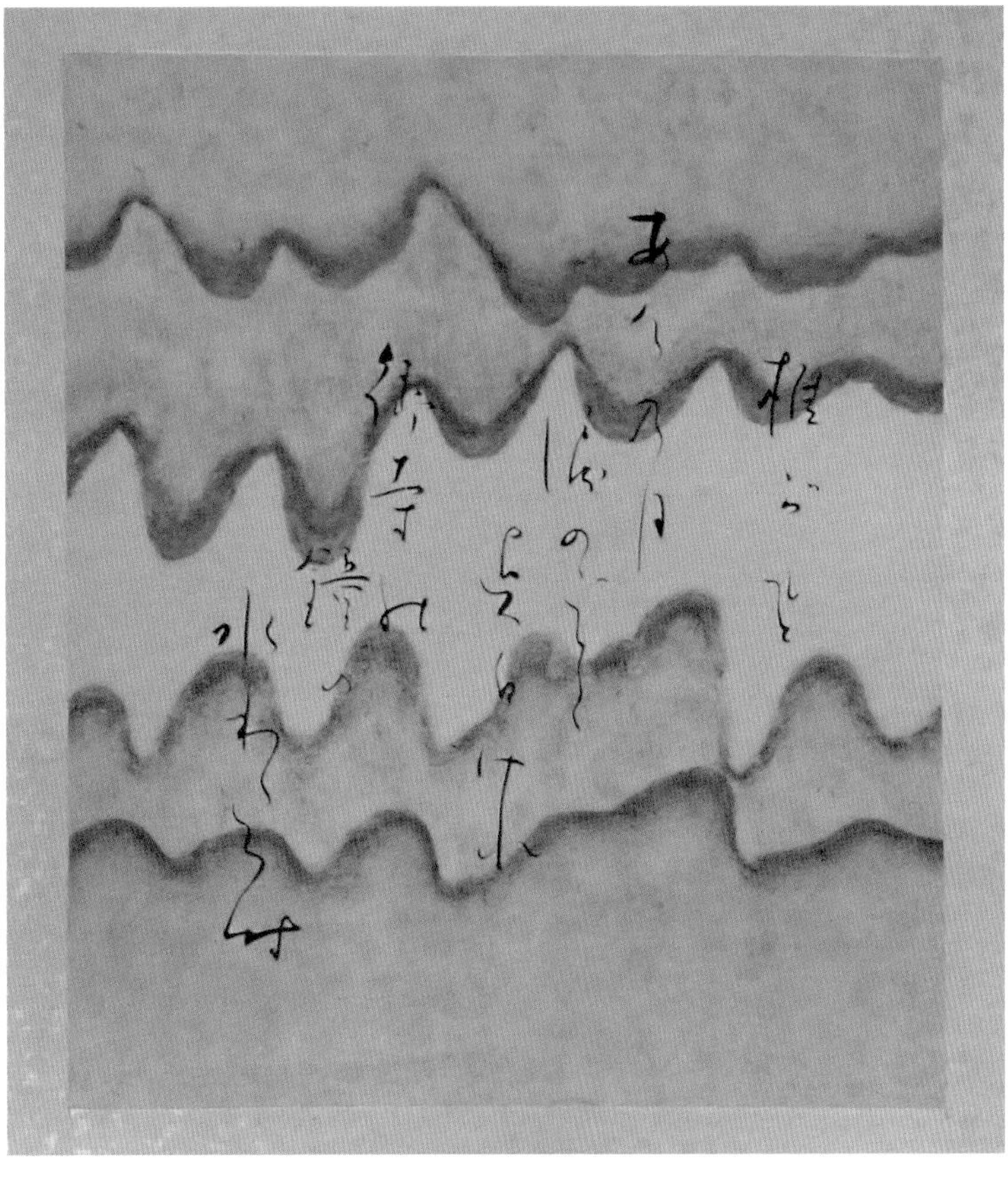

椎がもと
あけの月涙のごとく真白けれ
御寺の鐘の水わたる時

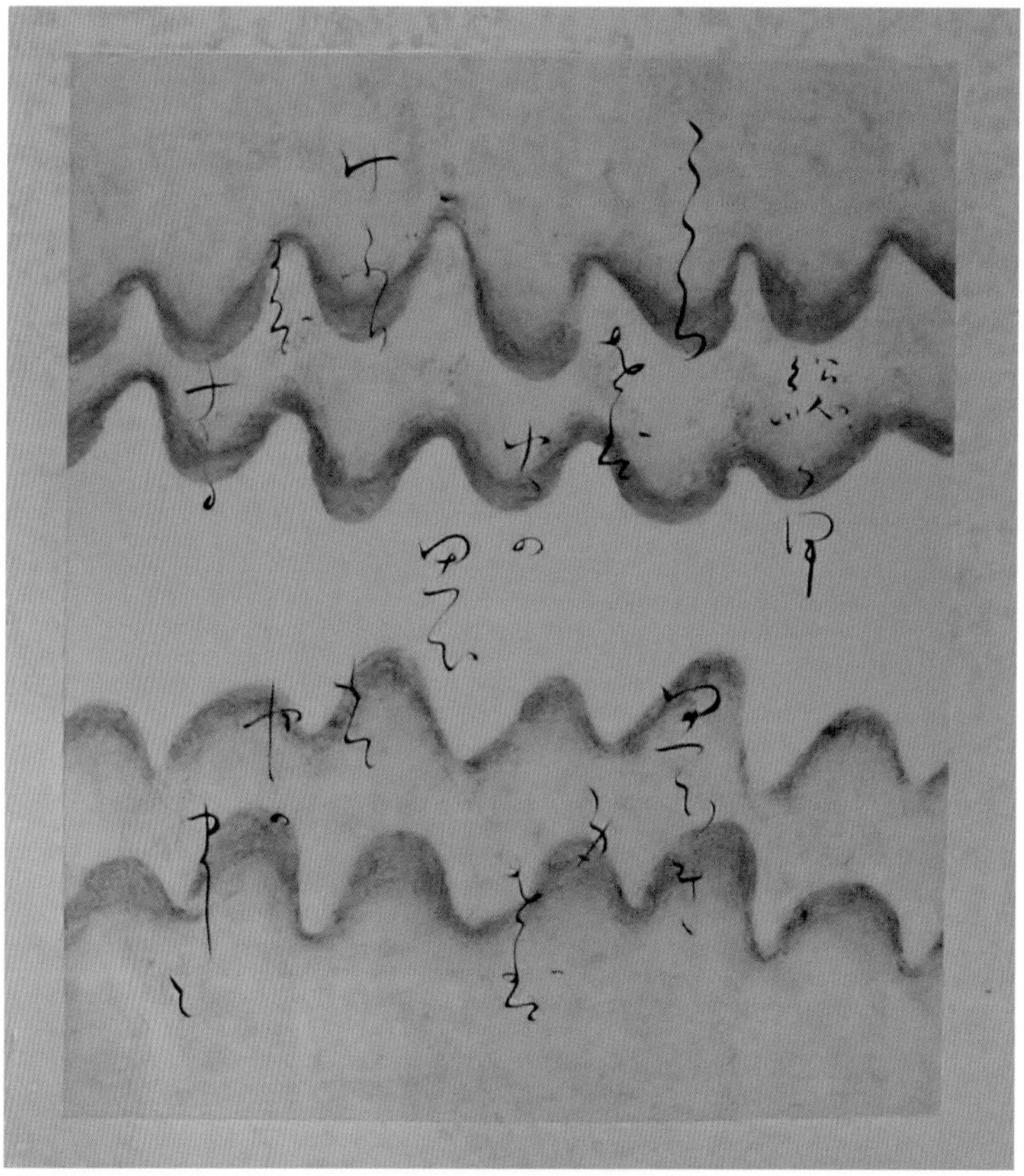

総角
こゝろをば火の思ひもてやかましと
思ひき身をばけぶりにぞする

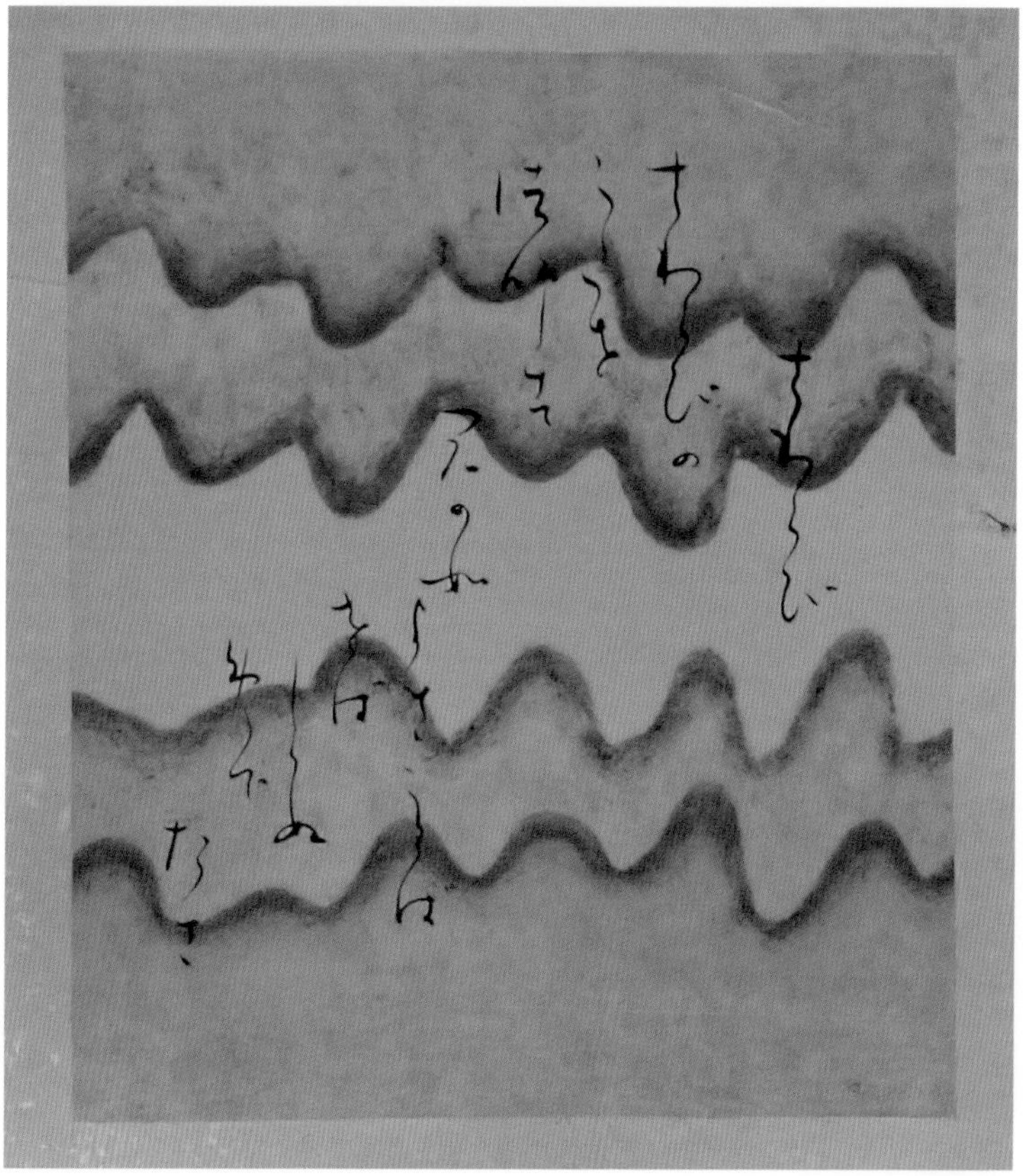

さわらび
さわらびのうたを法師す君の如
よきことばをばしらぬめでたさ

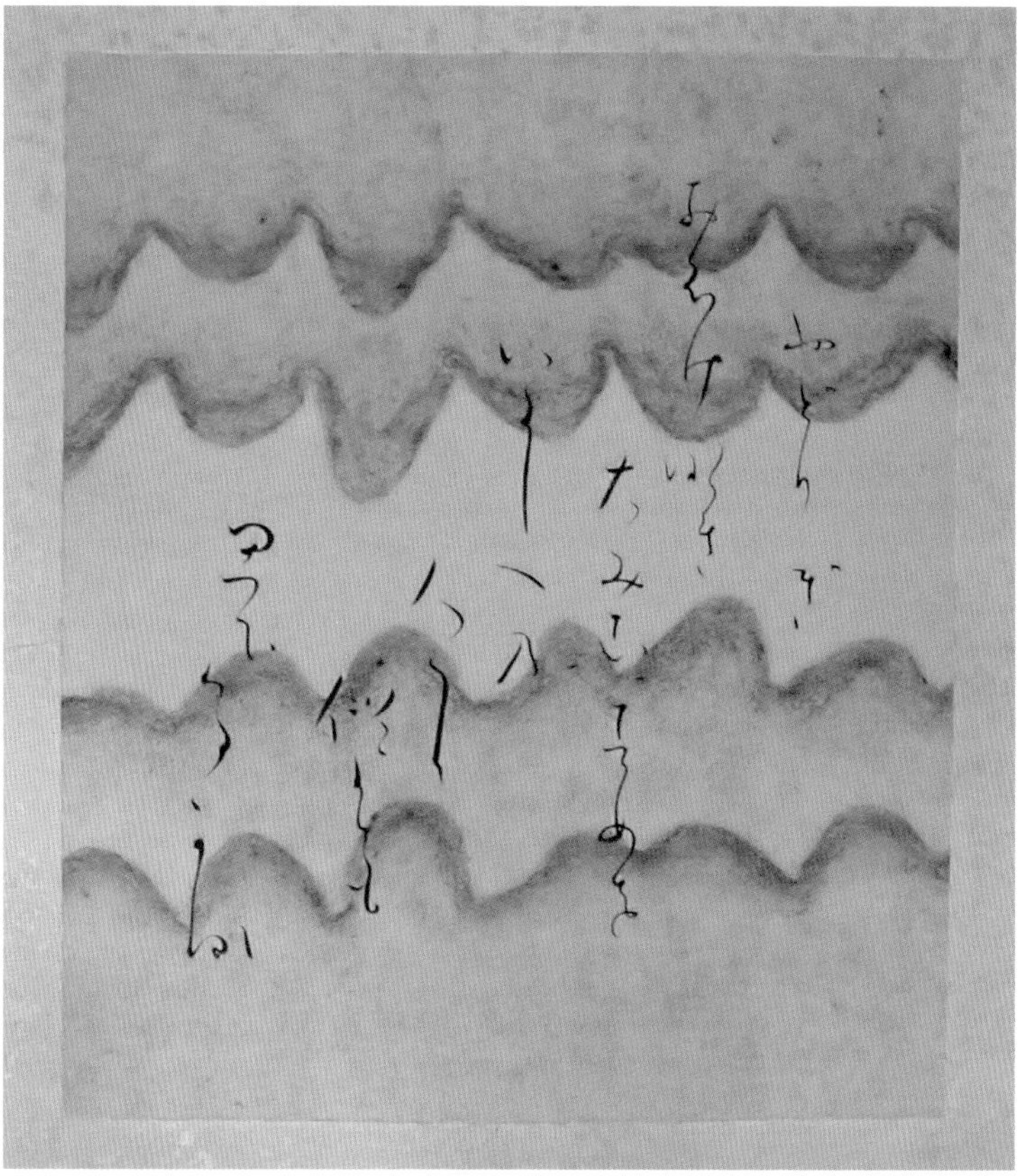

やどりぎ
おほけなき大みむすめをいにしへの
人に似よとも思ひけるかな

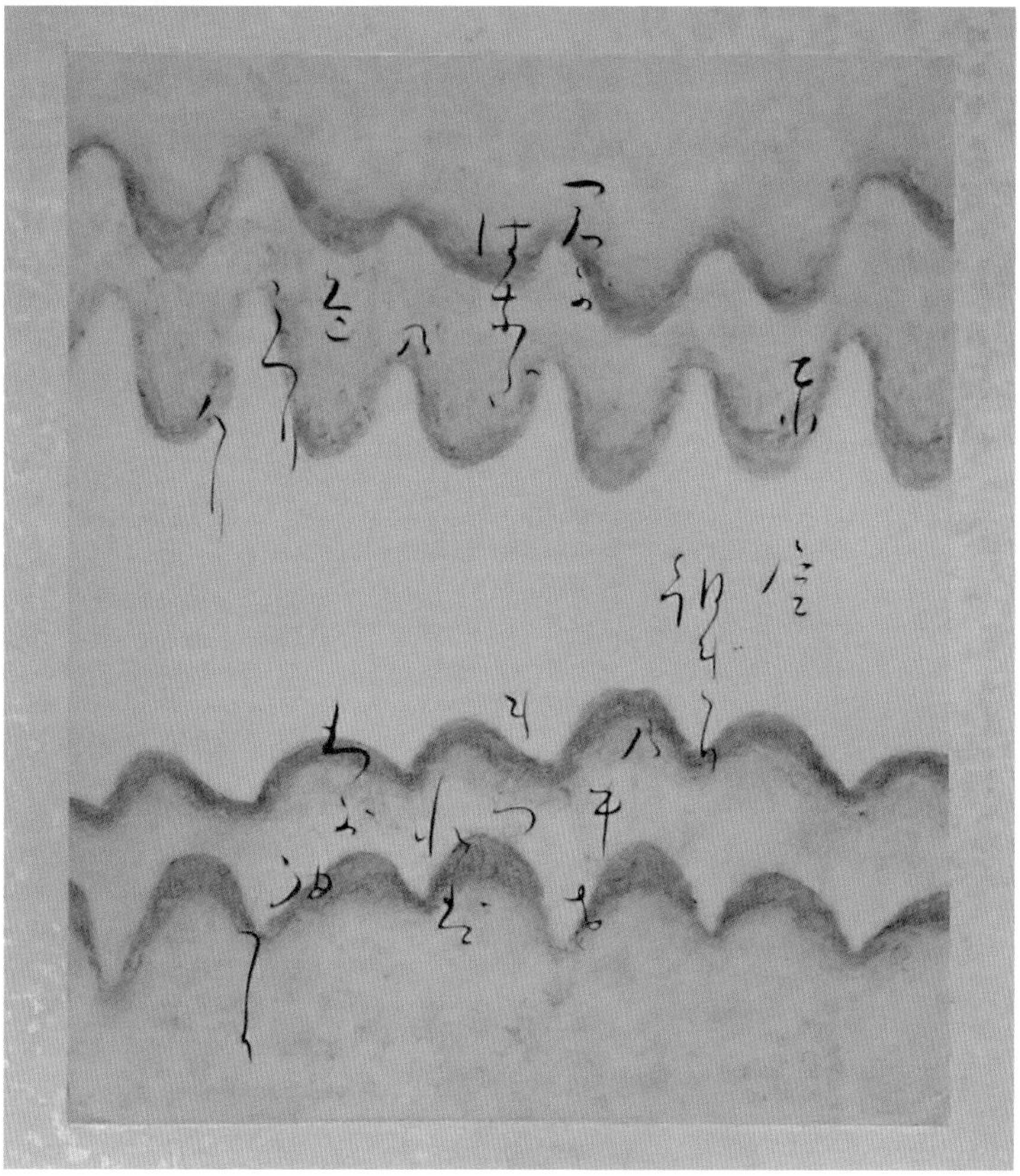

東屋
朝ぎりの中をきつればわが袖に
君がはなだの色うつりけり

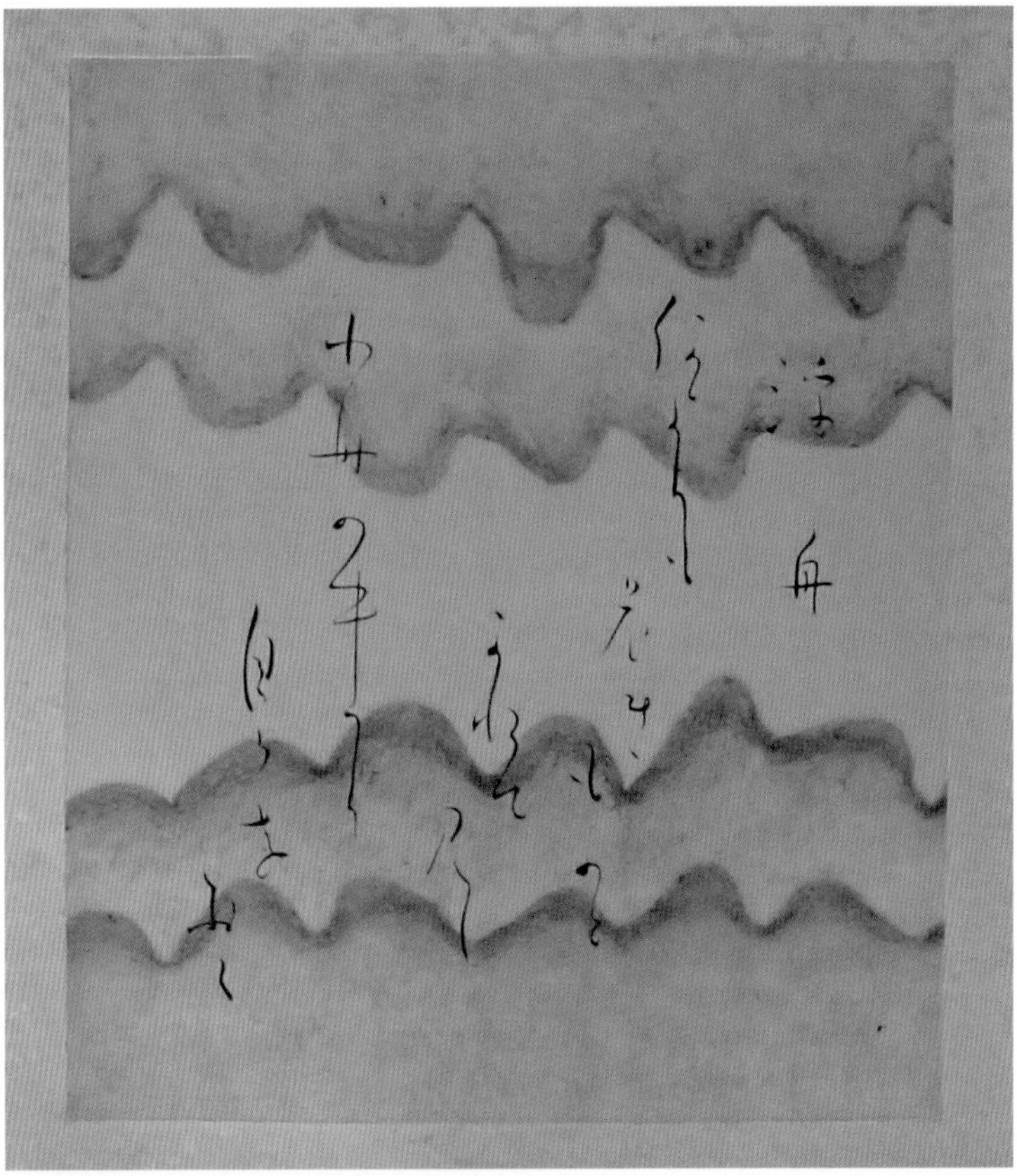

浮舟
何よりも危きものとかねて見し
小舟の中に自らをおく

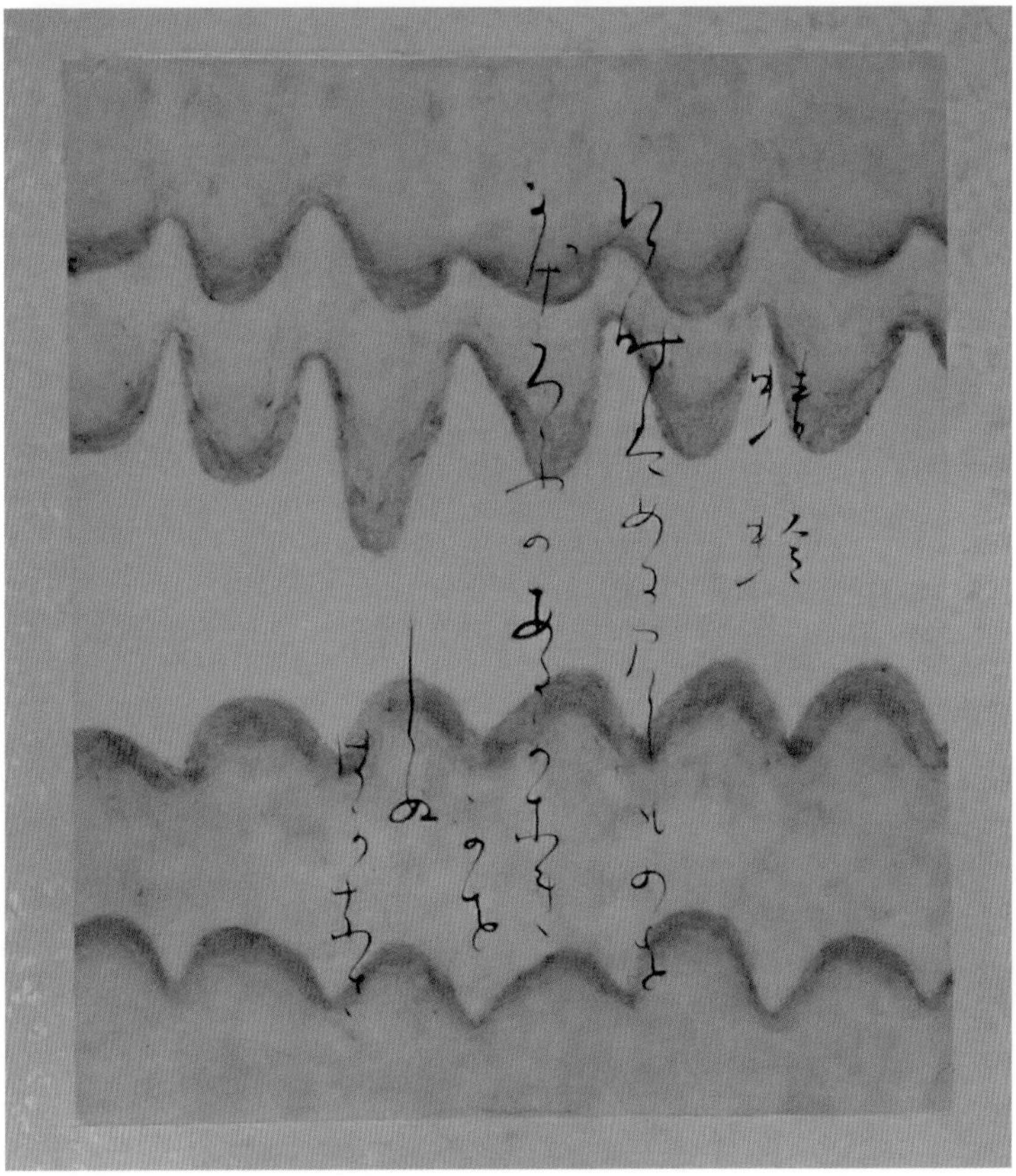

蜻蛉
ひと時はめに見しものをかげろふの
あるかなきかをしらぬはかなさ

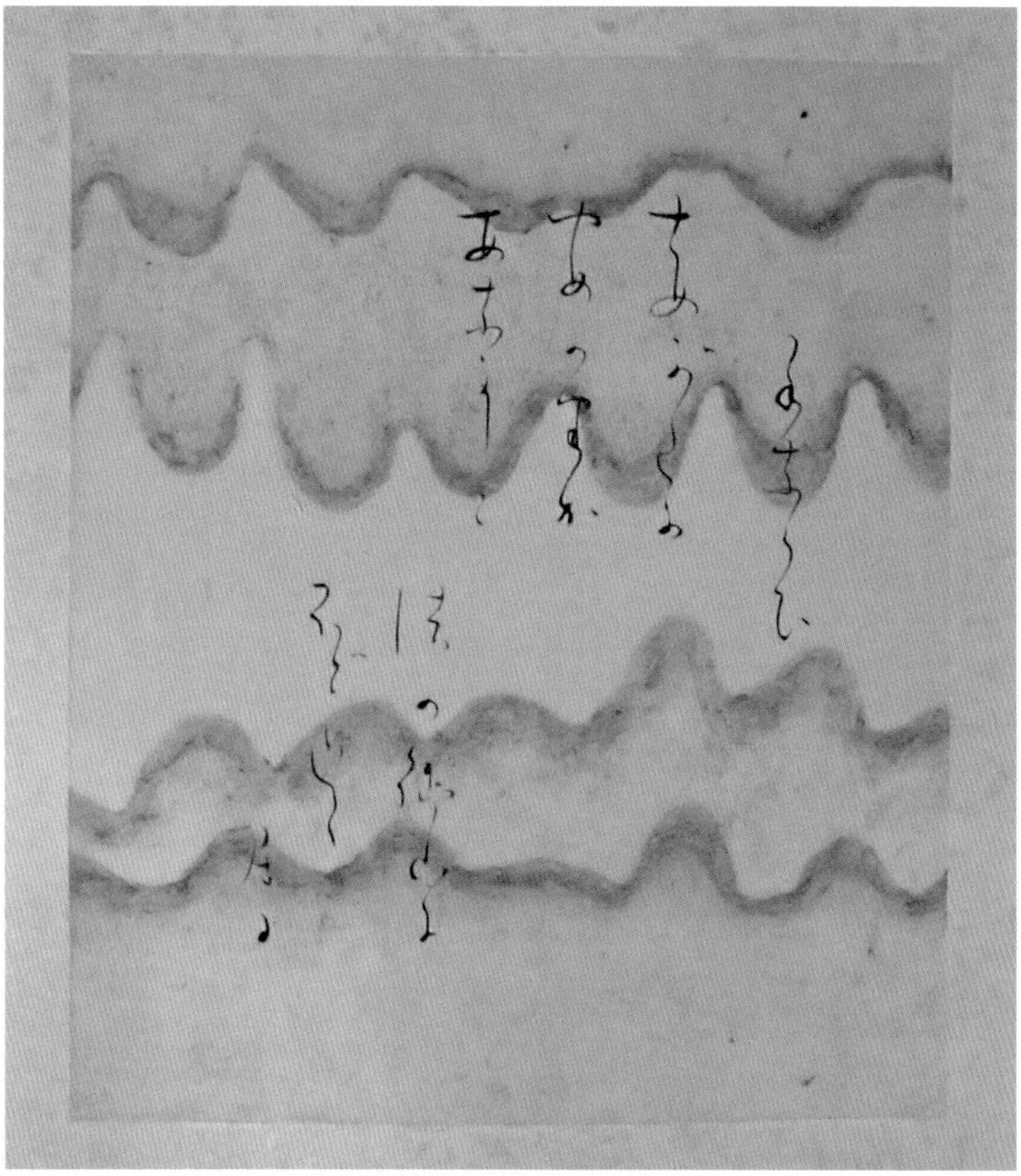

手ならひ
さめがたかゆめの半かあなかしこ
法の御山にほど近く居る

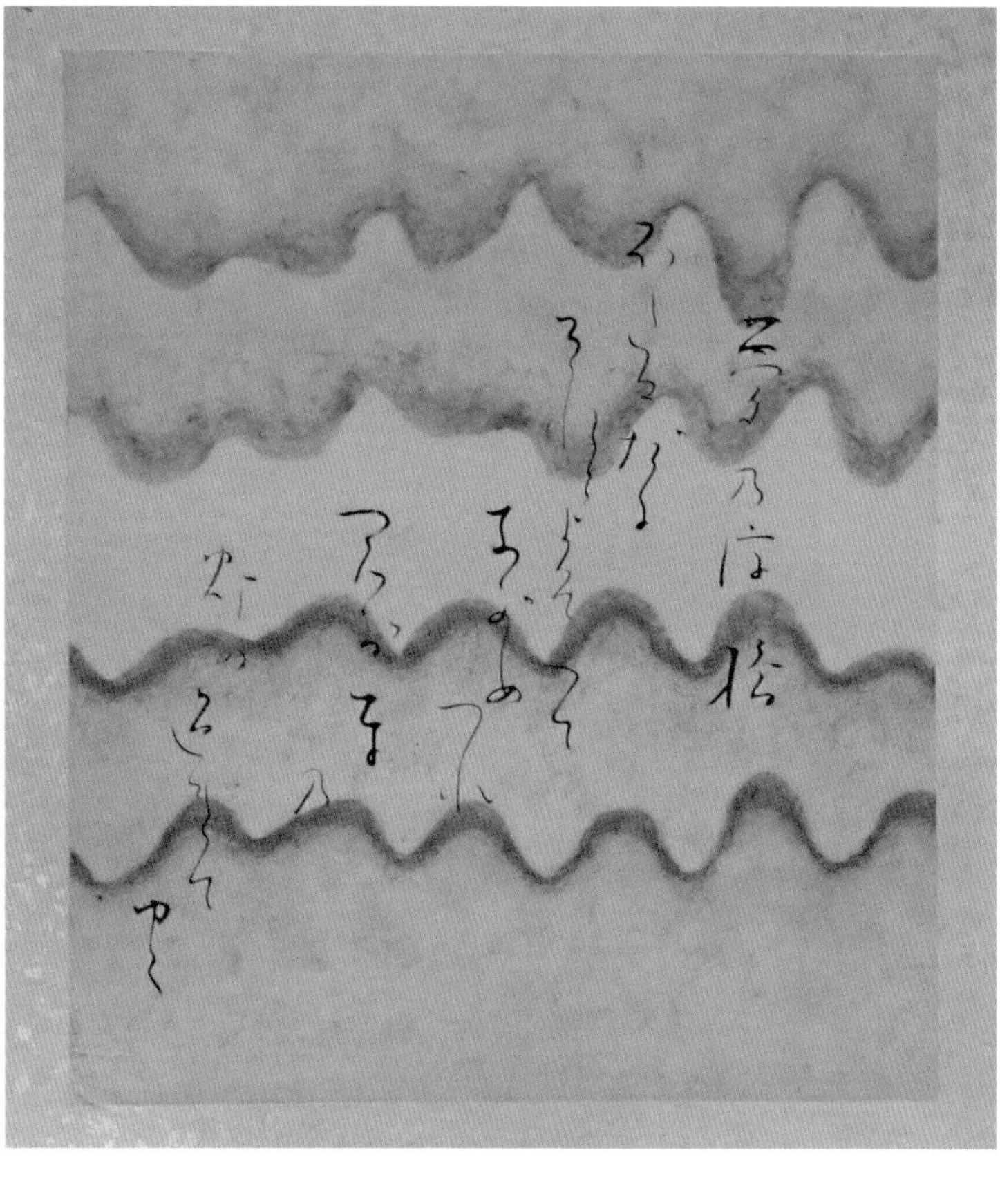

夢の浮橋
ほたるだにそれとよそへてながめつれ
君が車の灯の過ぎてゆく

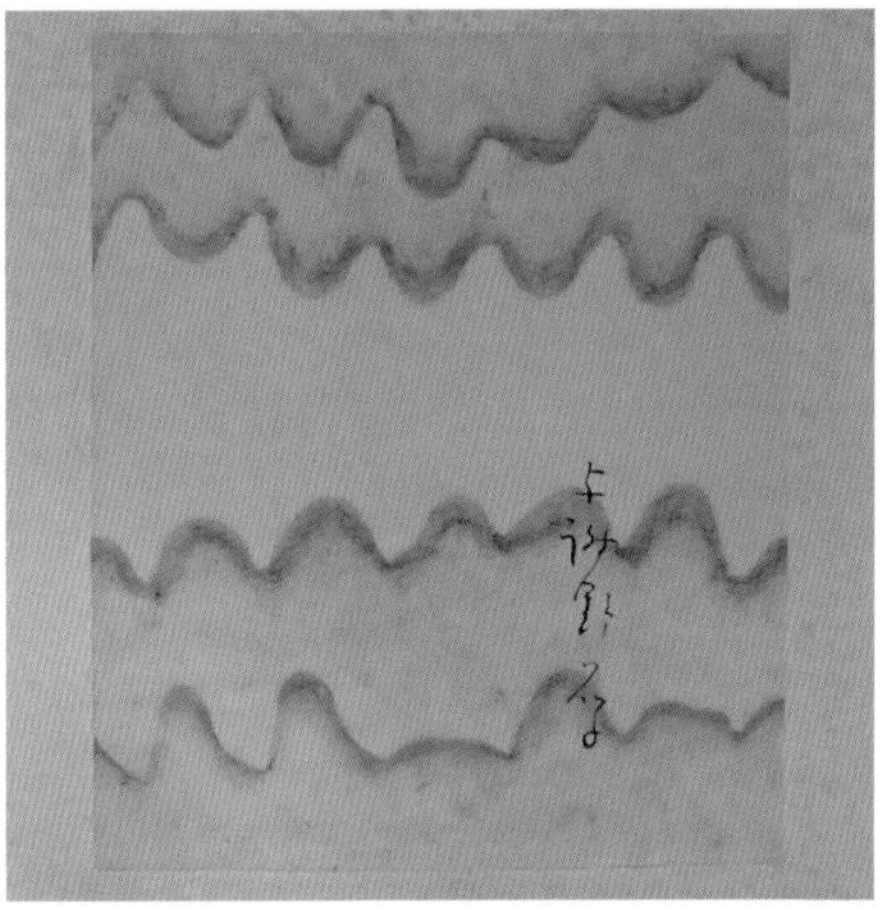

与謝野晶子
（署名）

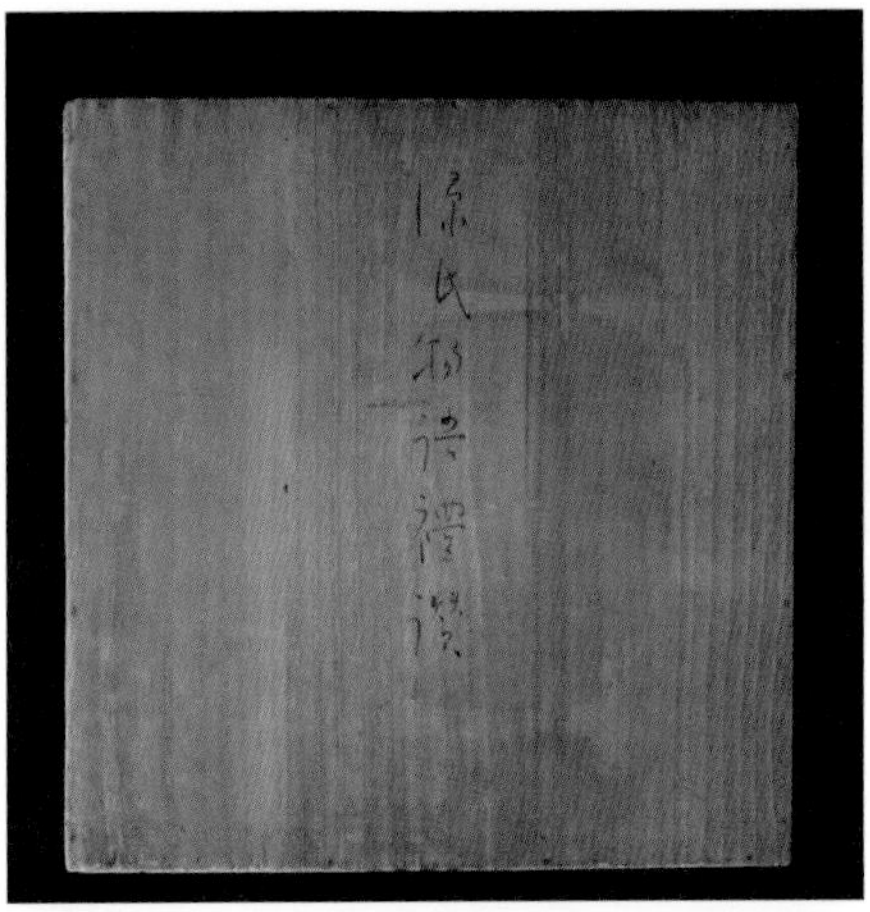

源氏物語礼讃
（桐箱・蓋の表）

源氏物語礼讃
（帙）

大正十二年
六月
与謝野晶子
（桐箱・蓋の裏）

「源氏物語礼讃」色替わり色紙

書写年未詳

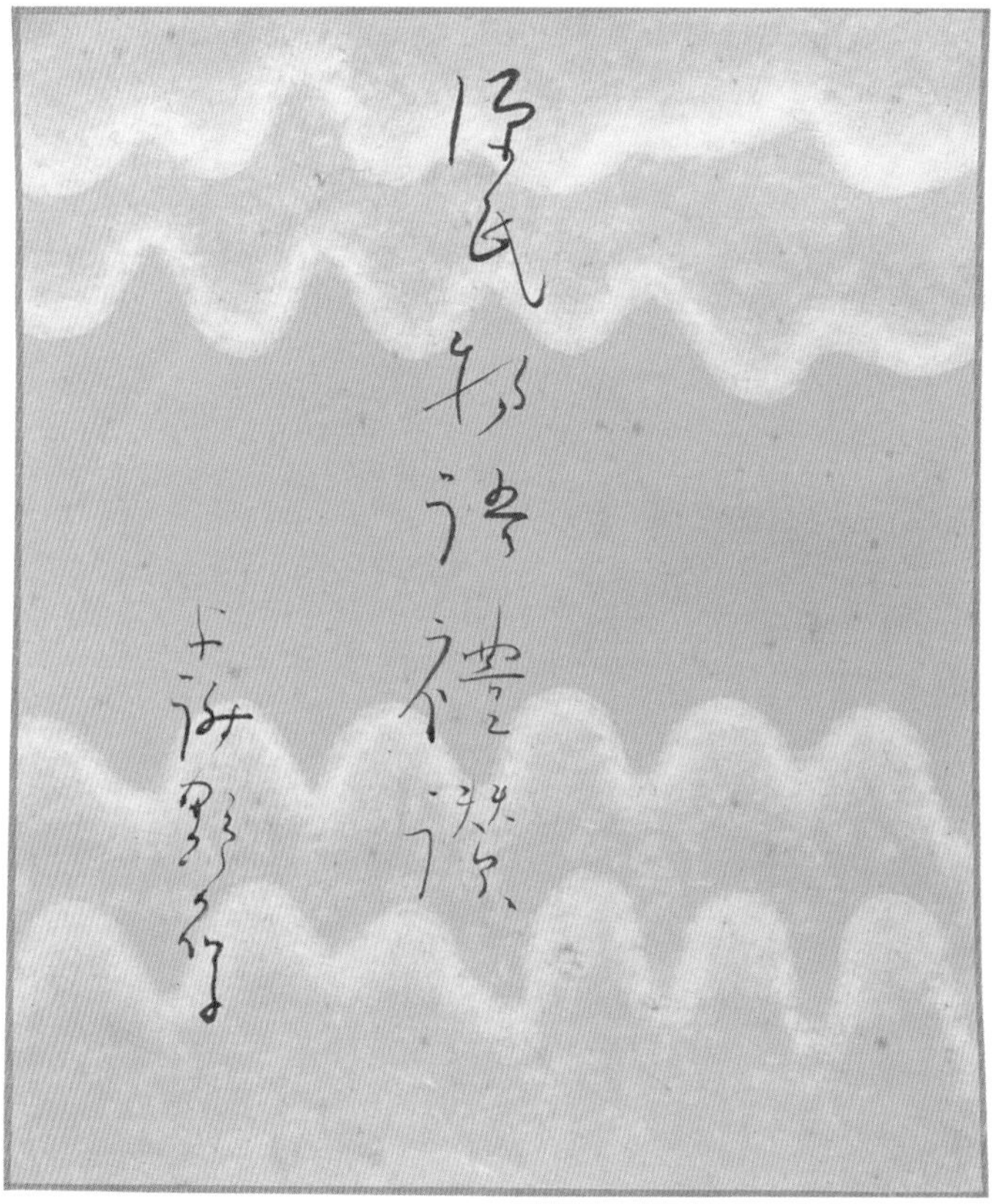

源氏物語礼讃
与謝野晶子
（標題・署名）

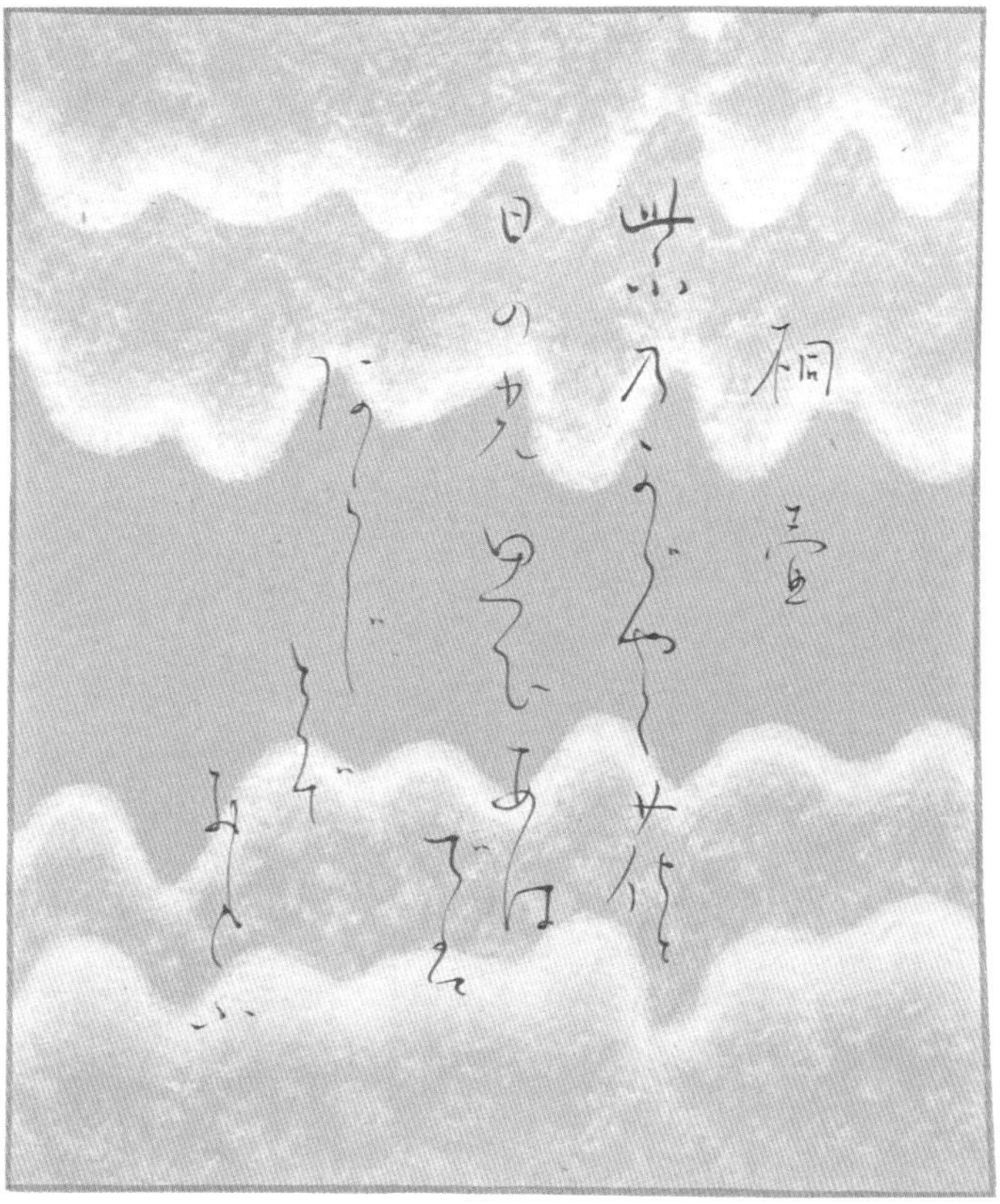

桐壺

紫のかゞやく花と日の光
思ひあはではあらじとぞおもふ

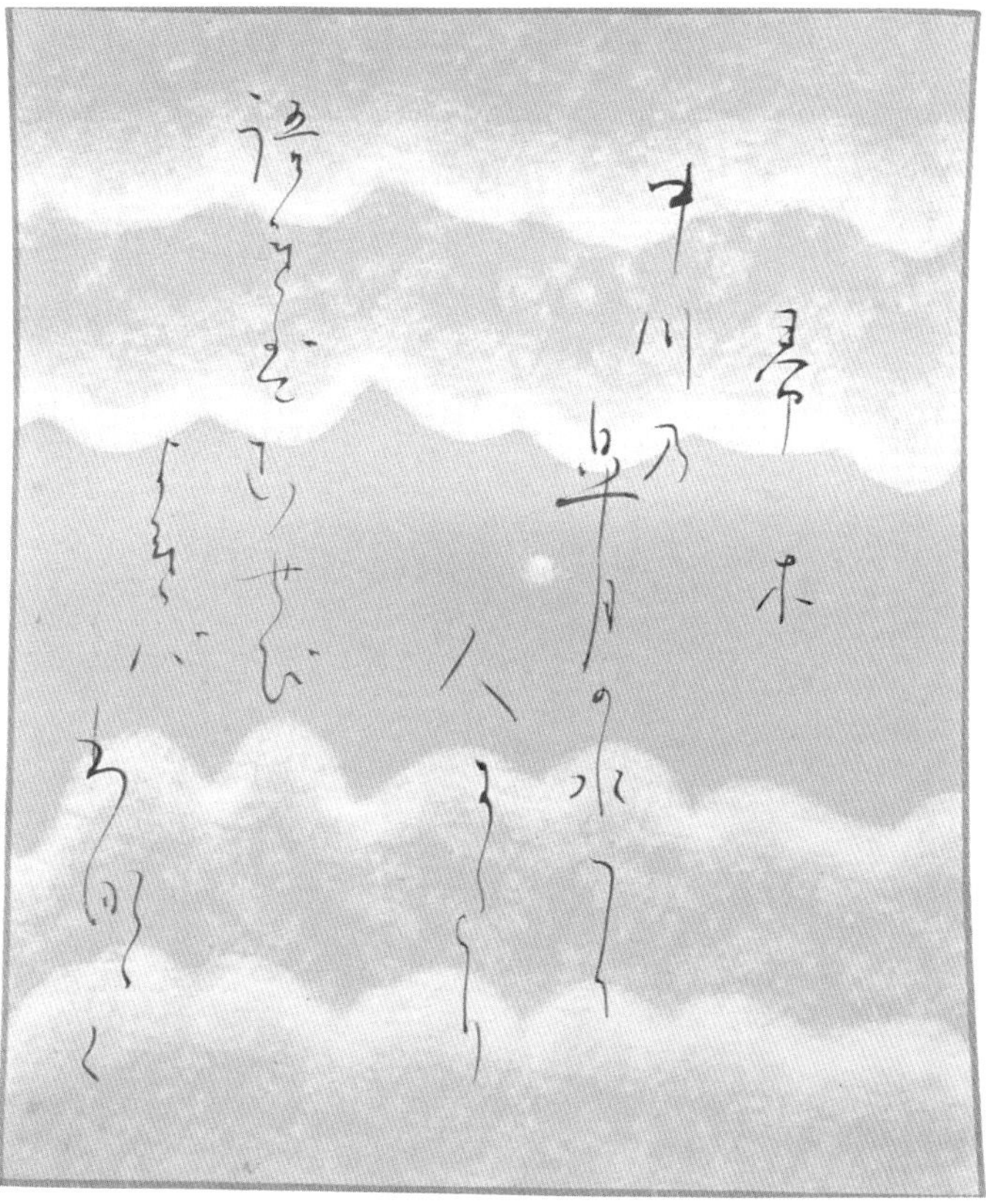

帚木

中川の皐月の水に人にたり
語ればむせびよればわなゝく

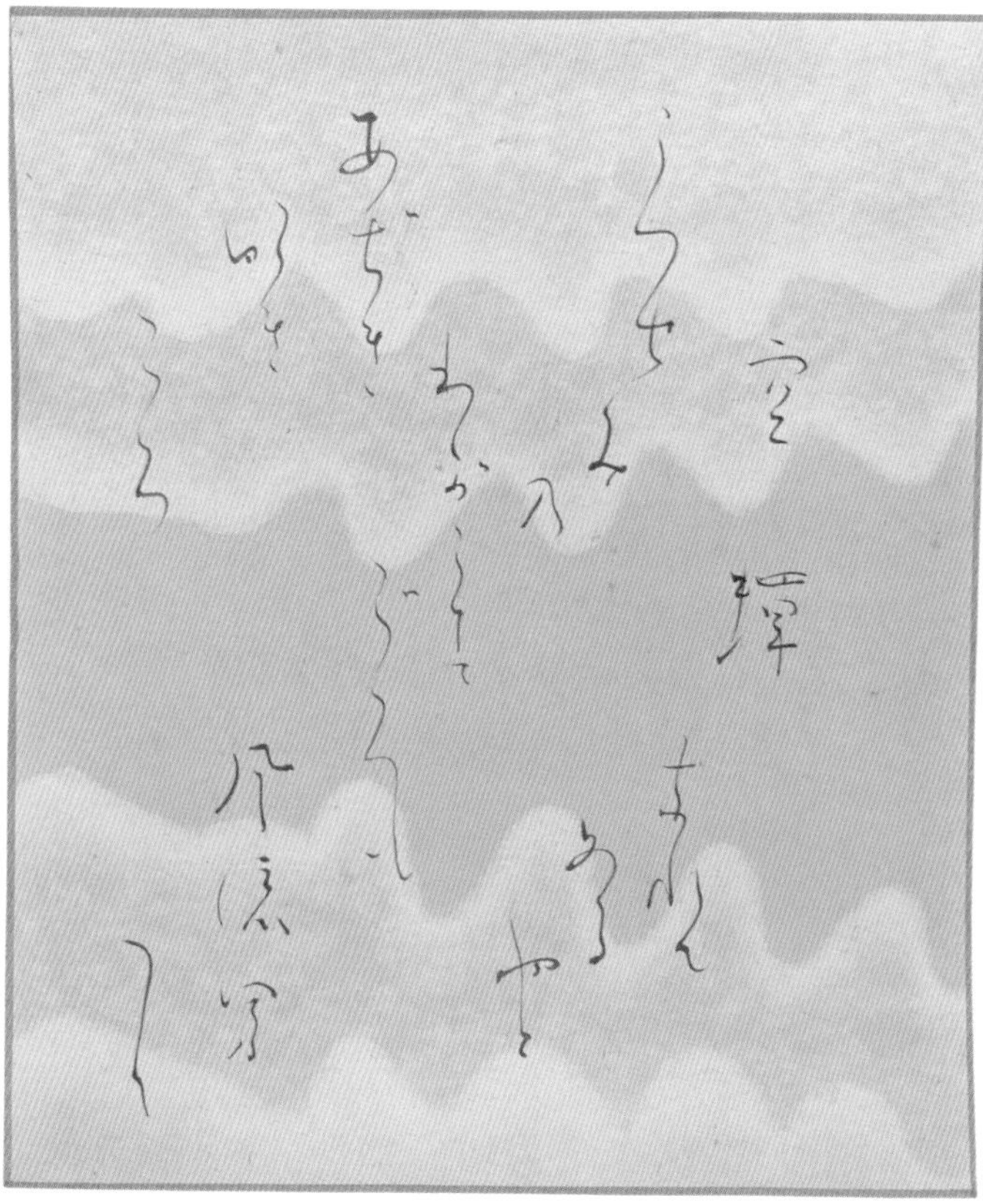

空蟬
うつせみのわがうすごろも風流男《みやびを》に
なれてぬるやとあぢきなきころ

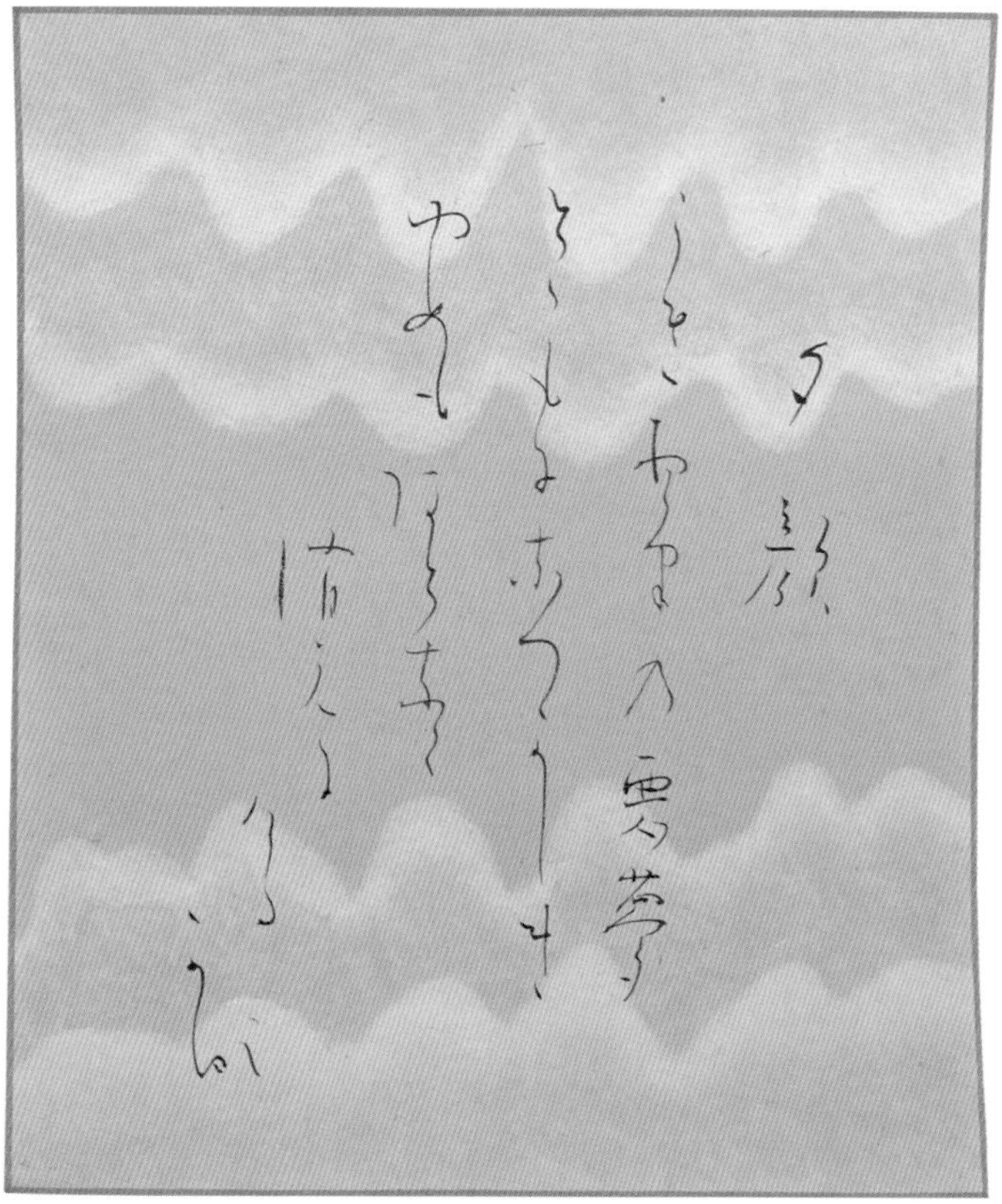

夕顔
うき夜半の悪夢とゝもになつかしき
ゆめもあとなく消えにけるかな

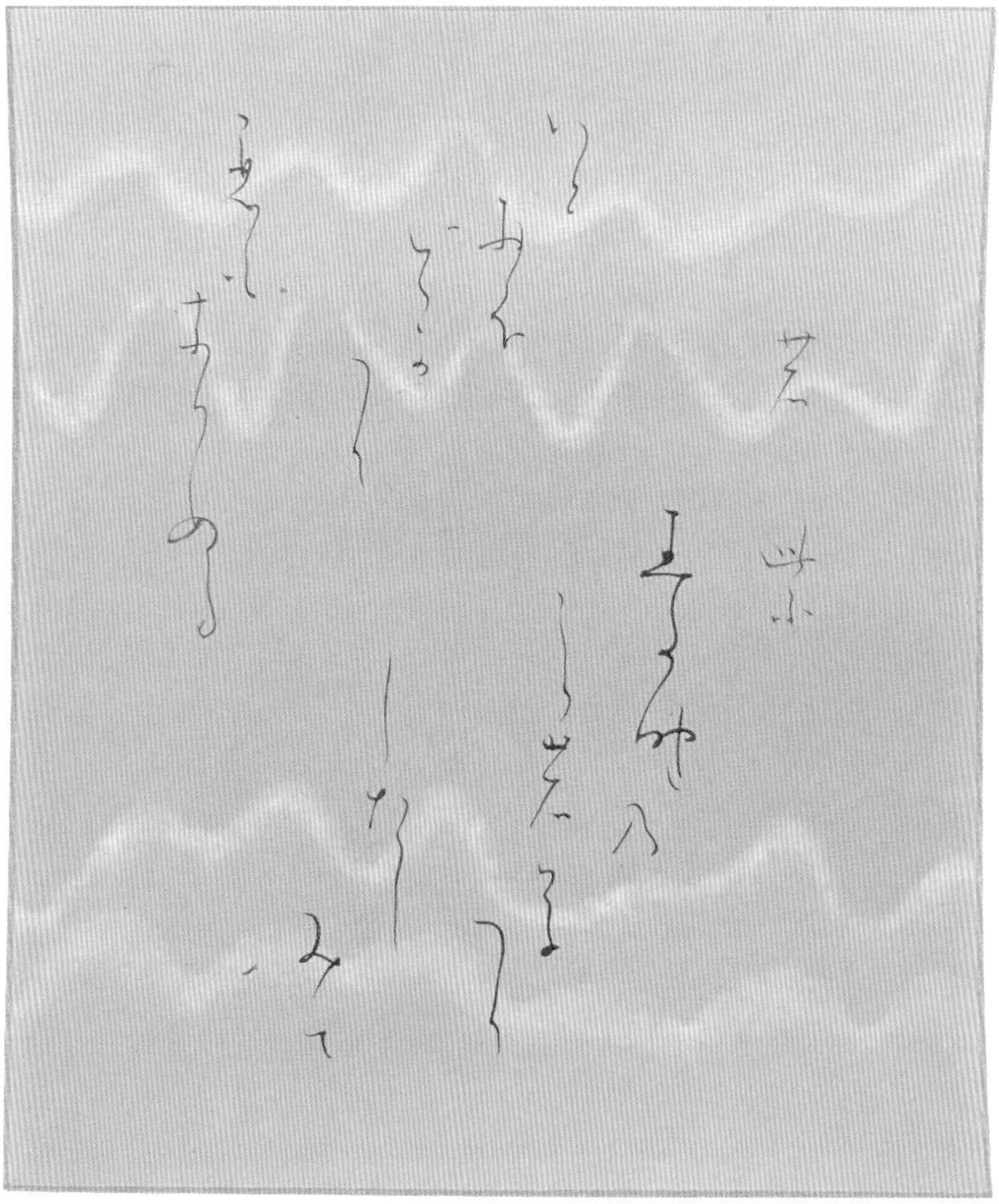

若紫

春の野のうら若草にしたしみて
いとおほどかに恋もなりぬる

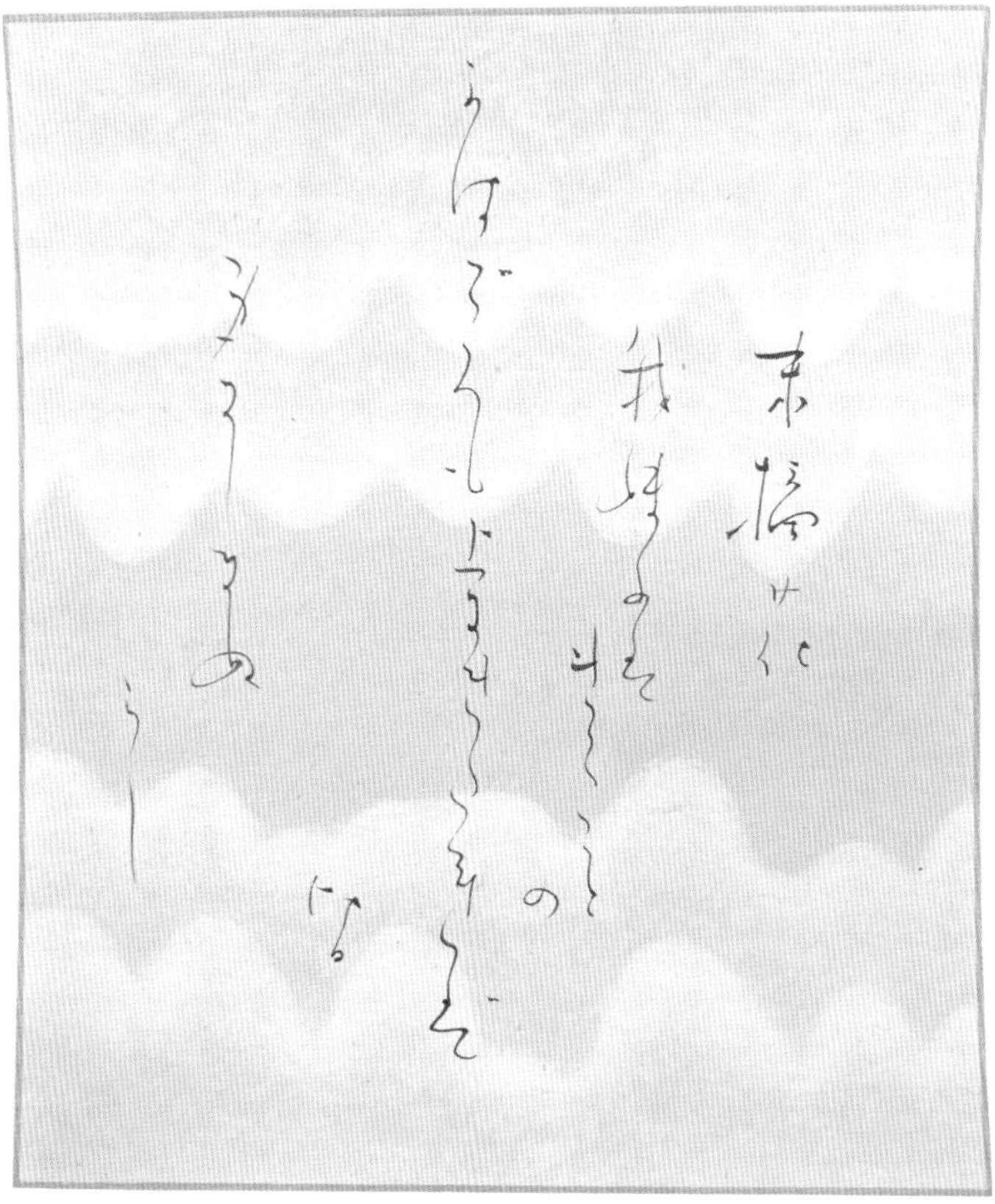

末摘花

かはごろも上にきたれば我妹子は
きくことの皆身にしまぬらし

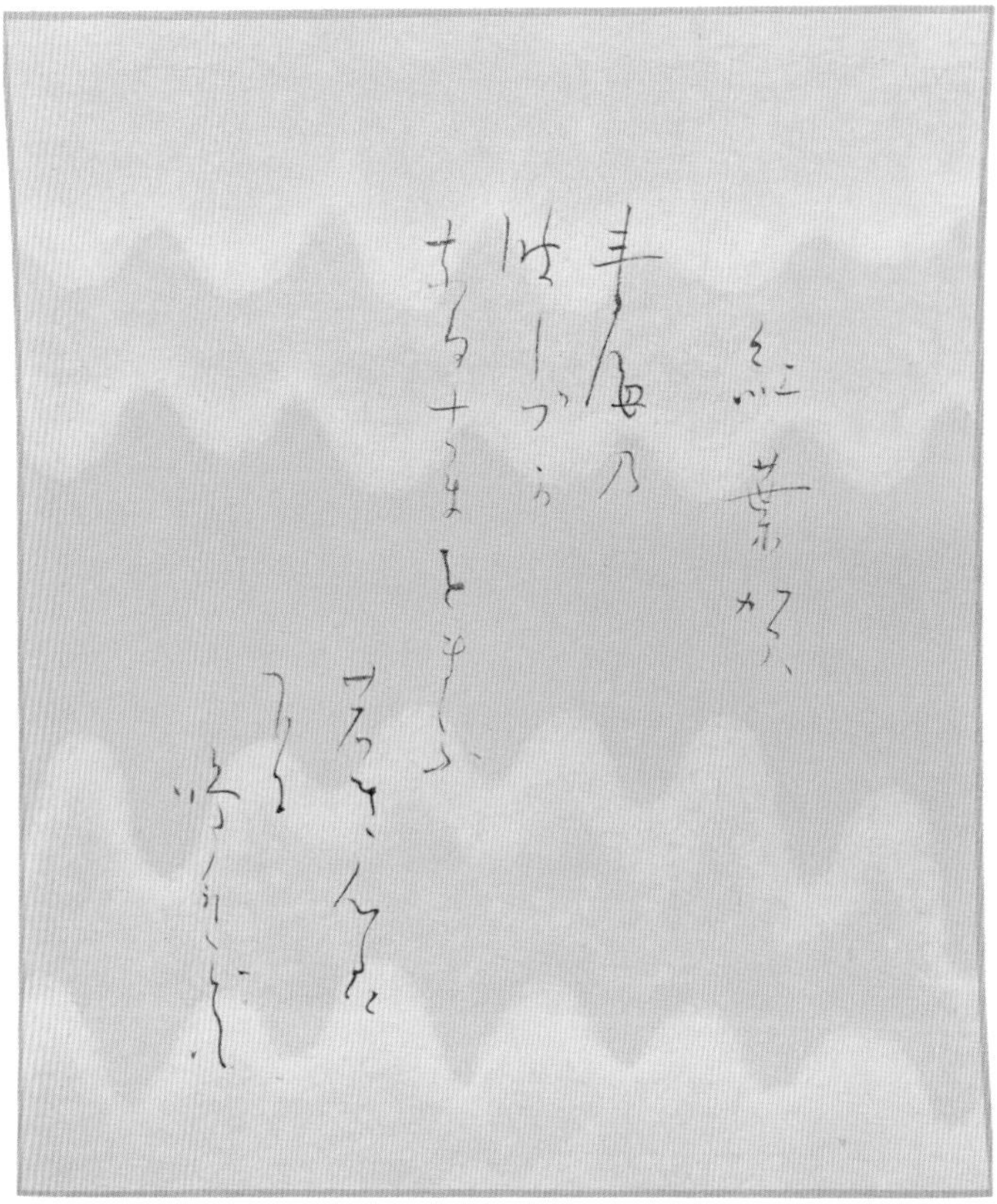

紅葉賀
青海の波しづかなるさまをまふ
若き心は下に鳴れども

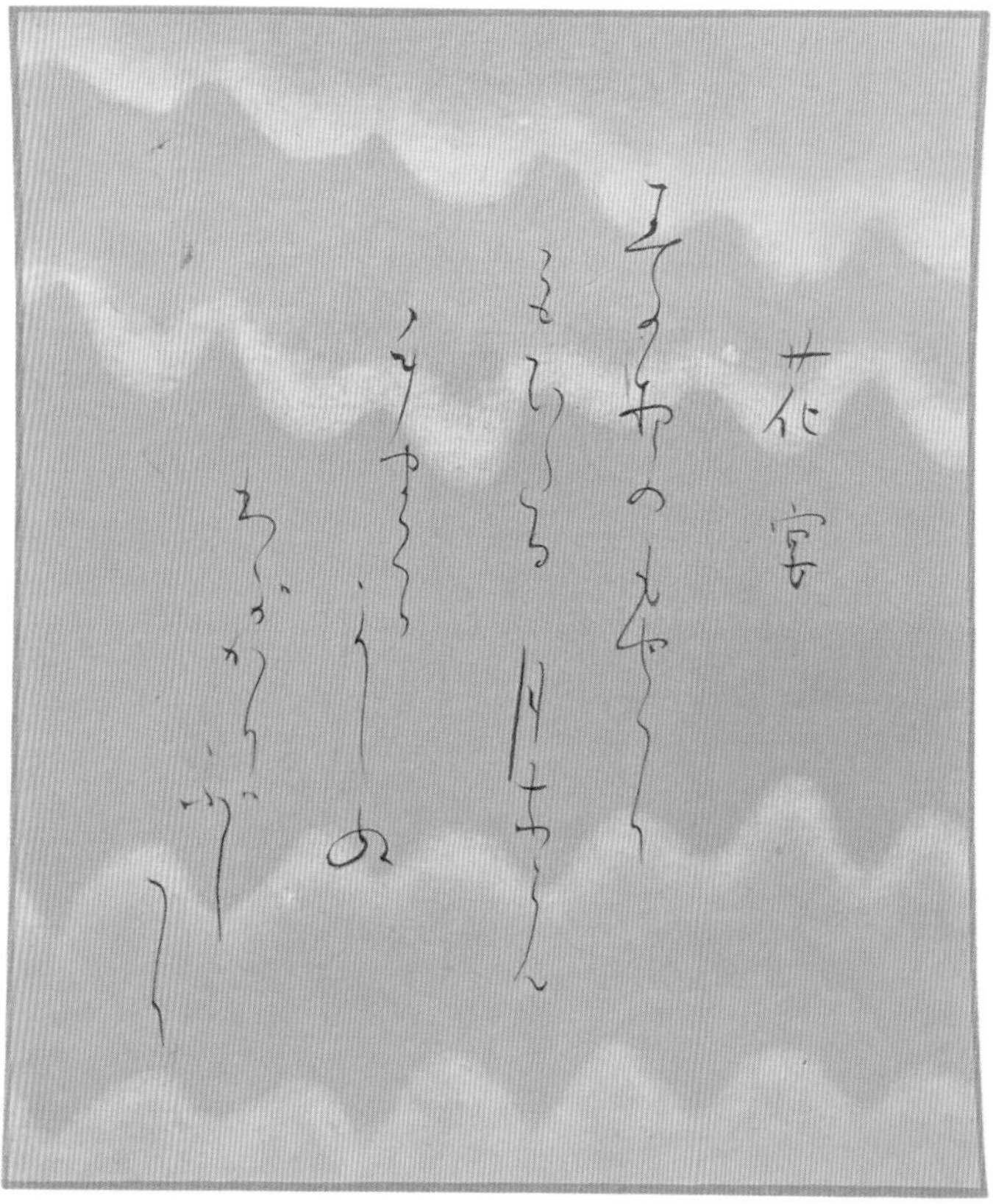

花宴
春の夜のもやにゑひたる月ならん
手まくらかしぬわがかりぶしに

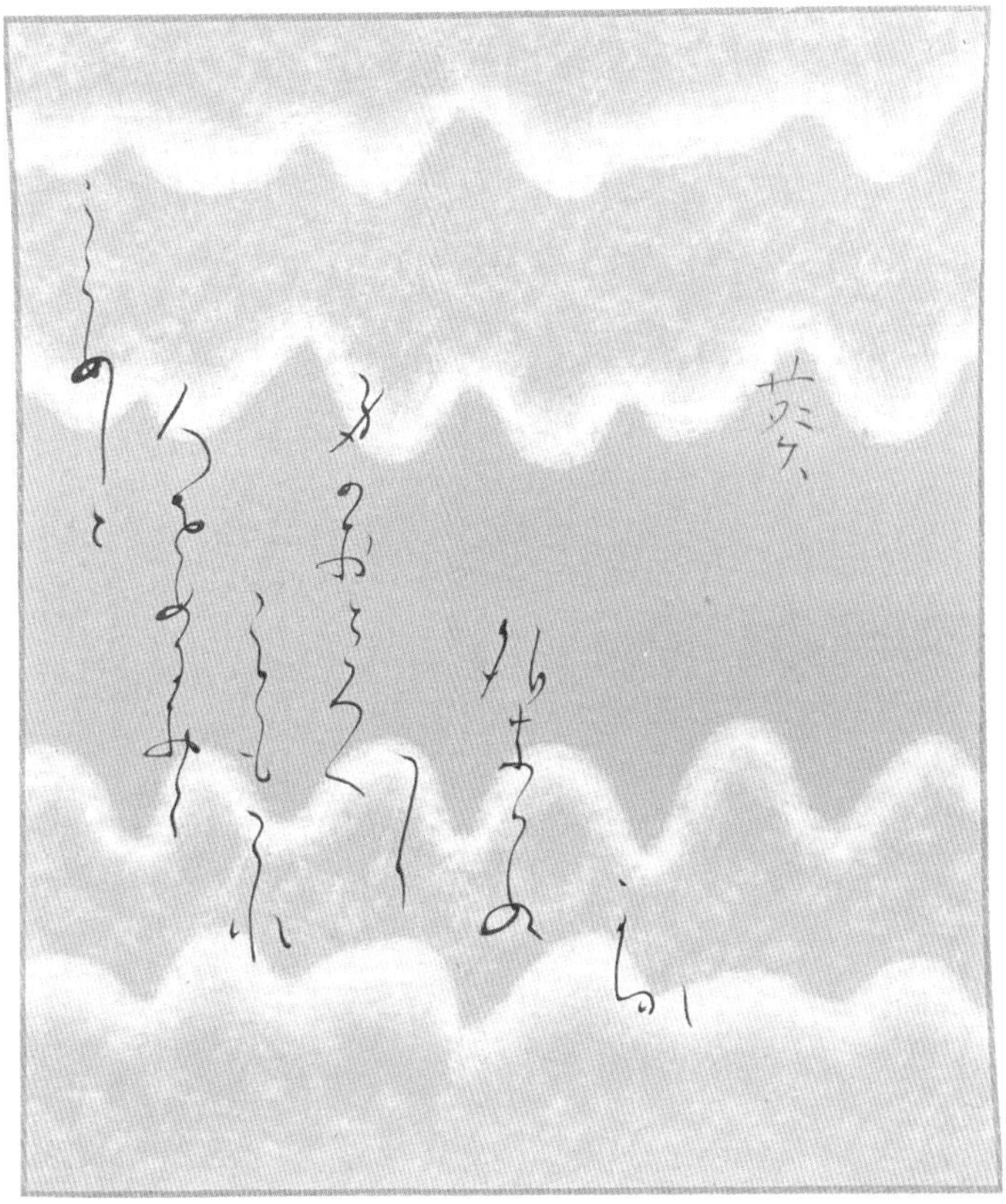

葵

うらめしと人をめにおくこともこれ
身のおとろへに外ならぬかな

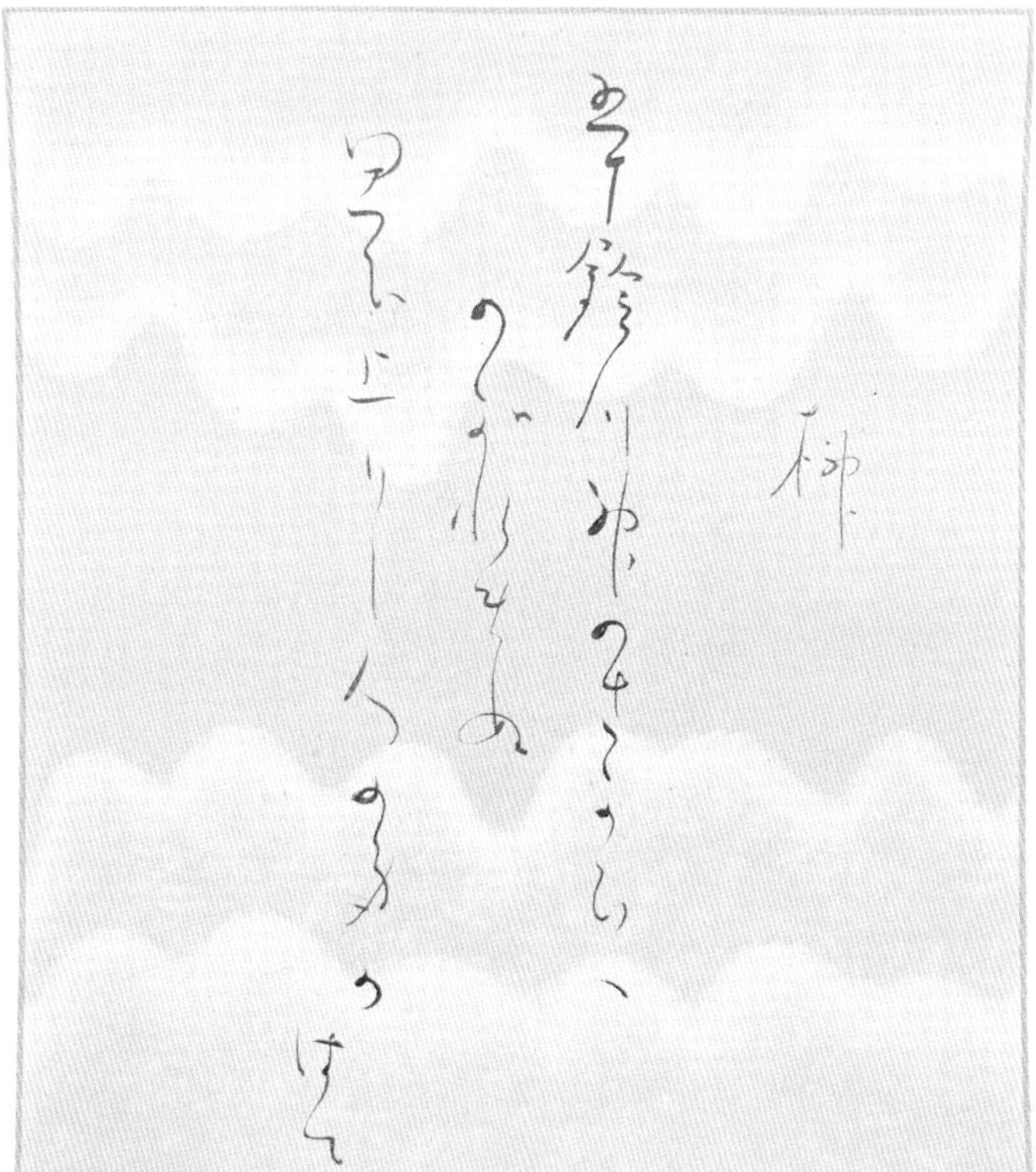

榊

五十鈴川神のさかひへのがれきぬ
思ひ上りし人の身のはて

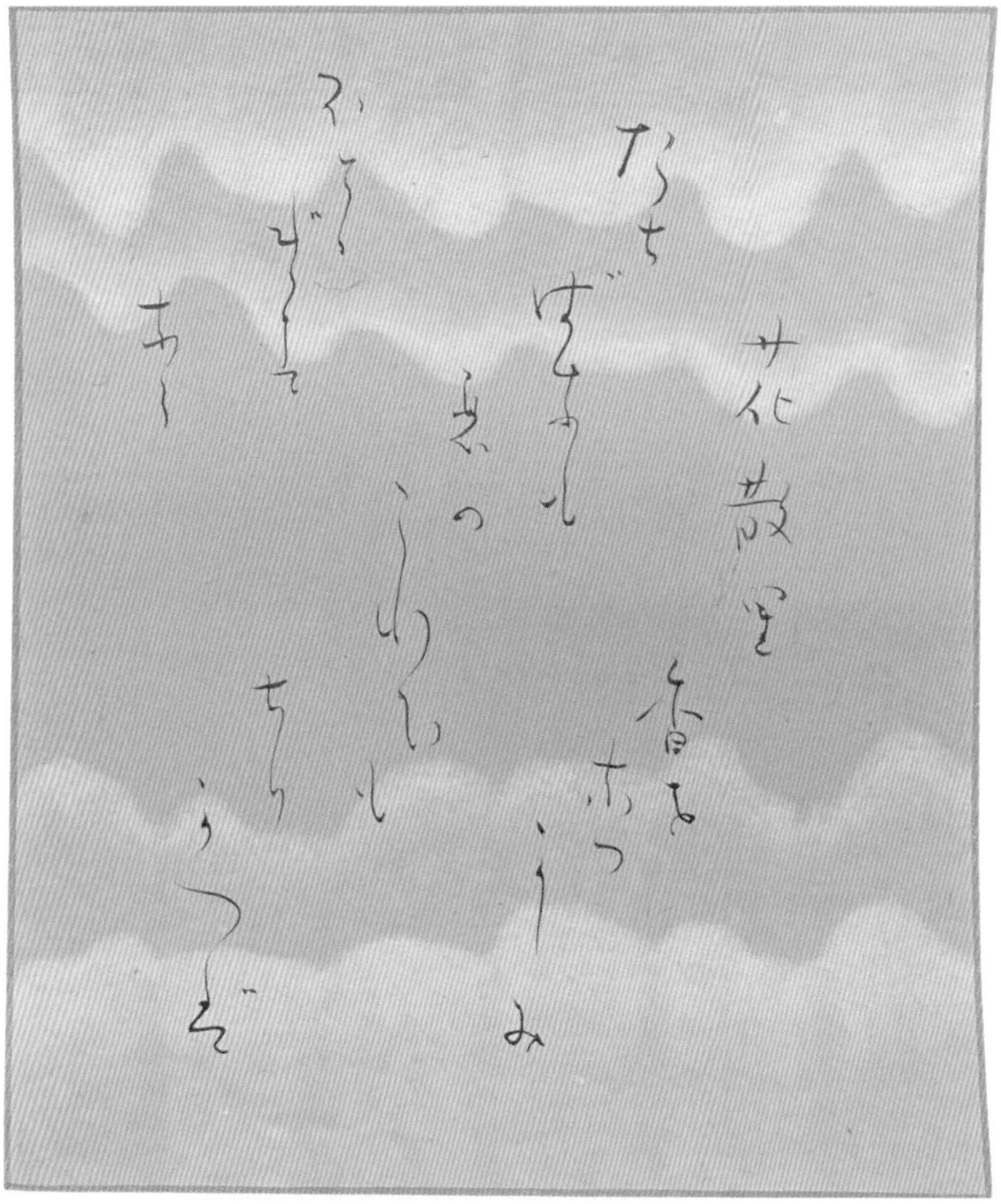

花散里
たちばなも恋のうれひもちりかへば
香をなつかしみほとゝぎすなく

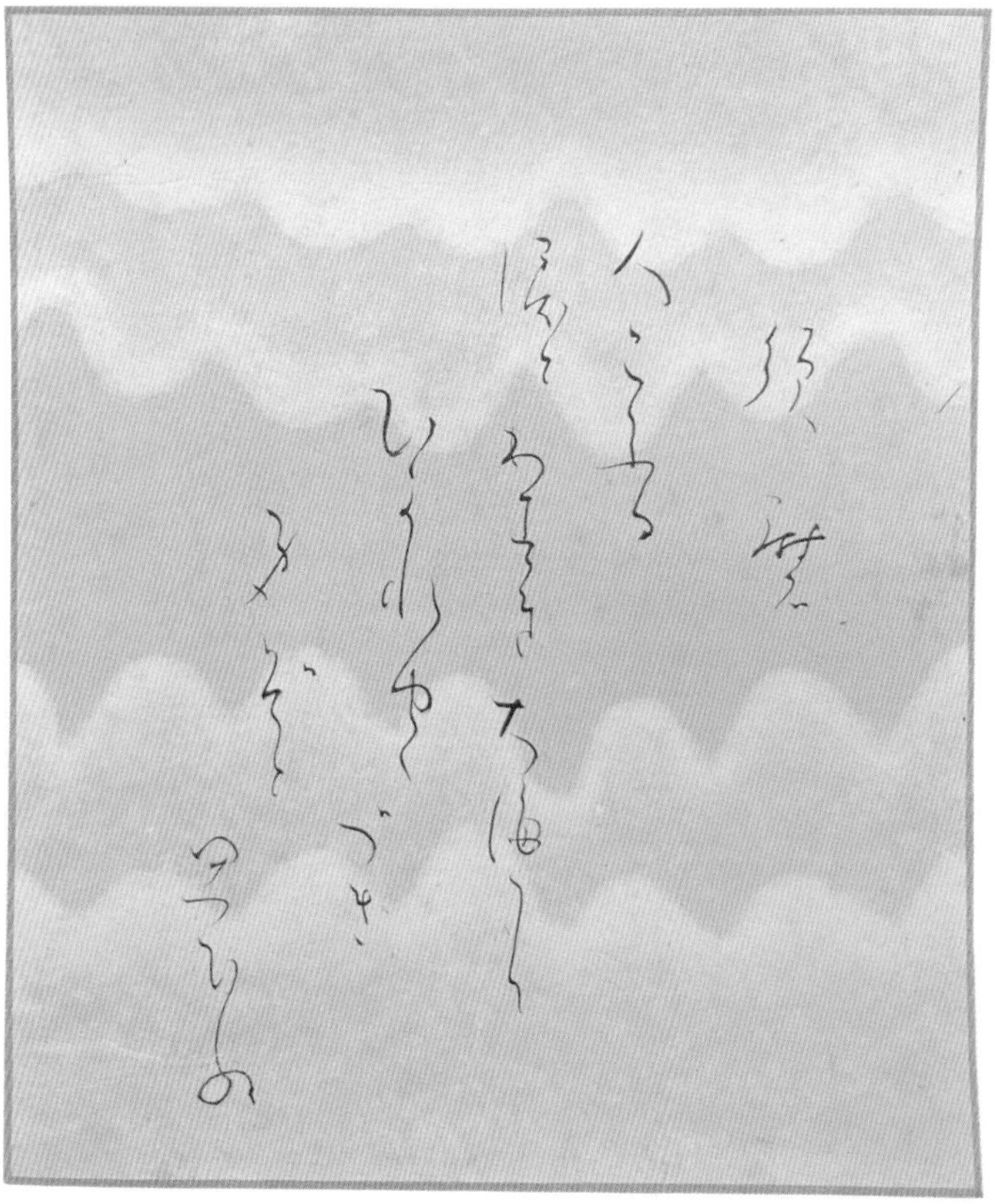

須磨
人こふる涙とわすれ大海に
ひかれゆくべき身ぞと思ひぬ

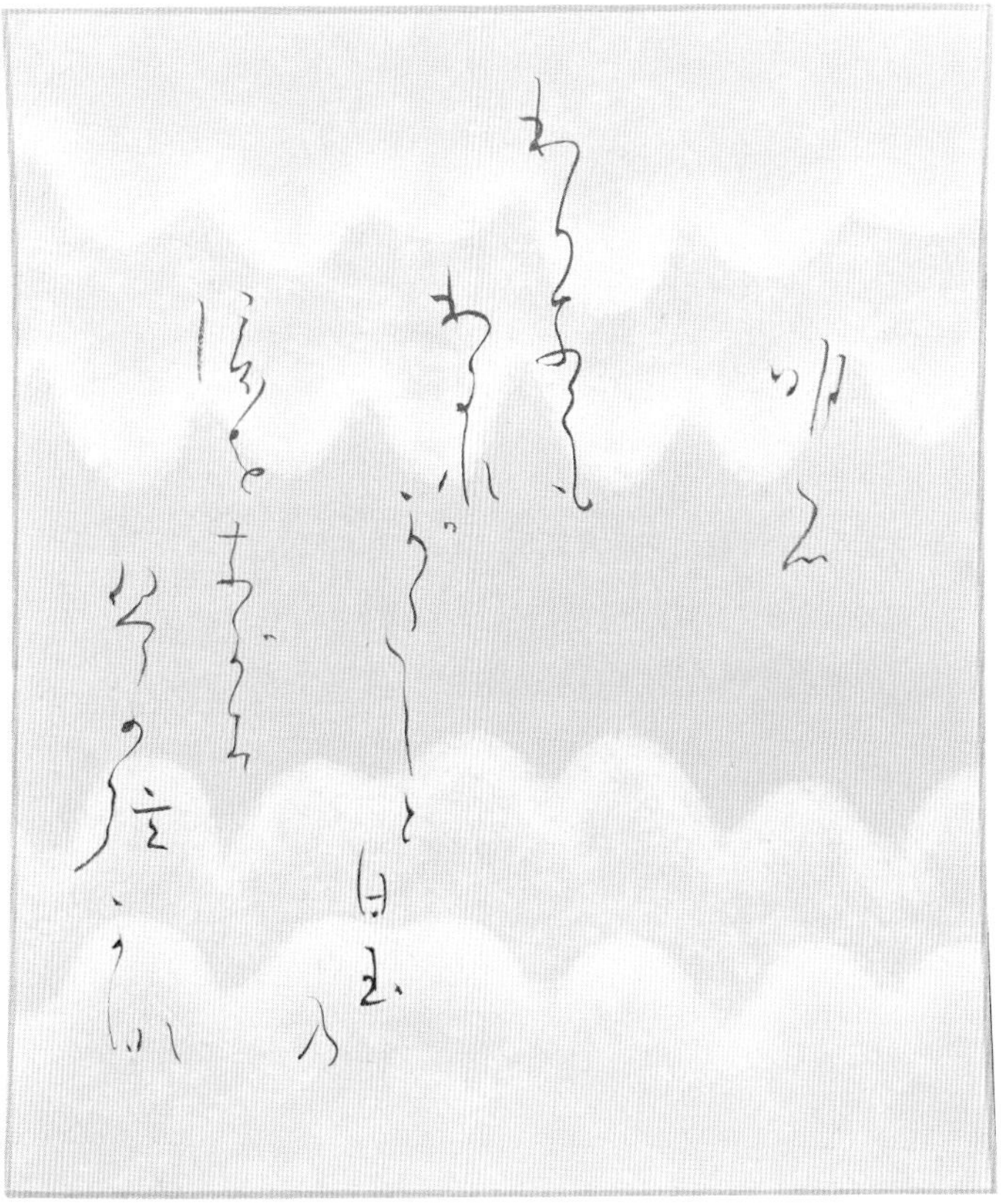

明石
わりなくもわかれがたしと白玉の
涙をながす琴の弦かな

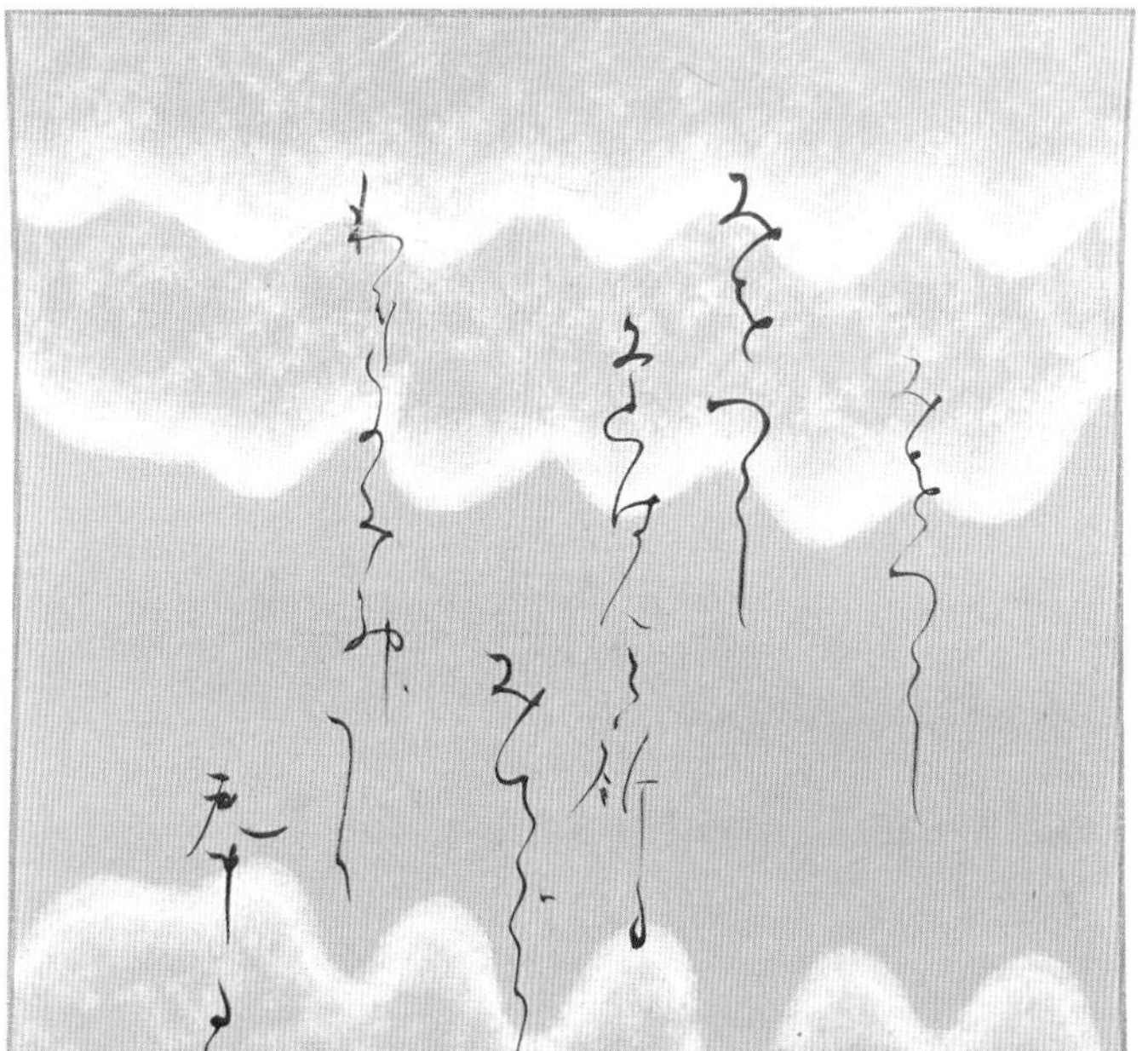

みをつくし
みをつくし逢はんと祈るみてぐらも
われのみ神に奉るらん

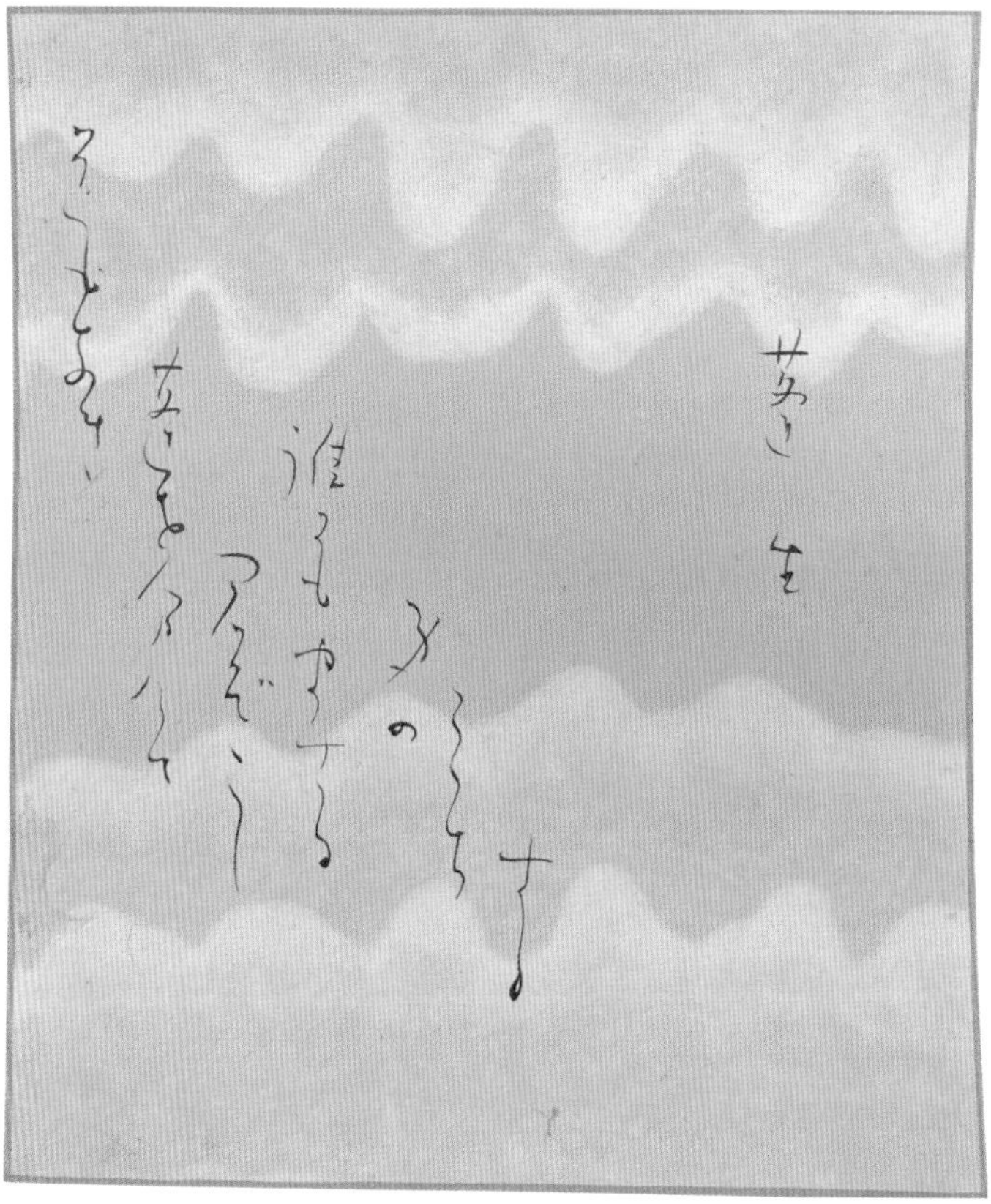

蓬生
道もなき蓬を分けて君ぞこし
誰にもまさる身のこゝちする

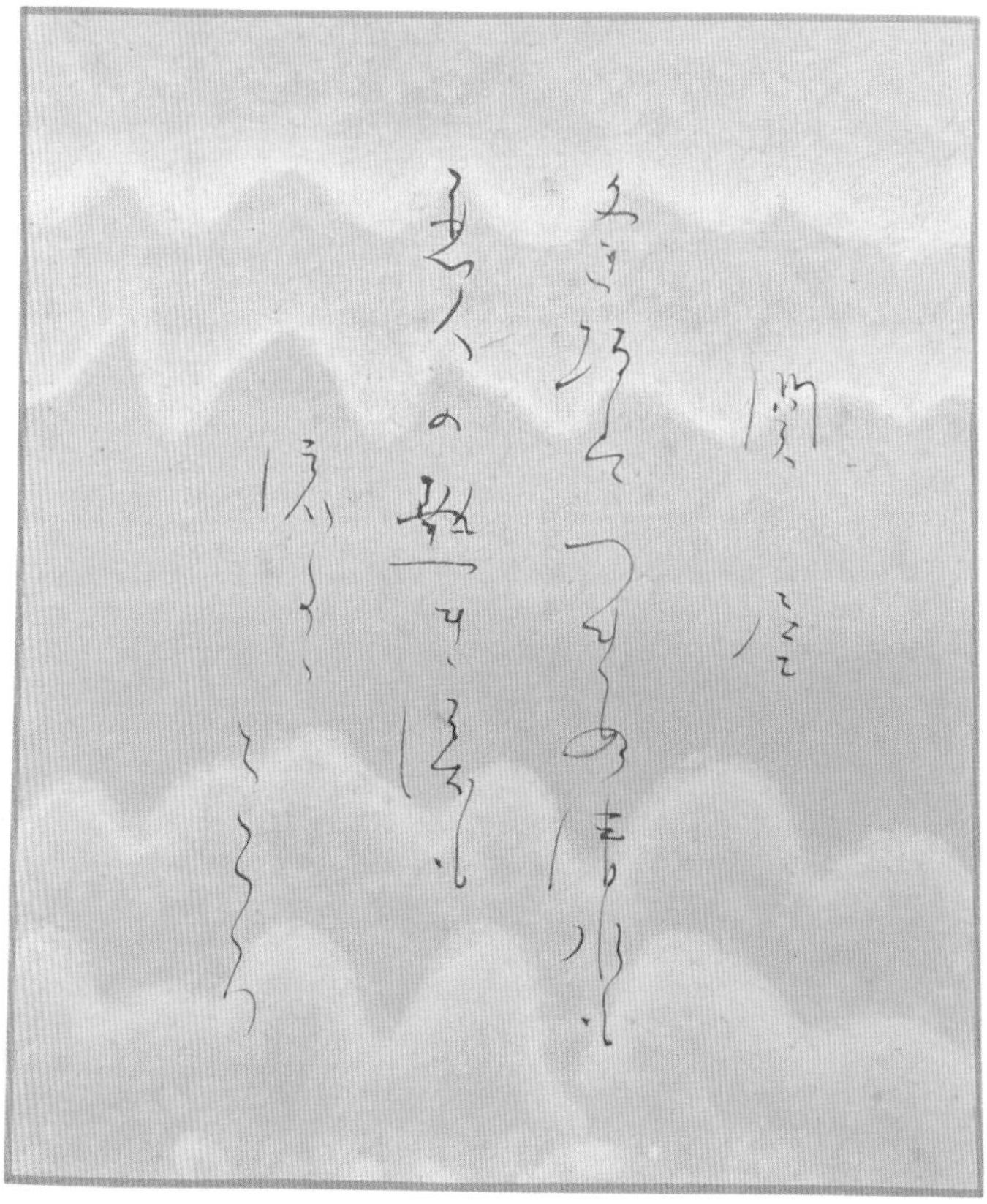

関屋
逢坂はつきぬ清水も恋人の
熱き涙も流るゝところ

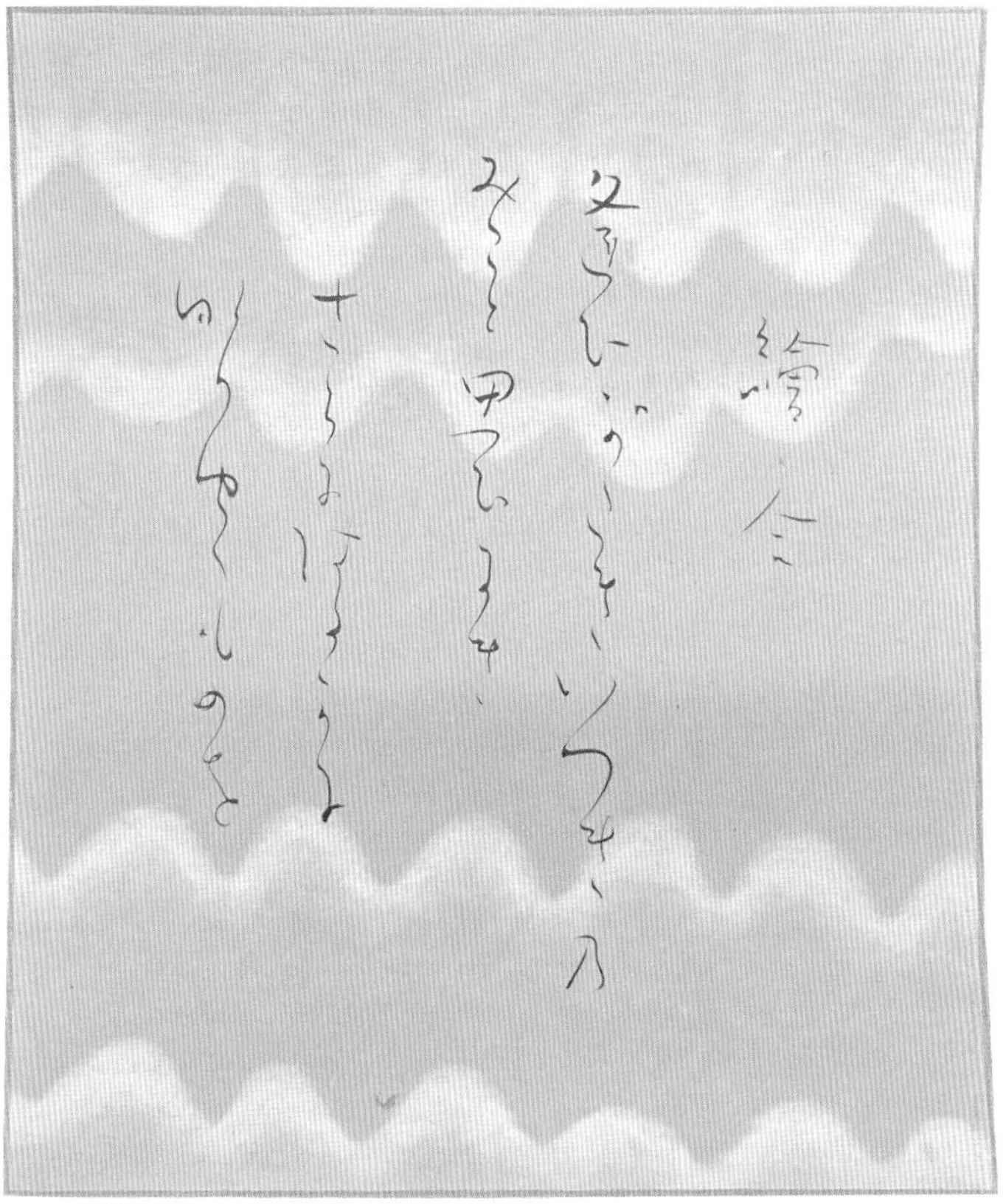

絵合
逢ひがたきいつきのみこと思ひにき
さらにはるかになりゆくものを

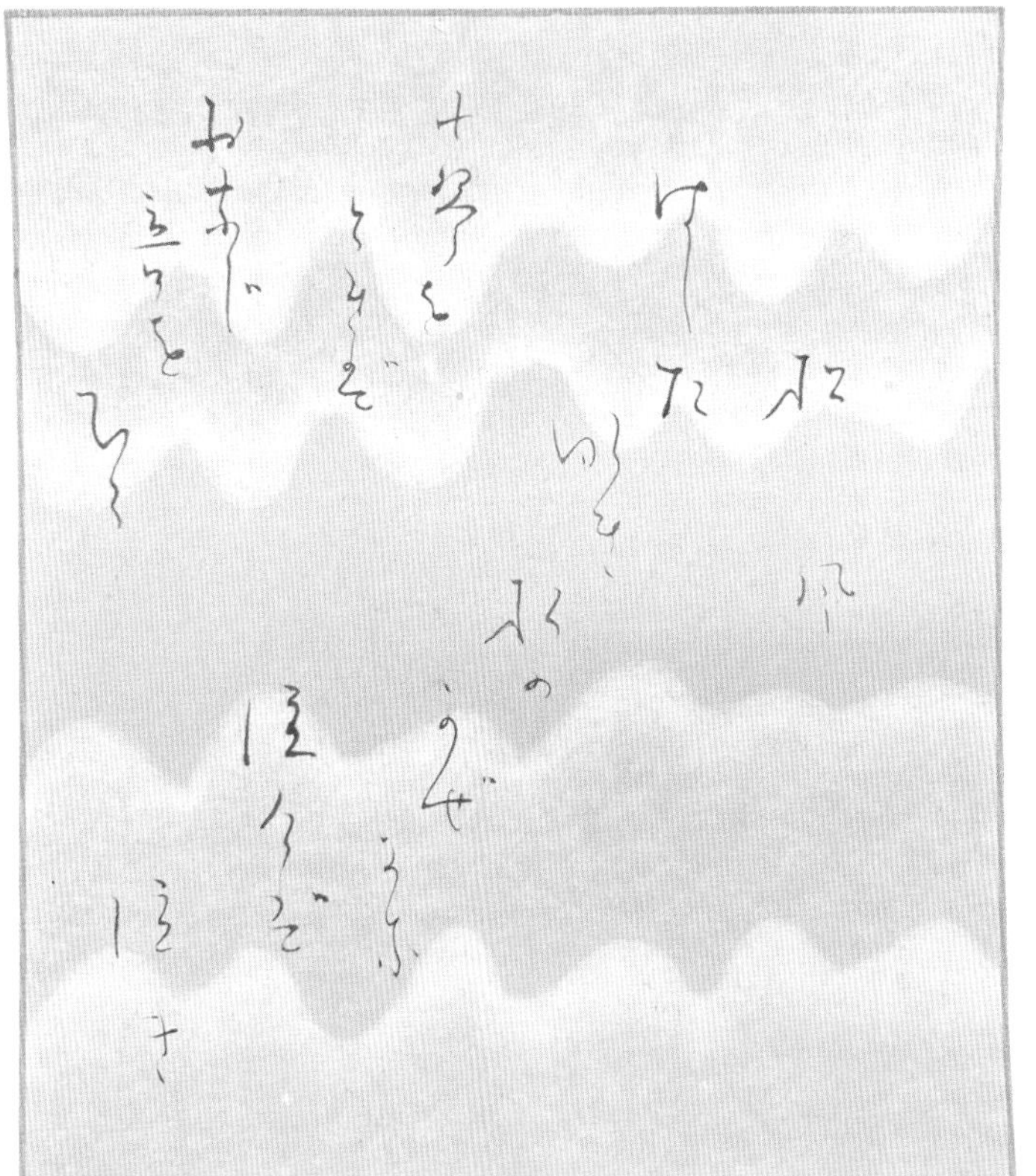

松風
はしたなき松のかぜかな泣けば泣き
小琴をとればおなじ音をひく

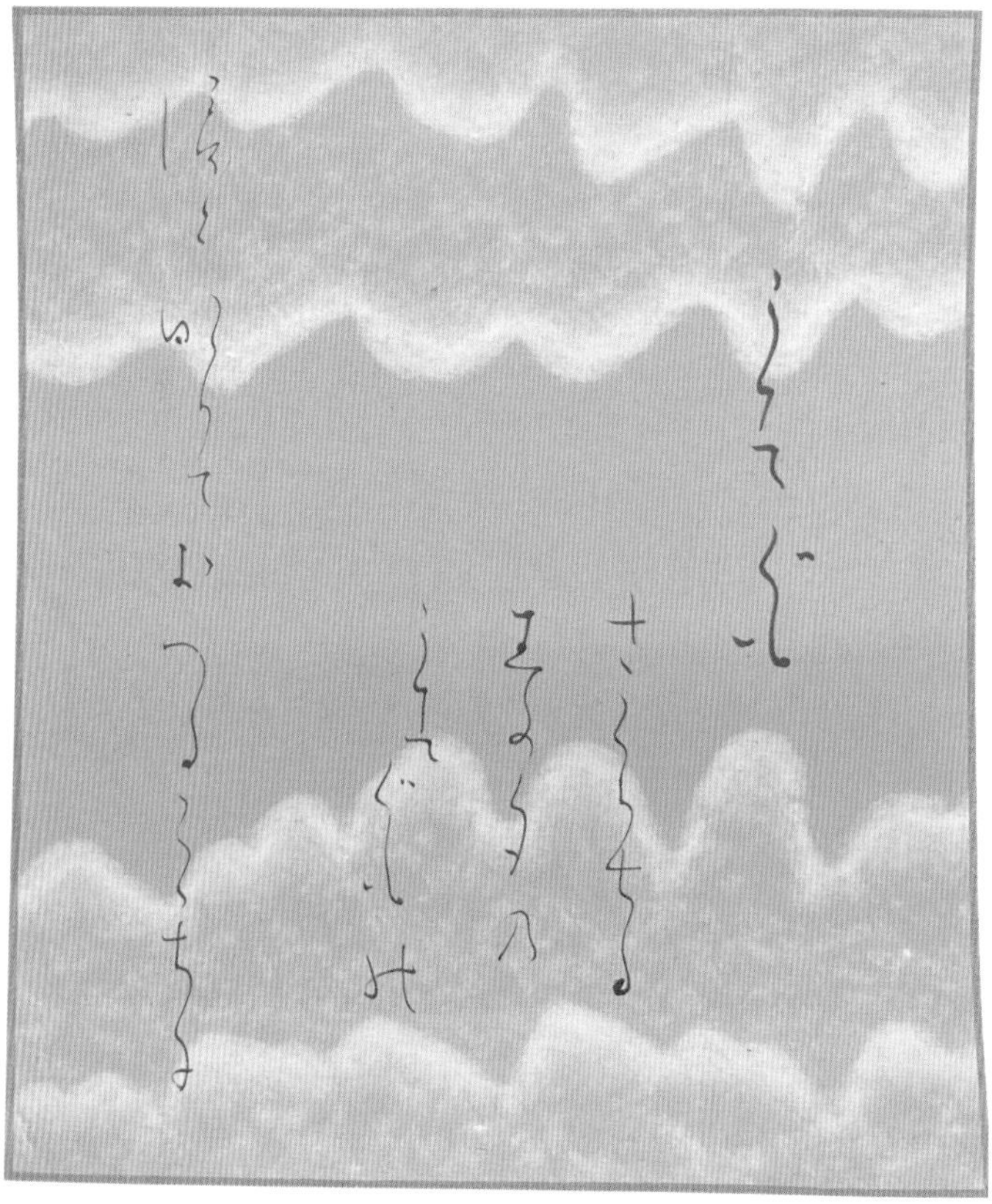

うすぐも
さくらちる春の夕のうすぐもの
涙となりておつるこゝちに

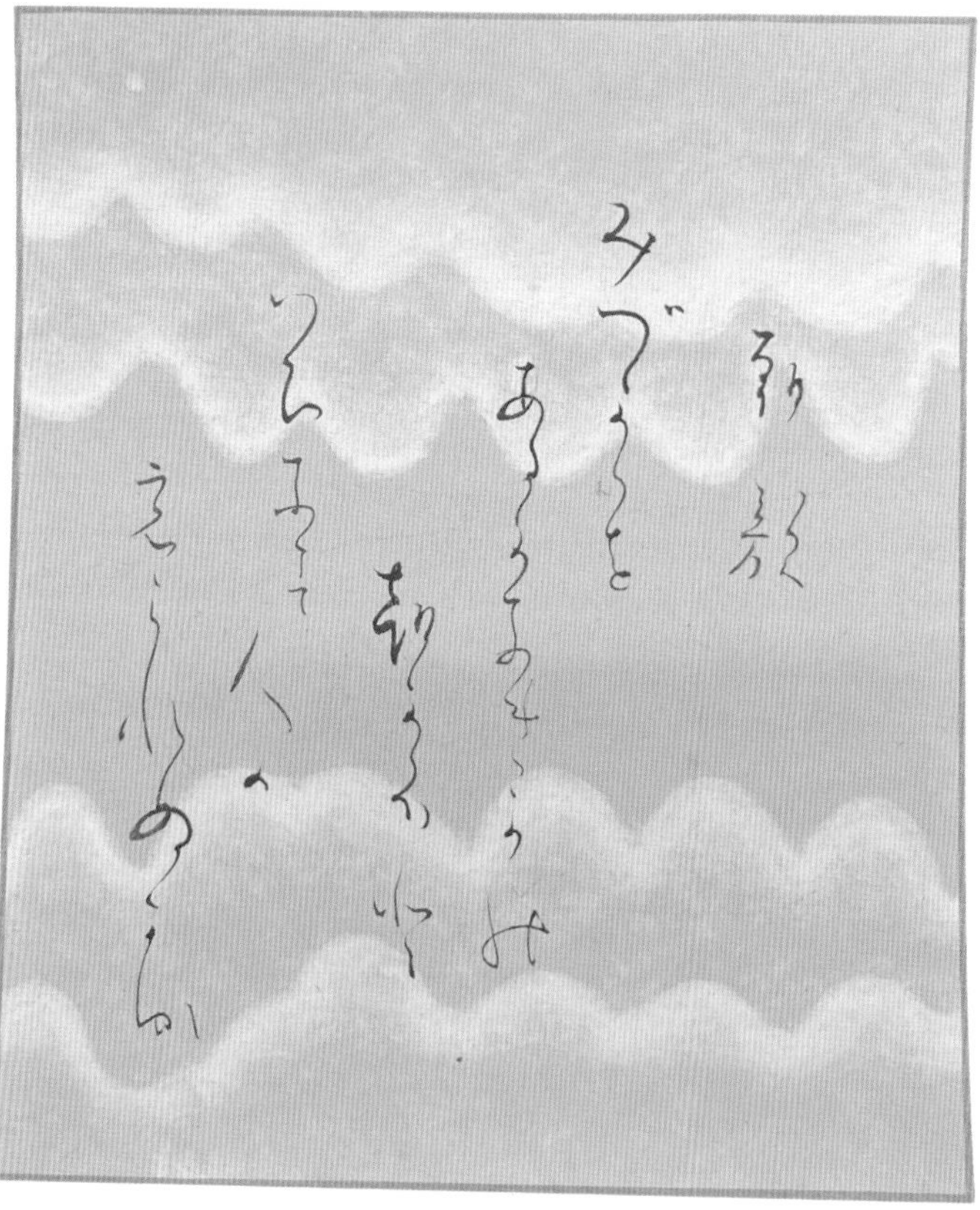

朝顔
みづからをあるかなきかの朝かほと
いひなす人の忘られぬかな

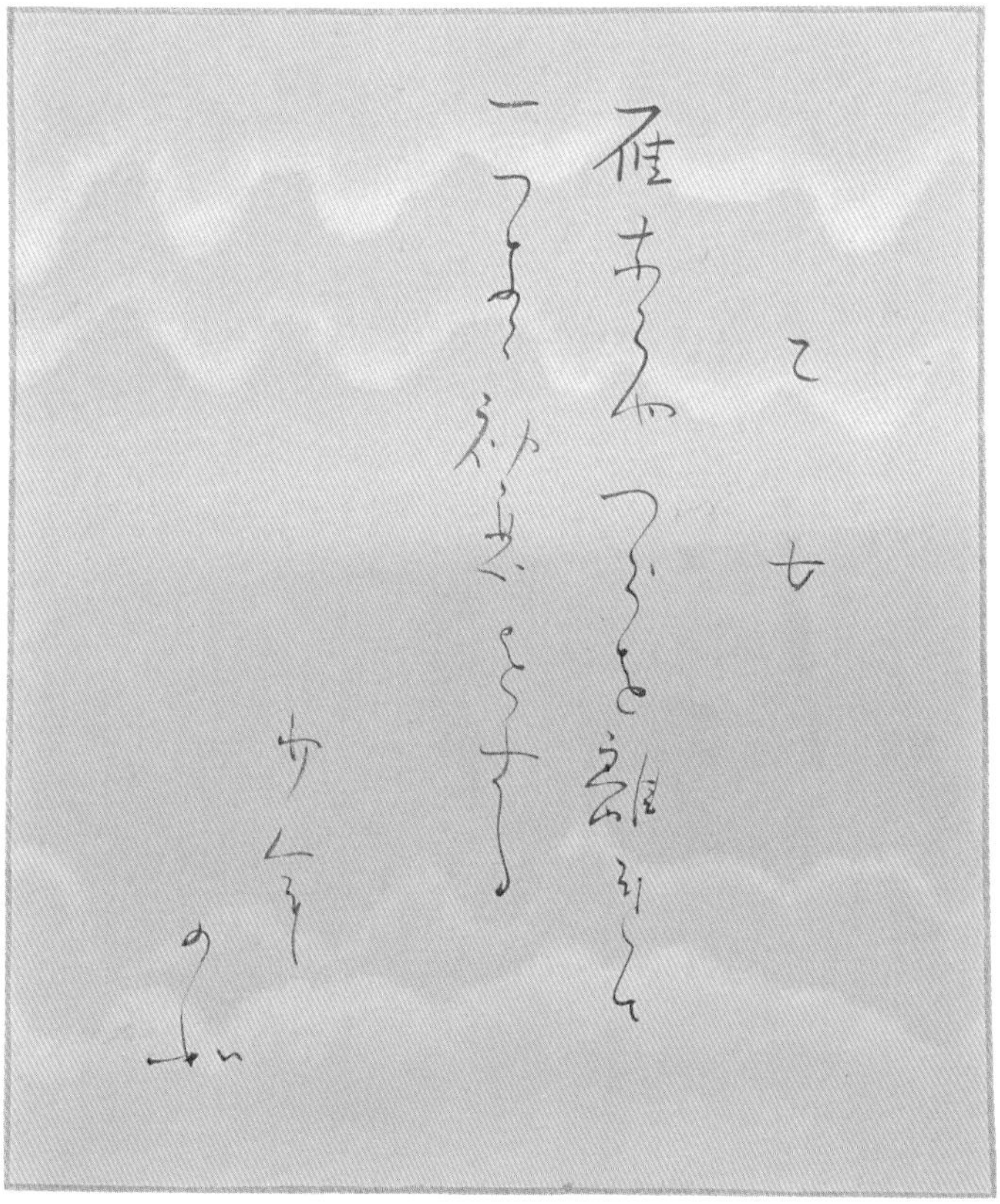

乙女
雁なくやつらを離れて一つなく
初恋をする少年の如

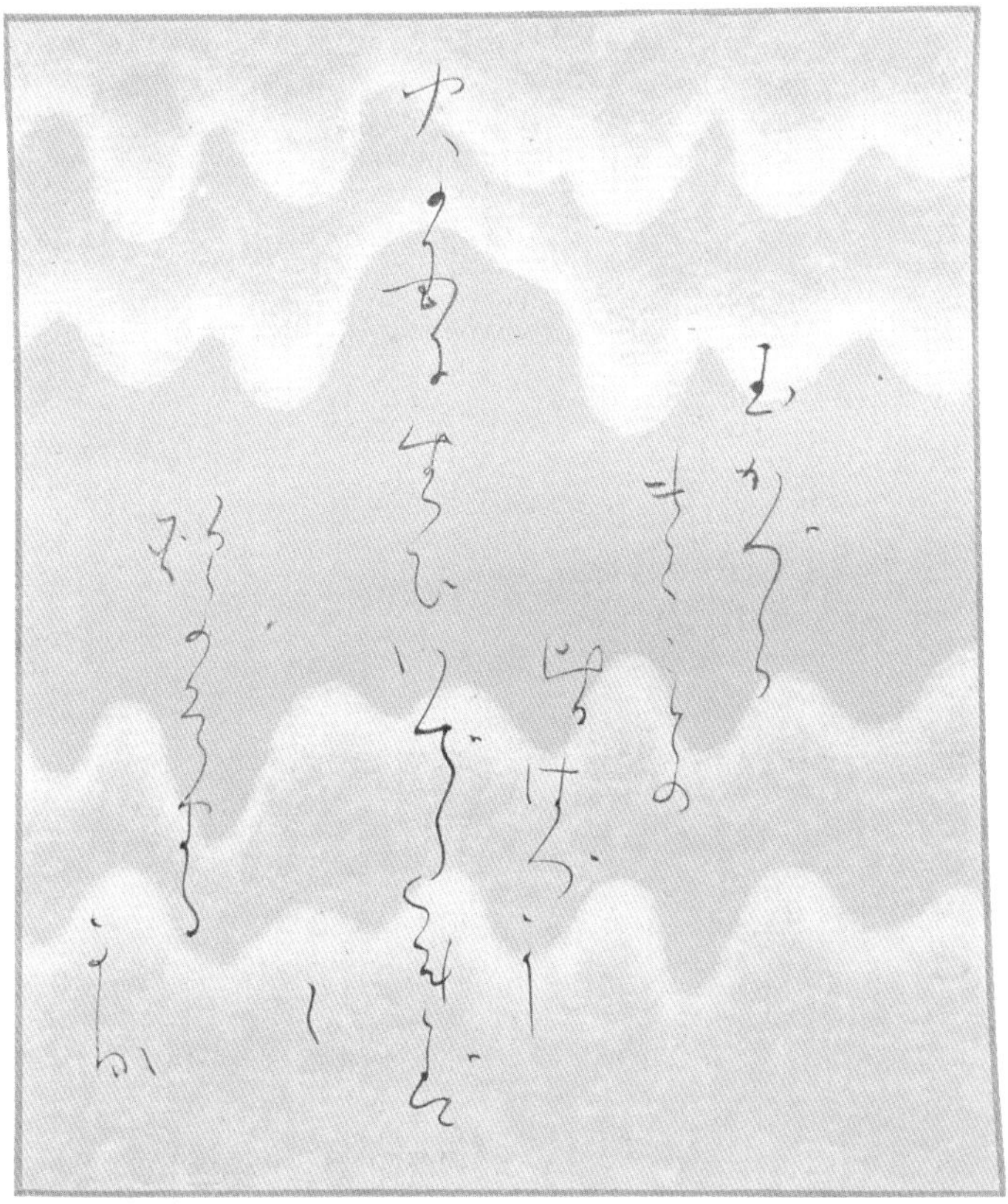

玉かづら
火の国に生ひいでたればきくことの
皆はづかしく頬のそまるかな

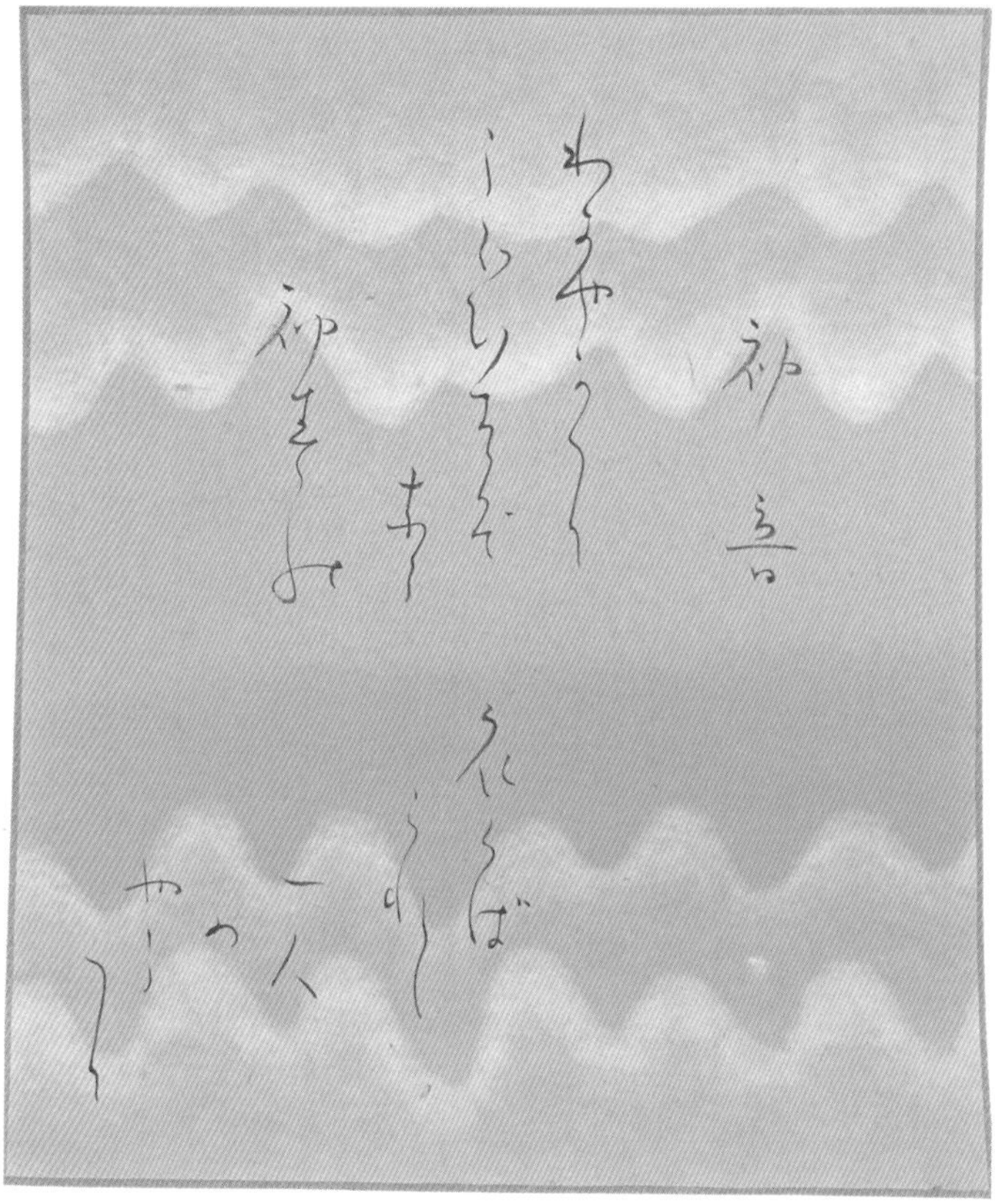

初音
わかやかにうぐひすぞなく初春の
衣《きぬ》くばられし一人のやうに

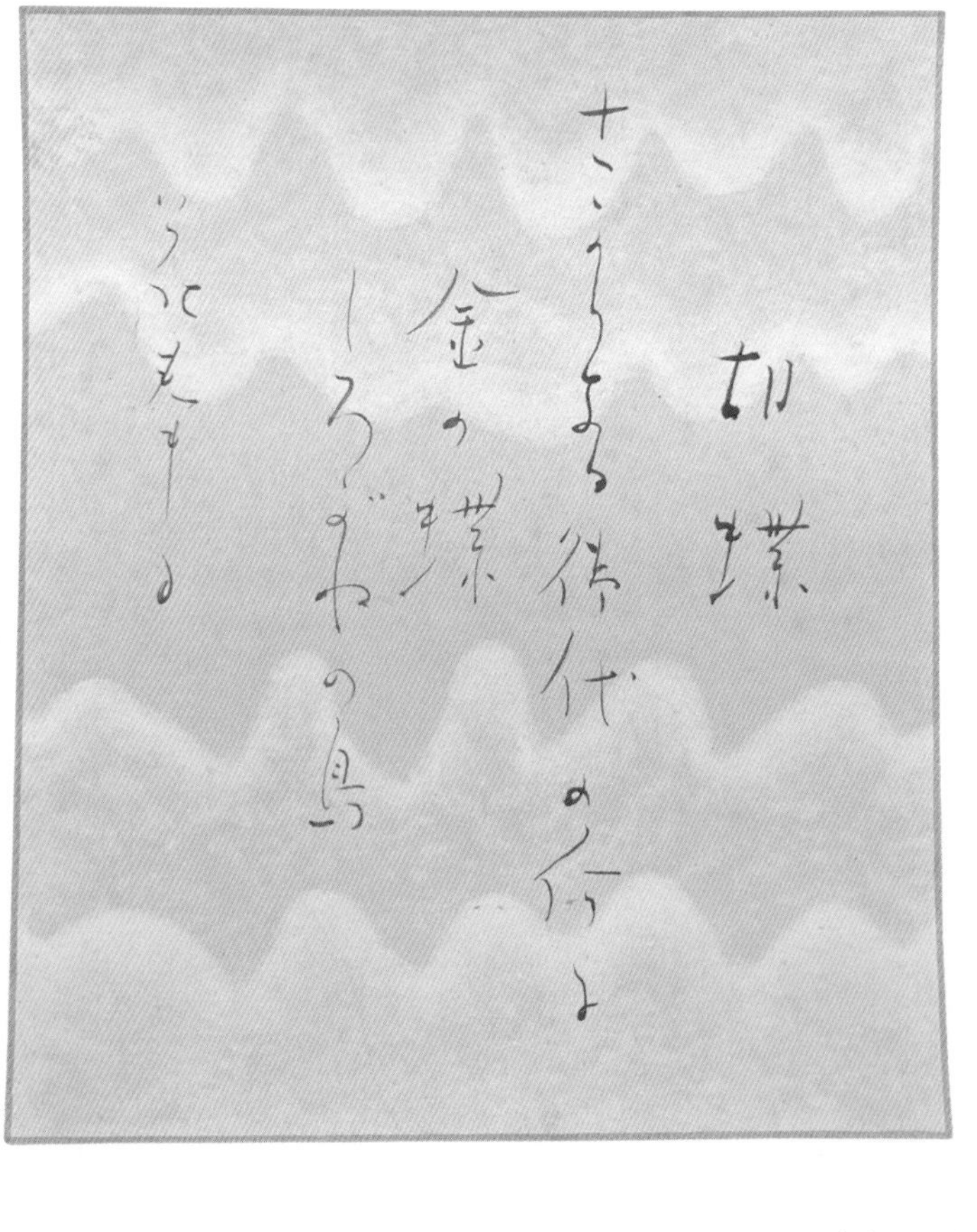

胡蝶
さかりなる御代の后に金の蝶
しろがねの鳥花奉る

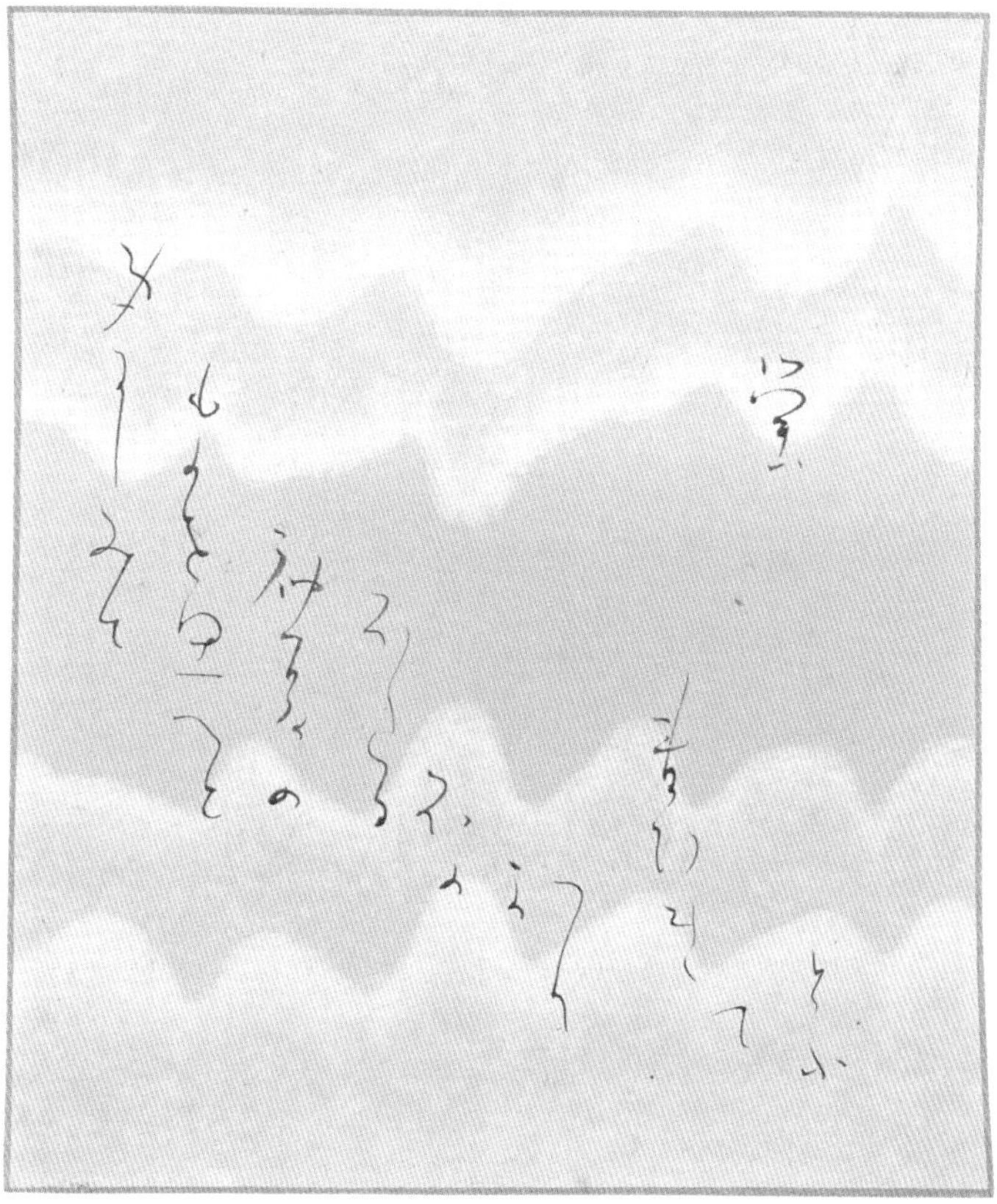

蛍

身にしみてものを思へと初夏の
ほたるほのかに青ひきてとぶ

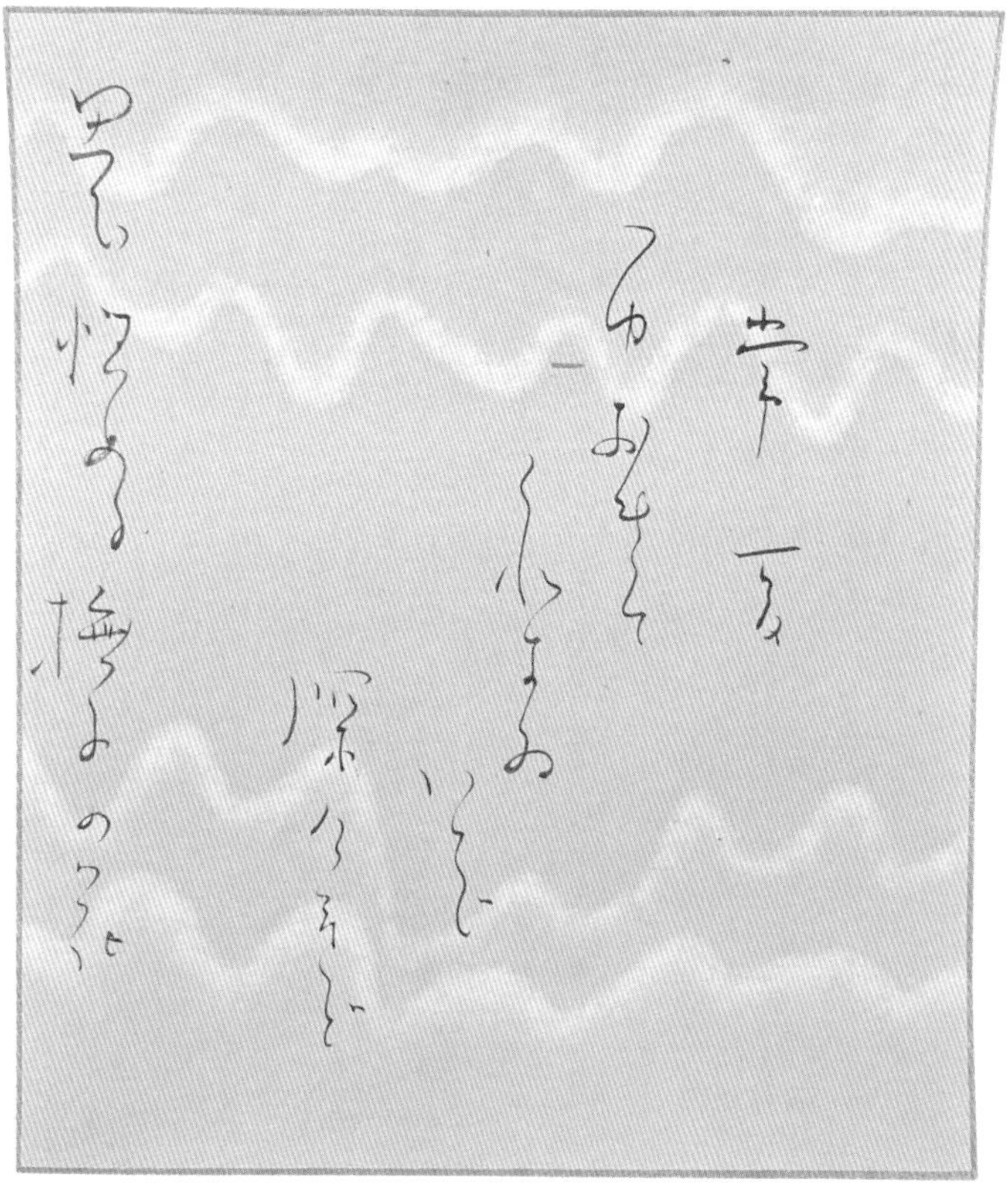

常夏

つゆおきてくれなゐいとゞ深けれど
思ひ悩める撫子の花

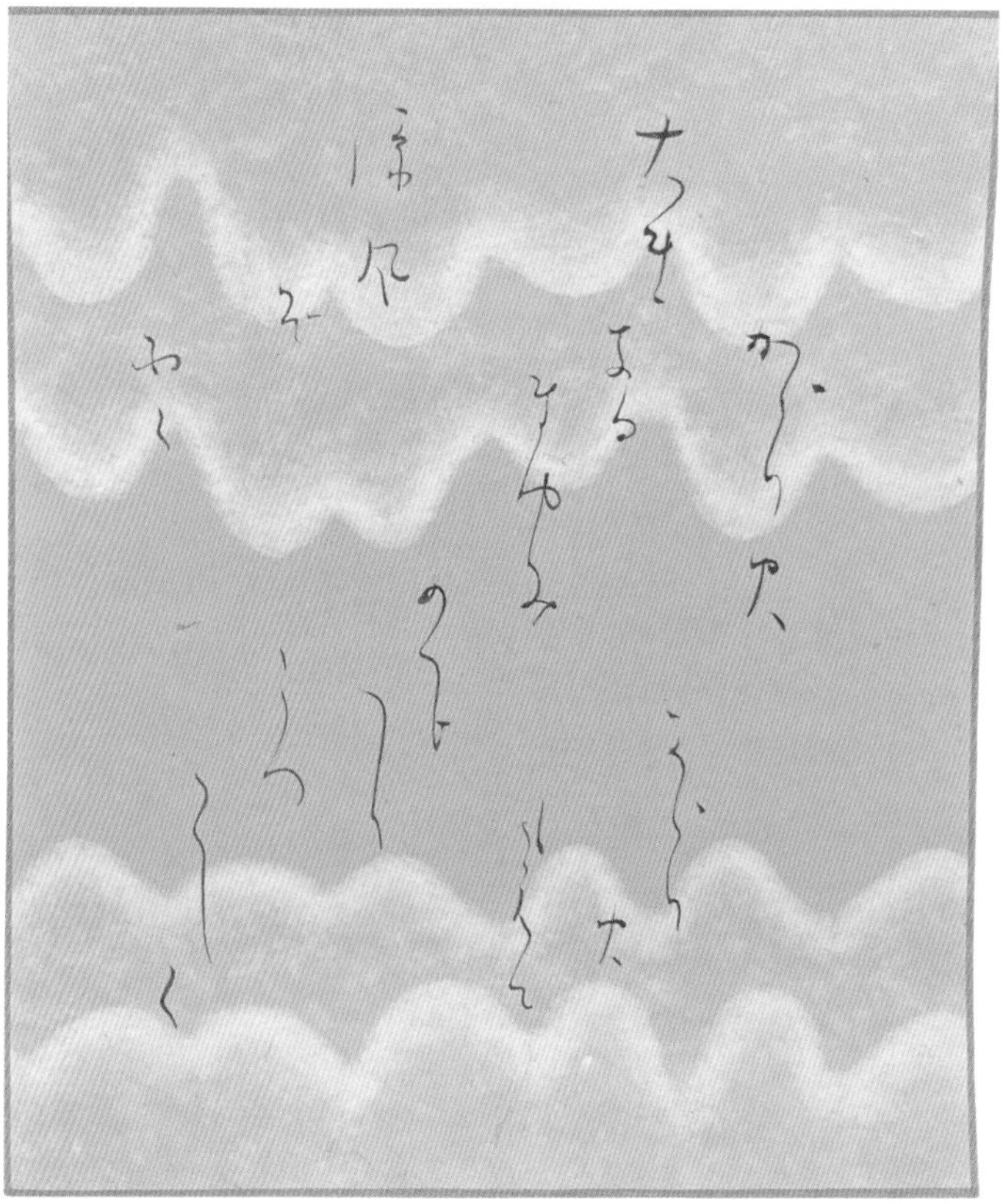

かゞり火
大きなるまゆみの下にうつくしく
かゞり火もえて涼風ぞふく

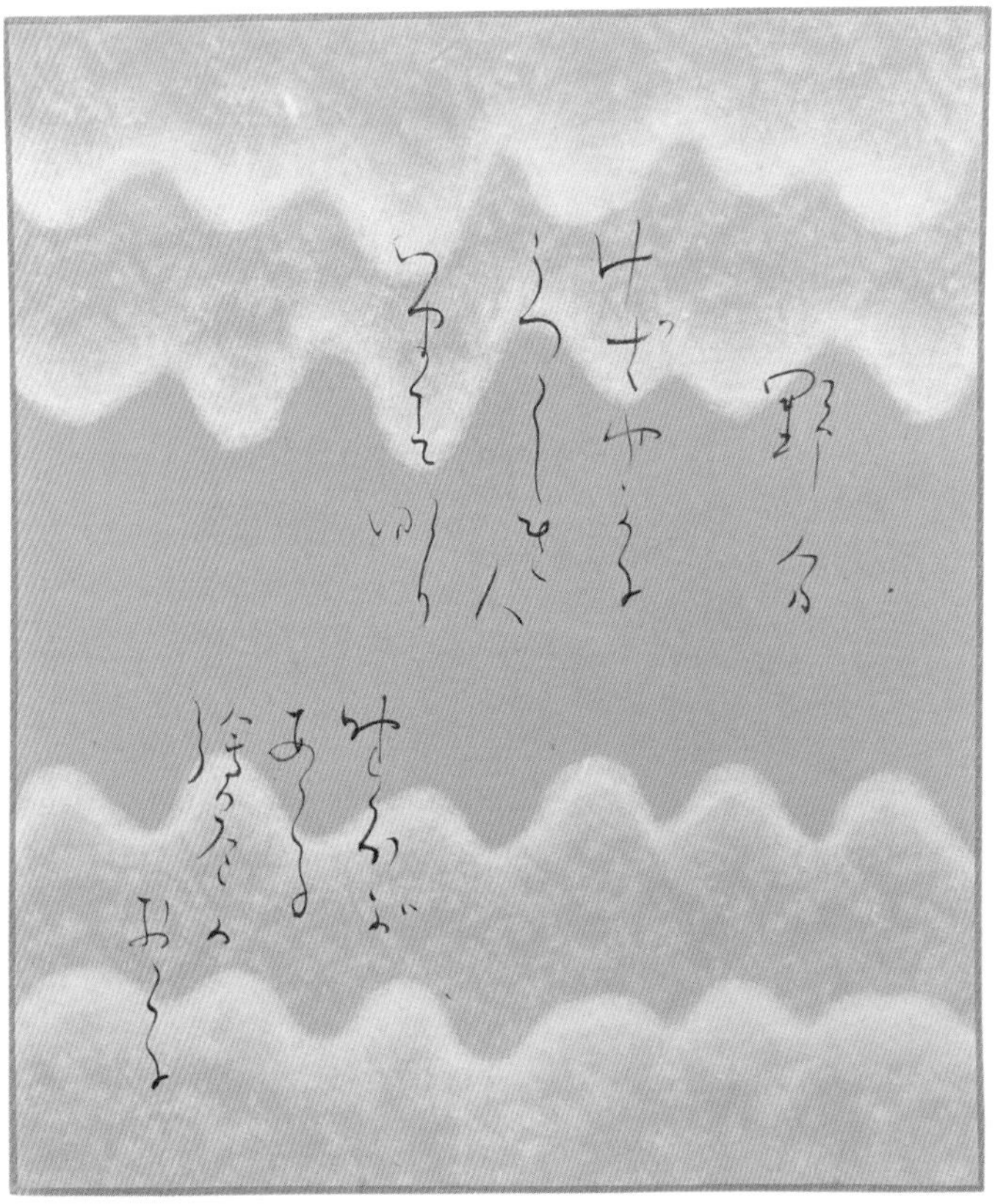

野分
けざやかにうつくしき人いますなり
野分があくる絵巻のおくに

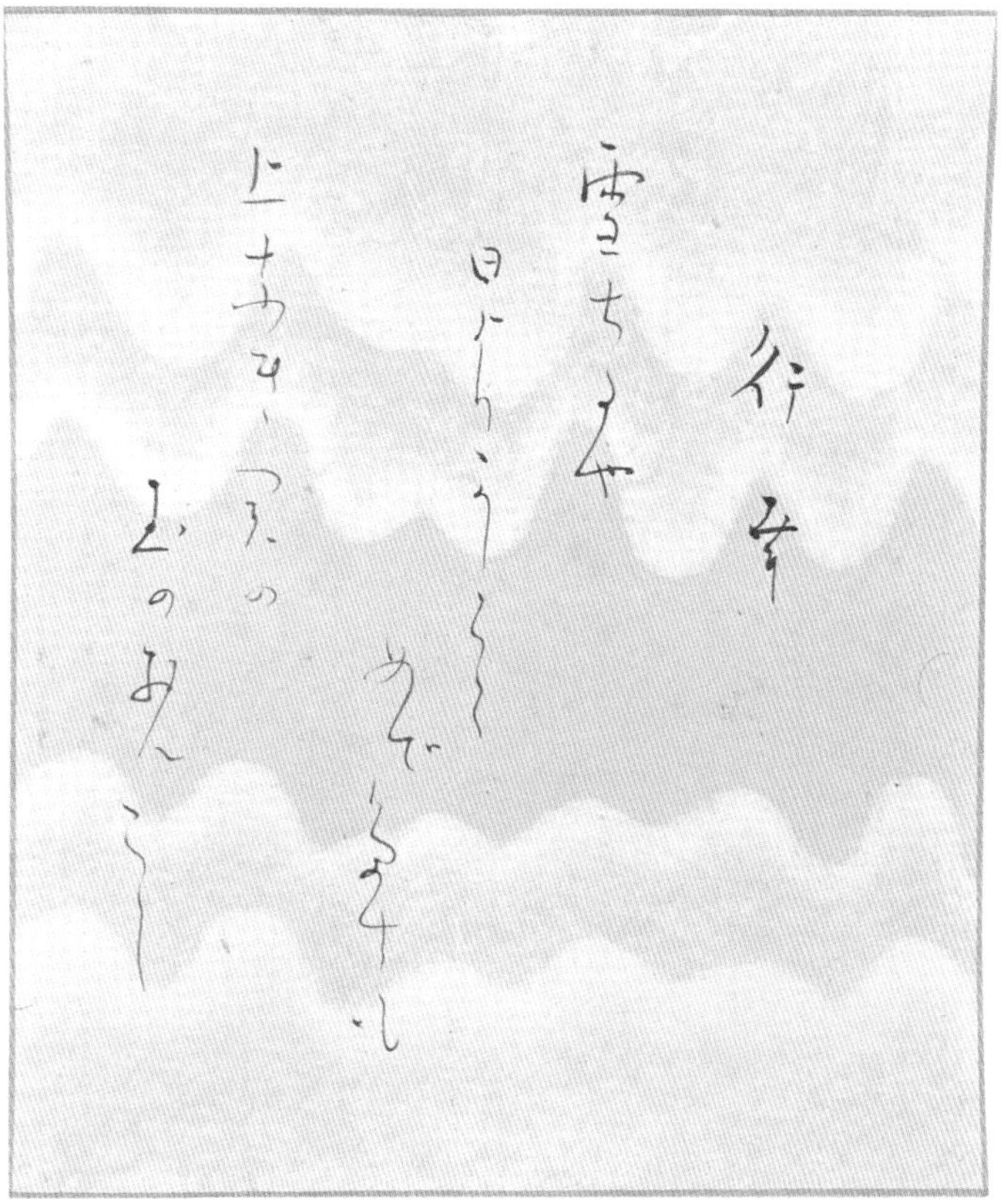

行幸
雪ちるや日よりかしこくめでたさも
上なき君の玉のおんこし

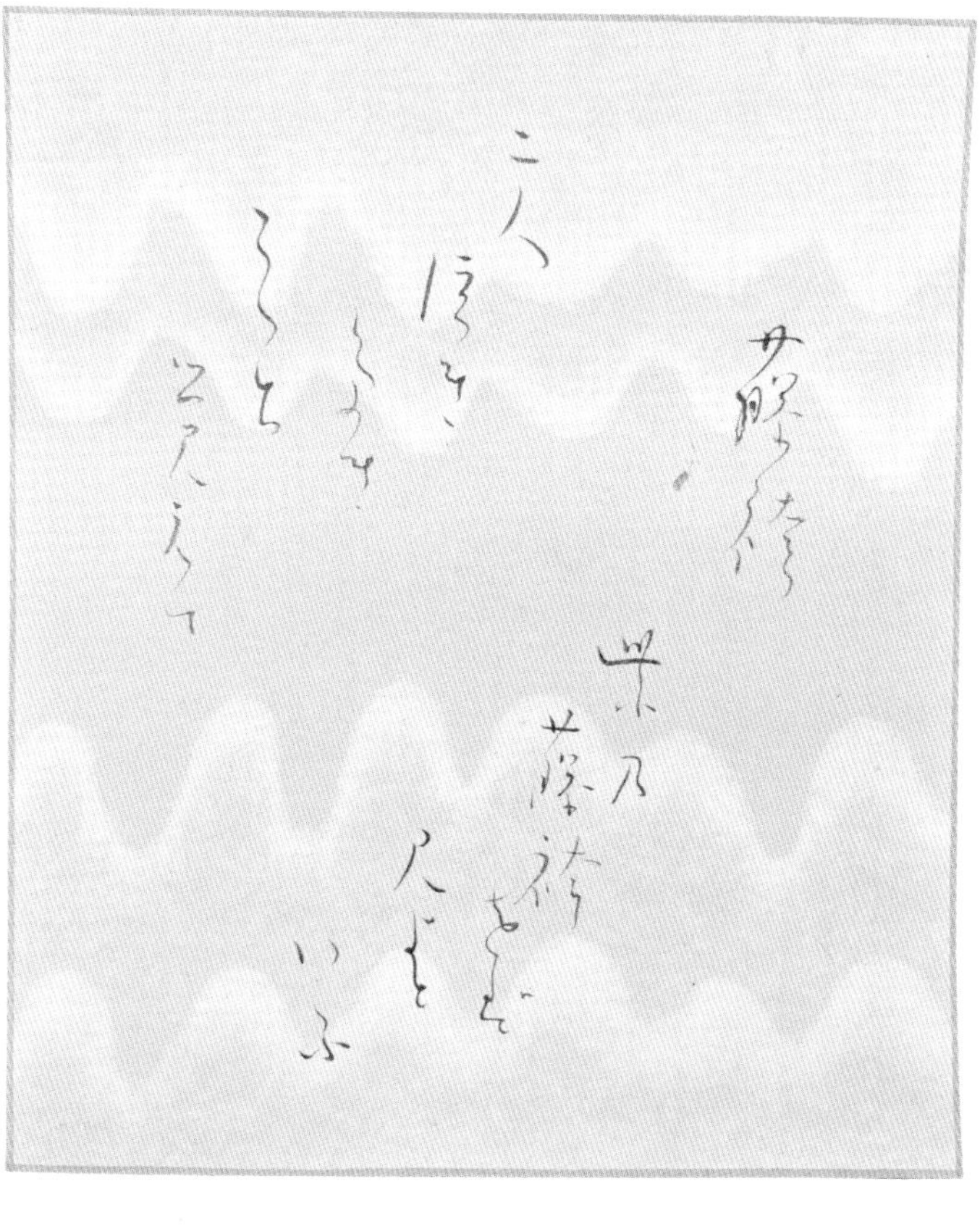

藤袴
紫の藤袴をば見よといふ
二人泣きたきこゝち覚えて

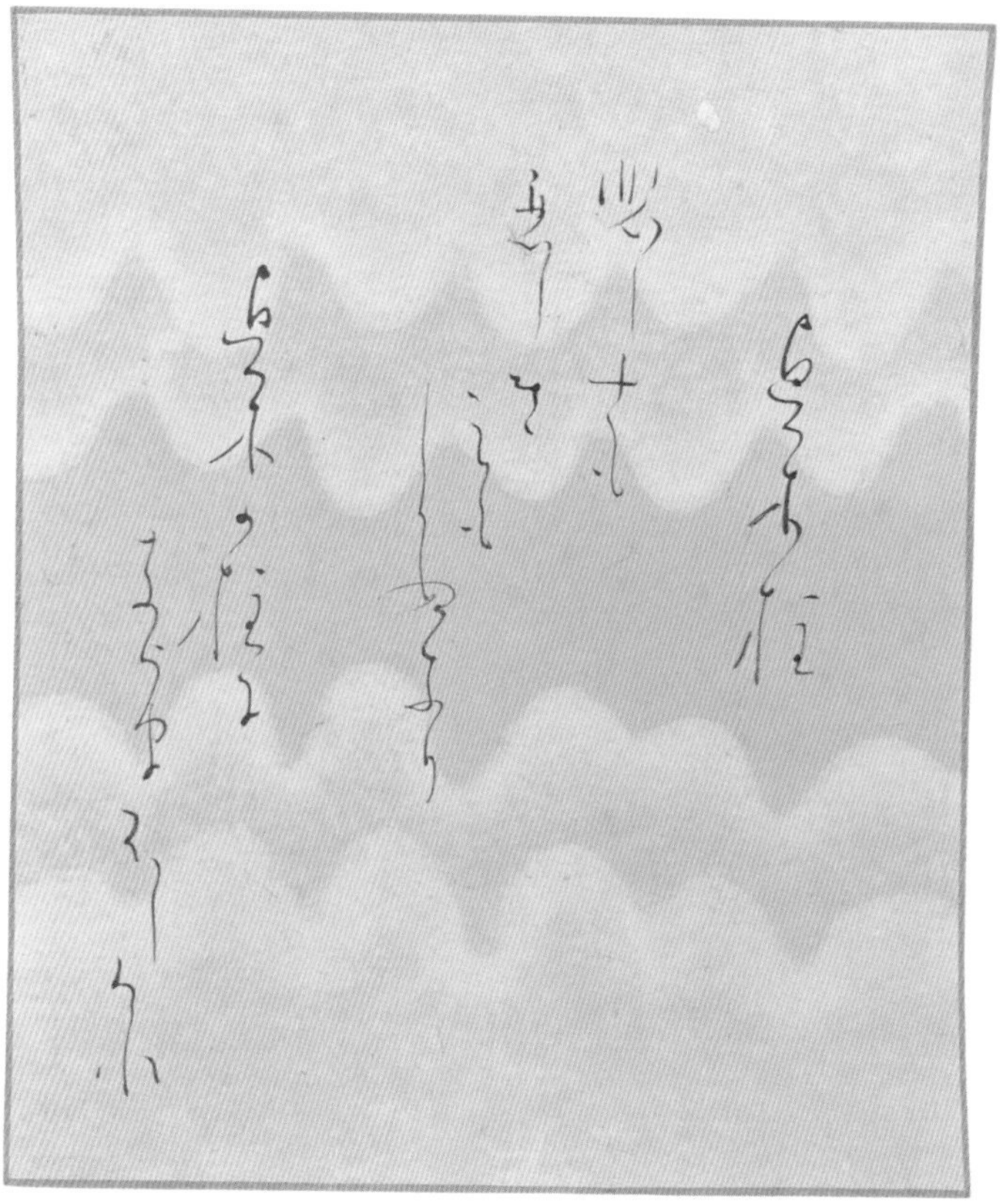

真木柱
悲しさも恋しきこともしらぬなり
真木の柱にならまほしけれ

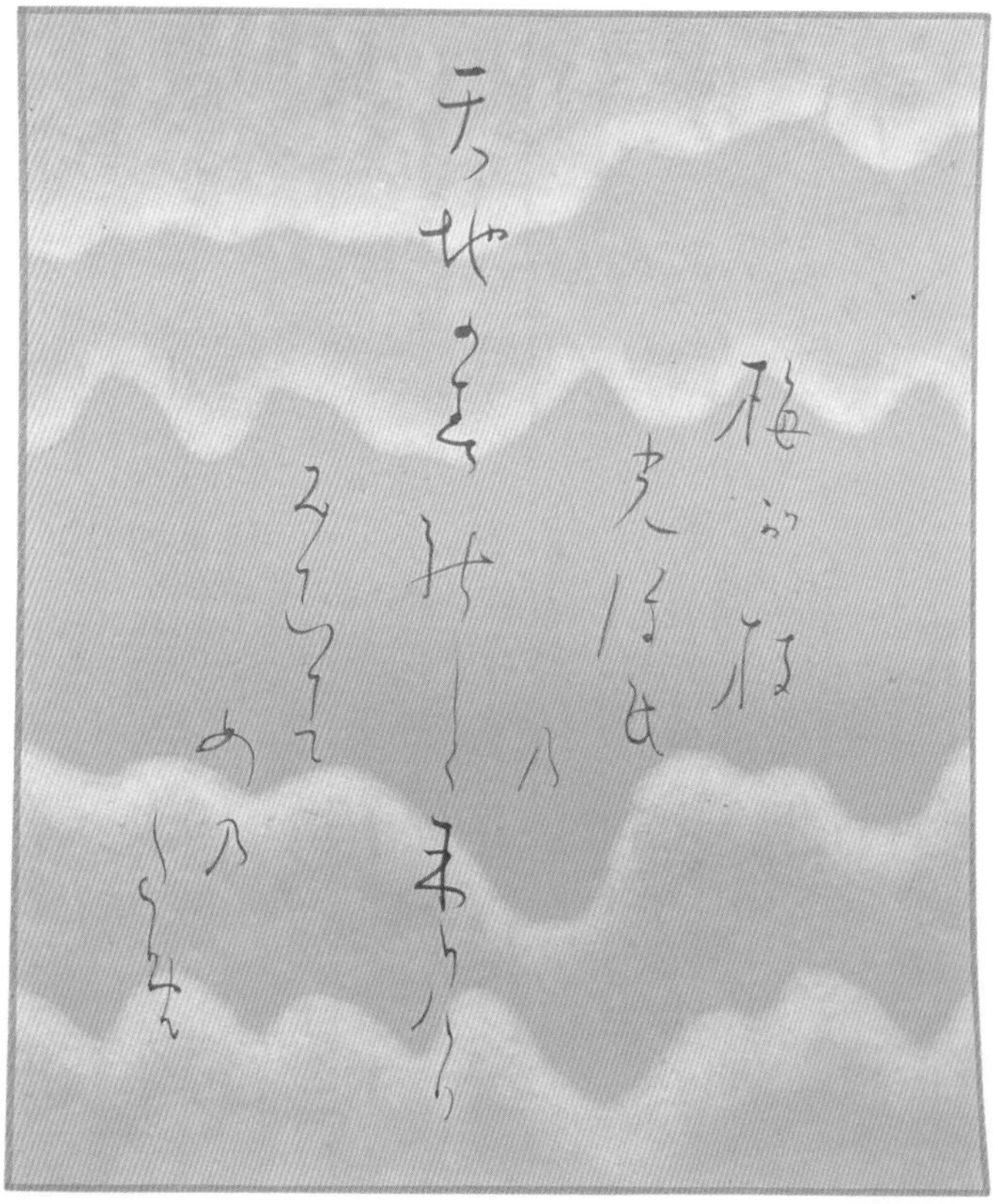

梅が枝
天地の春新しく来りけり
光源氏のみむすめのため

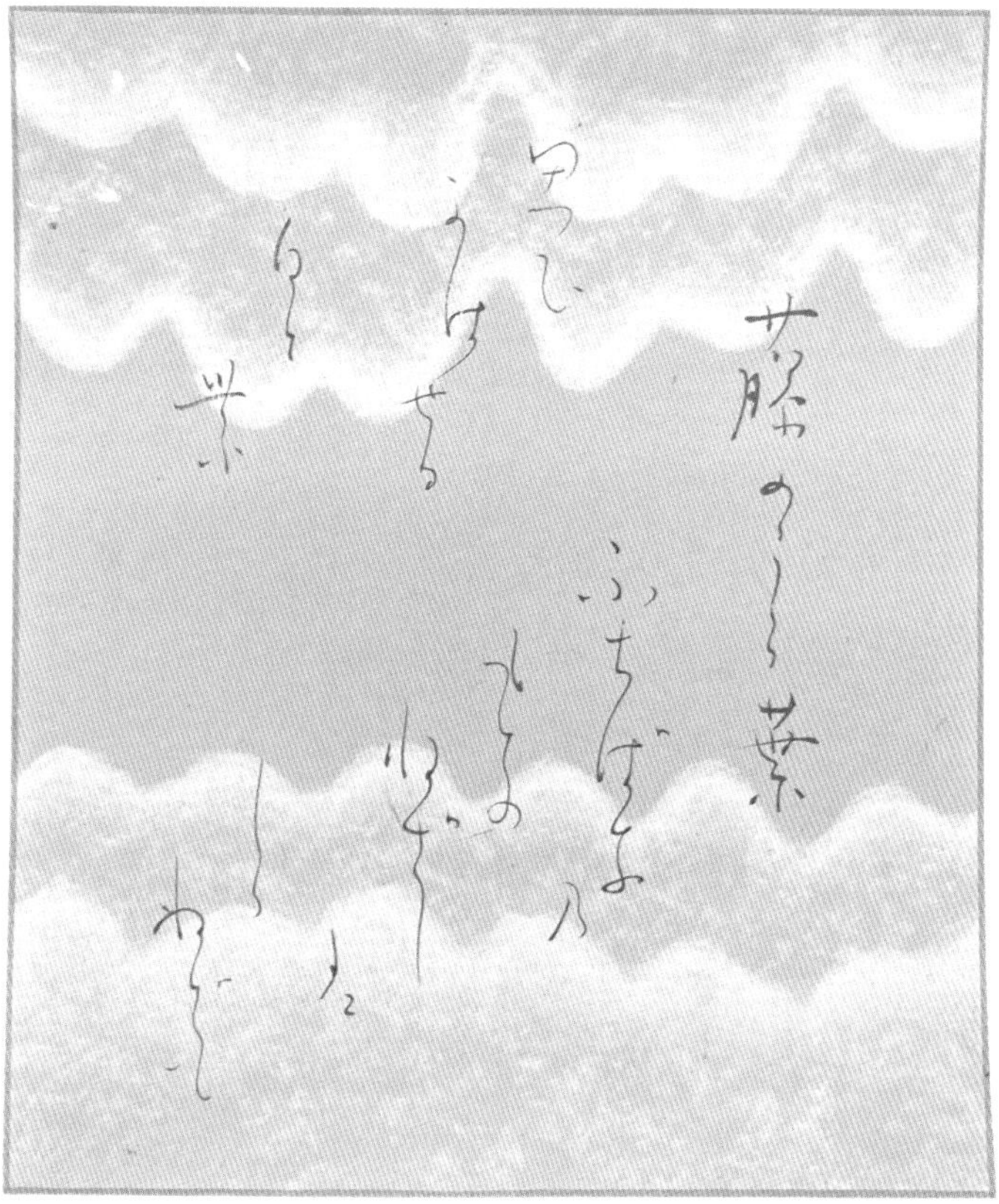

藤のうら葉
ふぢばなのもとのねざしはしらねども
思ひかはせる白と紫

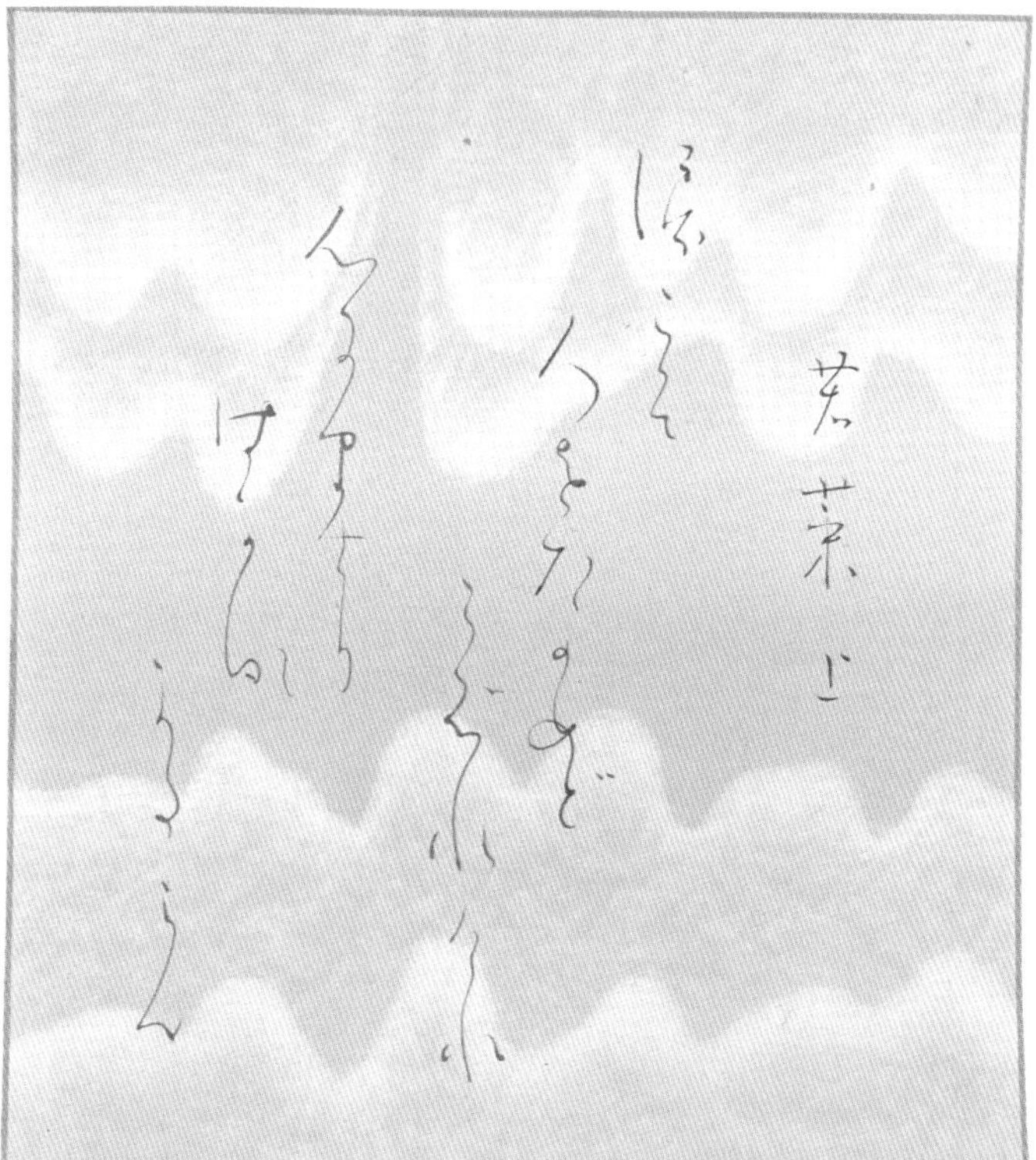

若菜上
涙こそ人をたのめどこぼれけれ
心にまさりはかなかるらん

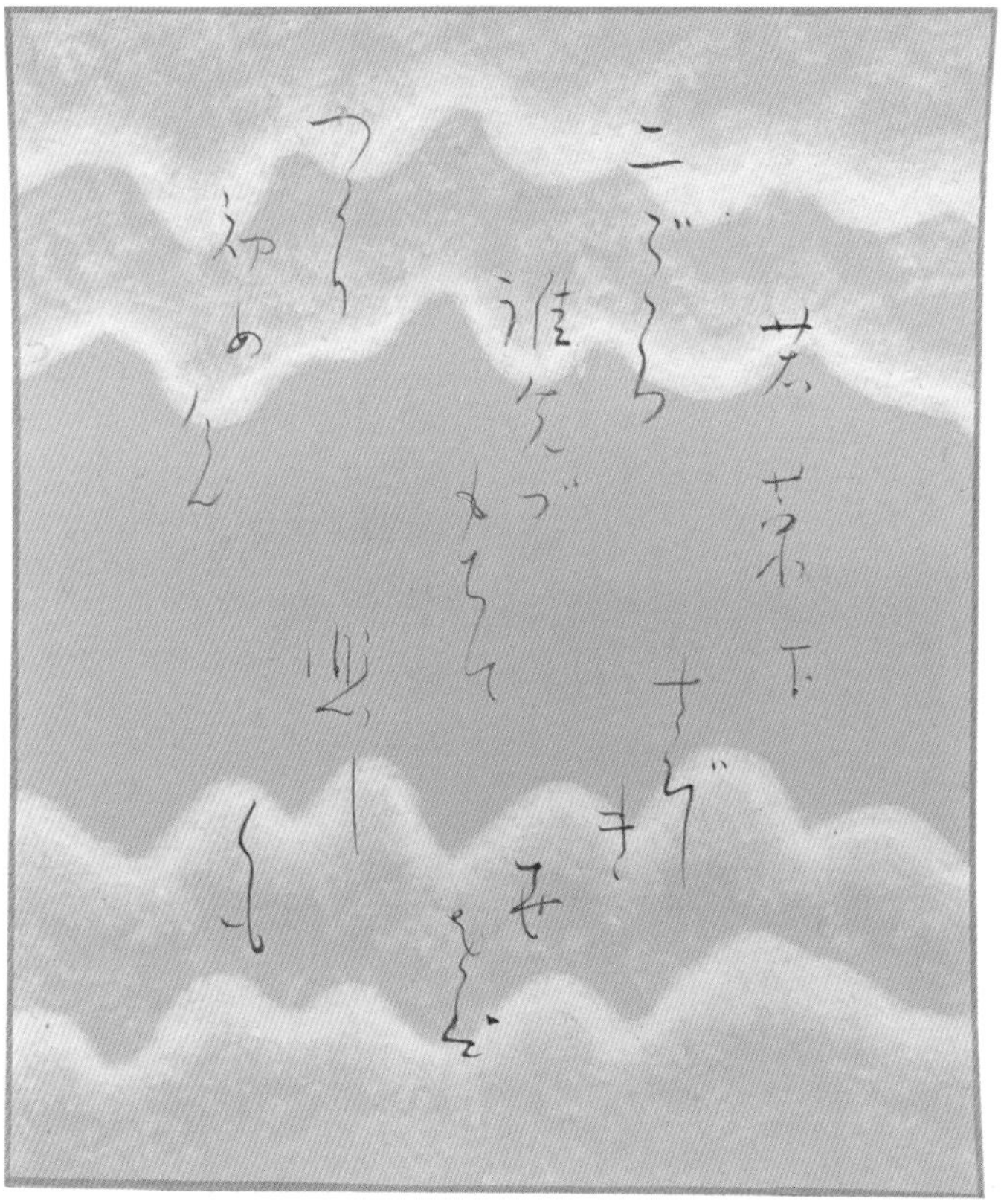

若菜下
二ごゝろ誰先づもちて悲しくも
さびしき世をばつくり初めけん

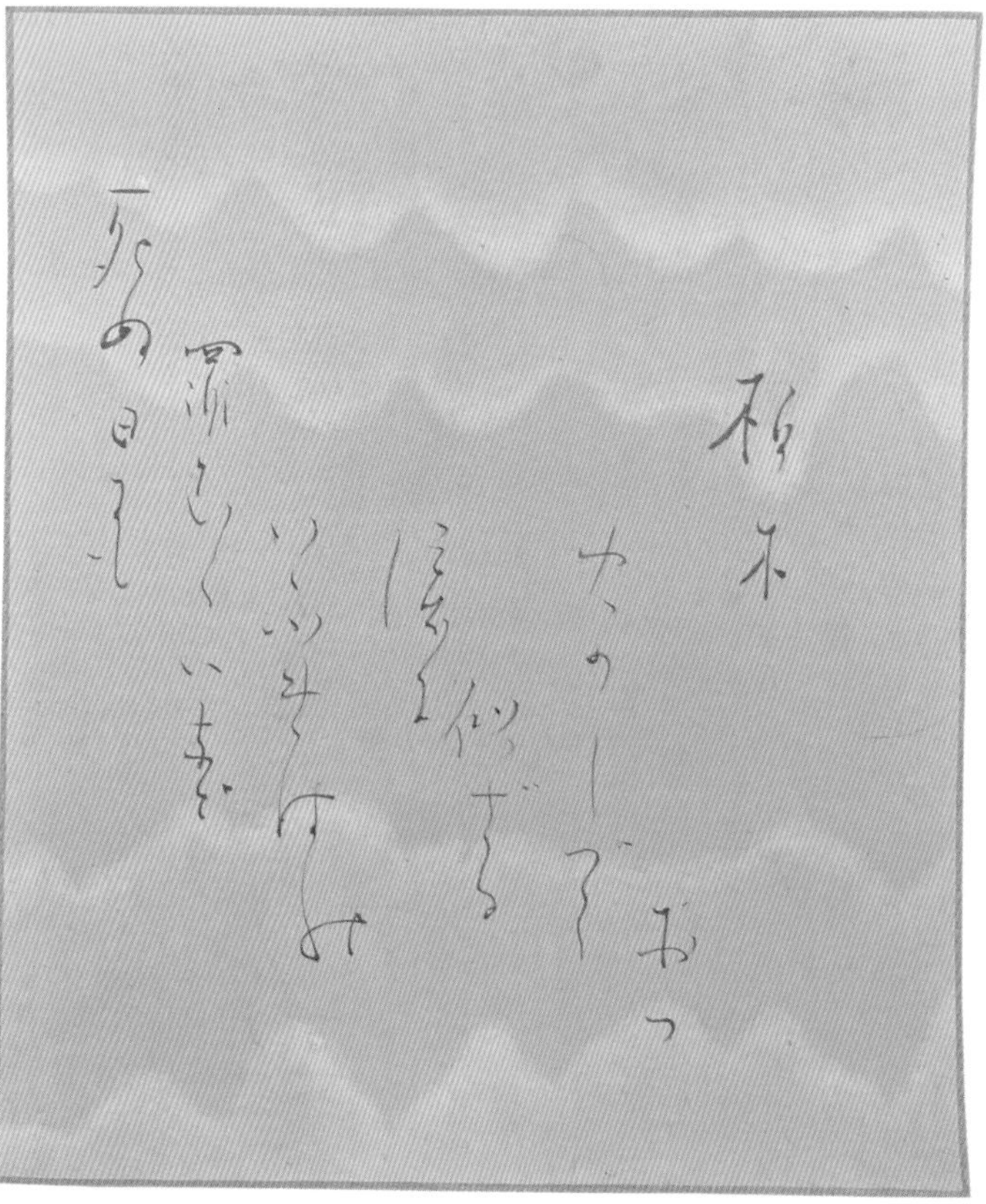

柏木
死ぬ日にも罪むくいなどいふきはの
涙に似ざる火のしづくおつ

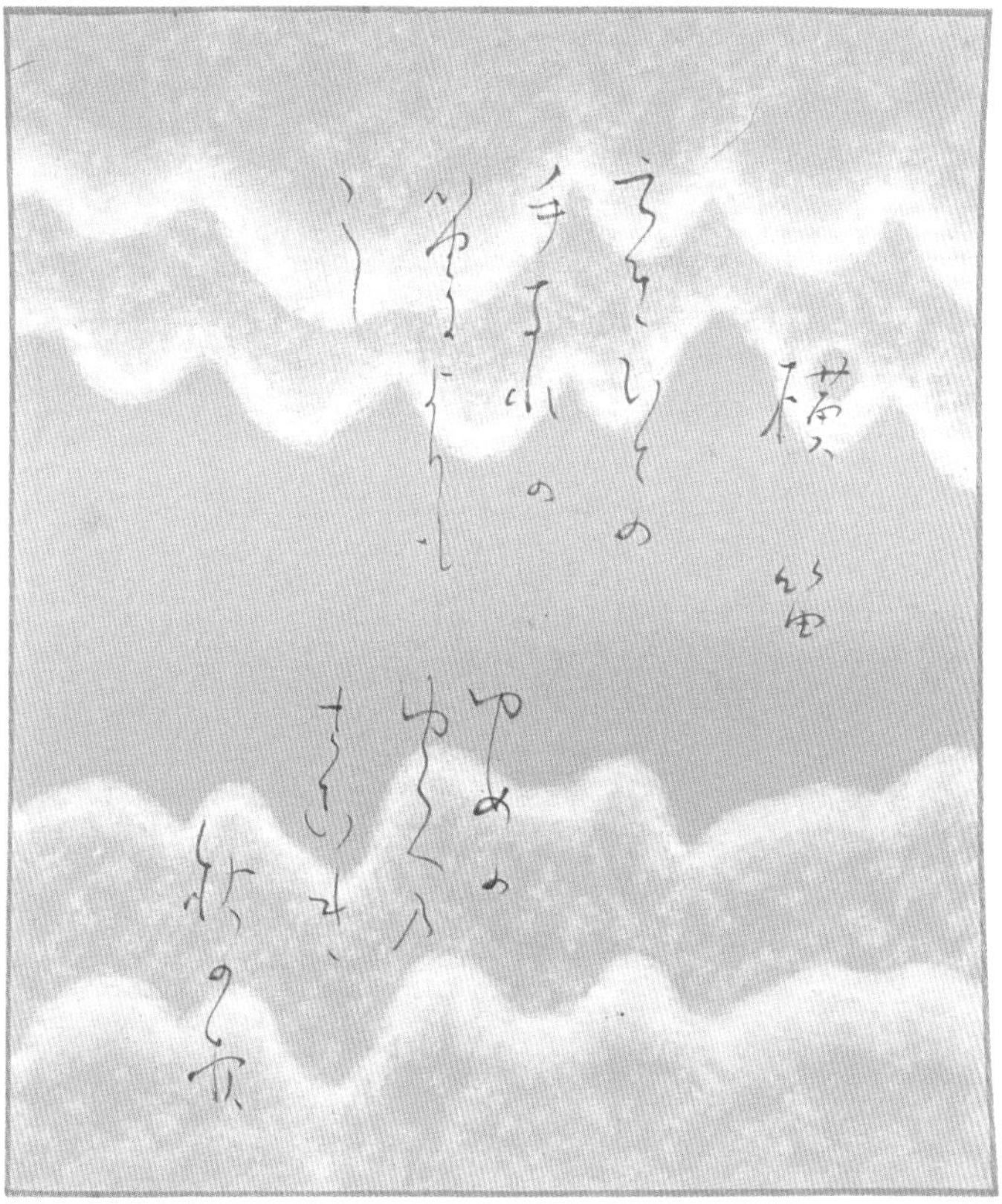

横笛
亡きひとの手なれの笛によりもこし
ゆめのゆくへのさむき秋の夜

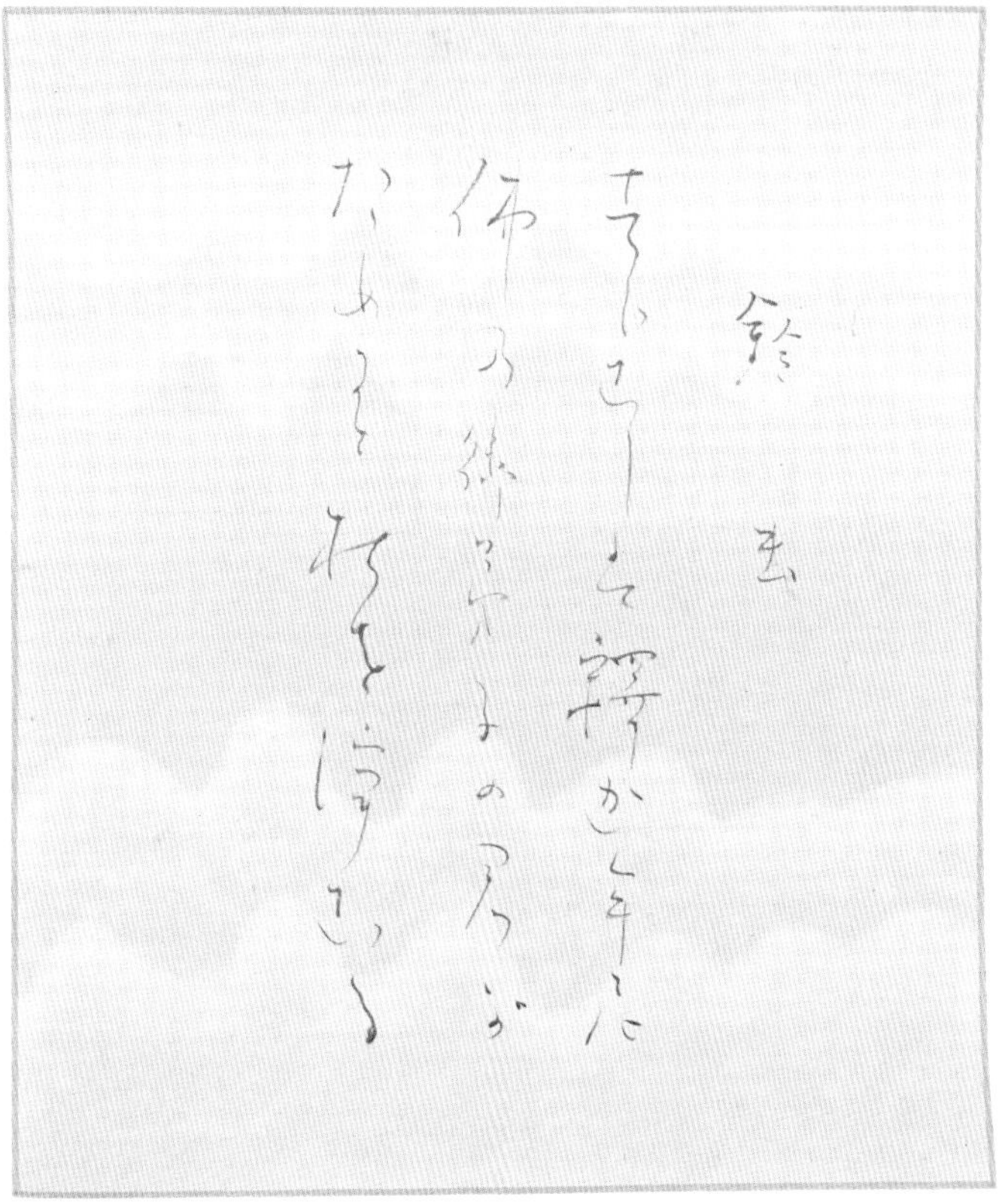

鈴虫
すゞむしは釈迦牟尼仏の御弟子の
君がためにと秋を浄むる

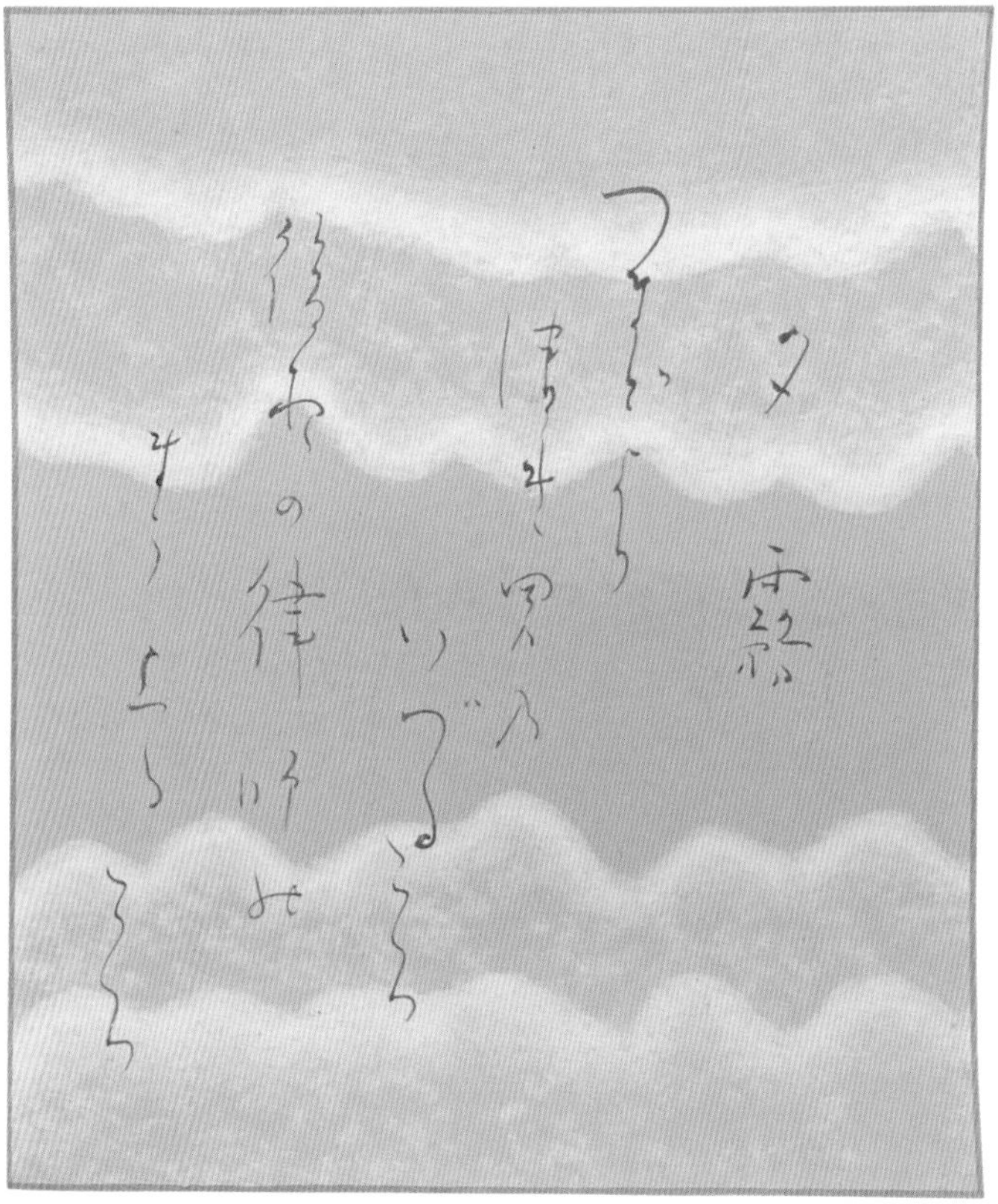

夕霧
つまどより清き男のいづるころ
後夜の律師のまう上るころ

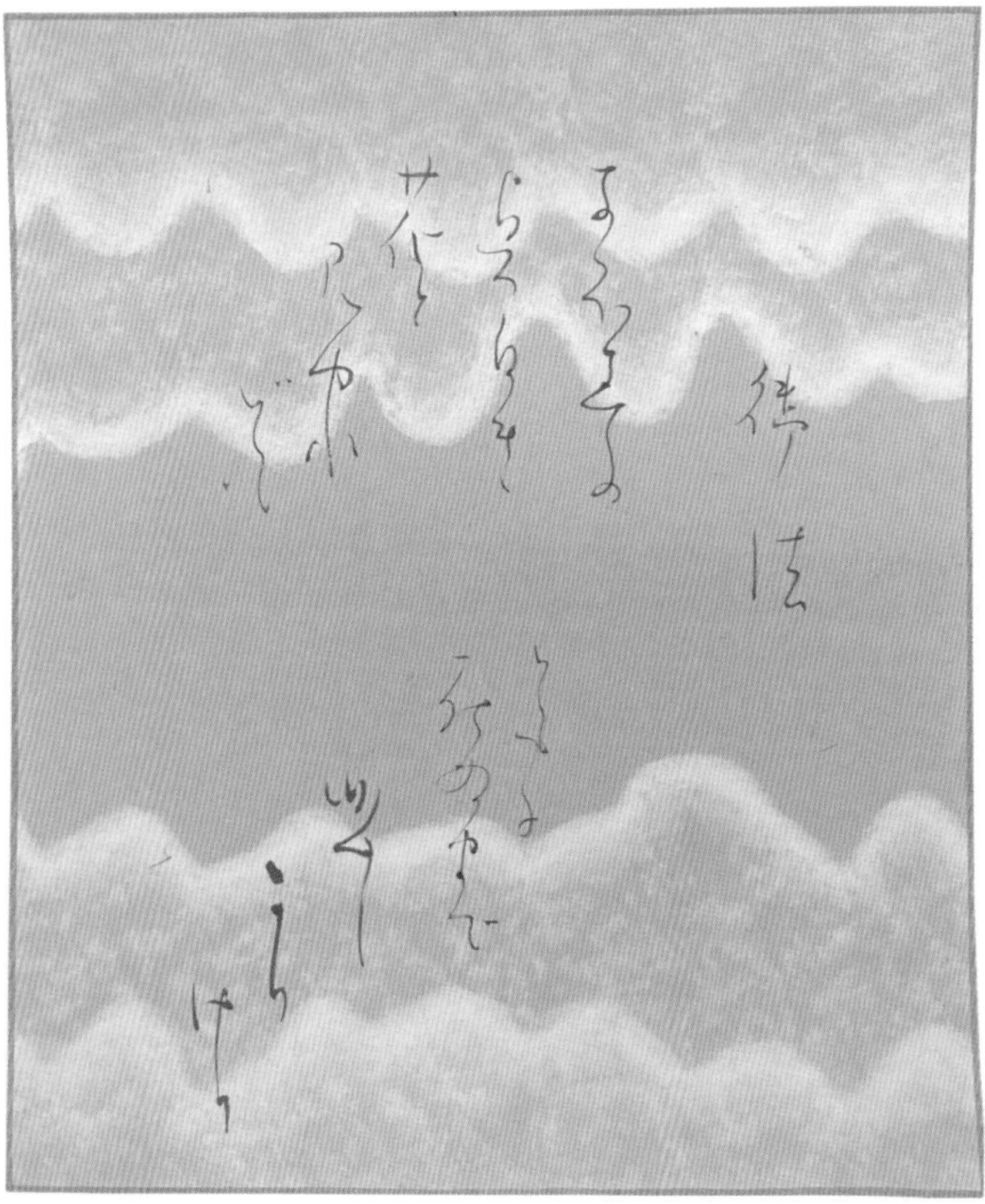

御法
なほ春の真白き花と見ゆれども
ともに死ぬまで悲しかりけり

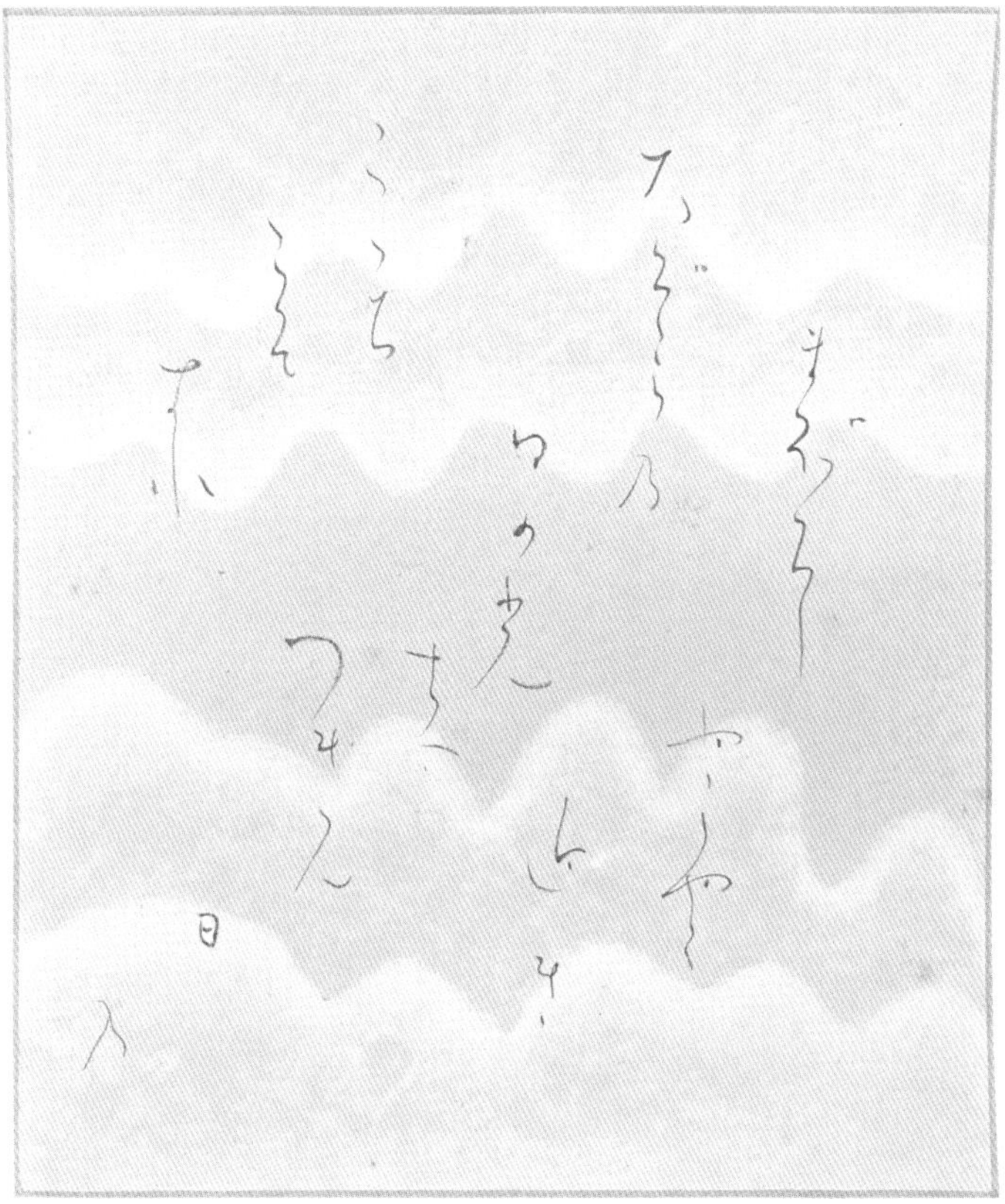

まぼろし
大ぞらの日の光さへつきん日の
やうやく近きこゝちこそすれ

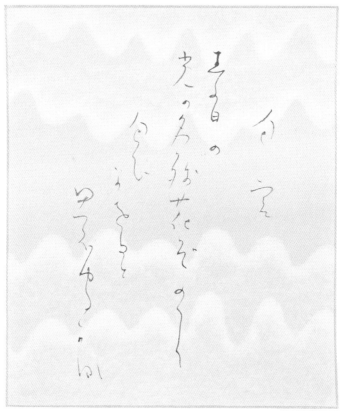

匂宮
春の日の光の名残花ぞのに
匂ひかをると思ほゆるかな

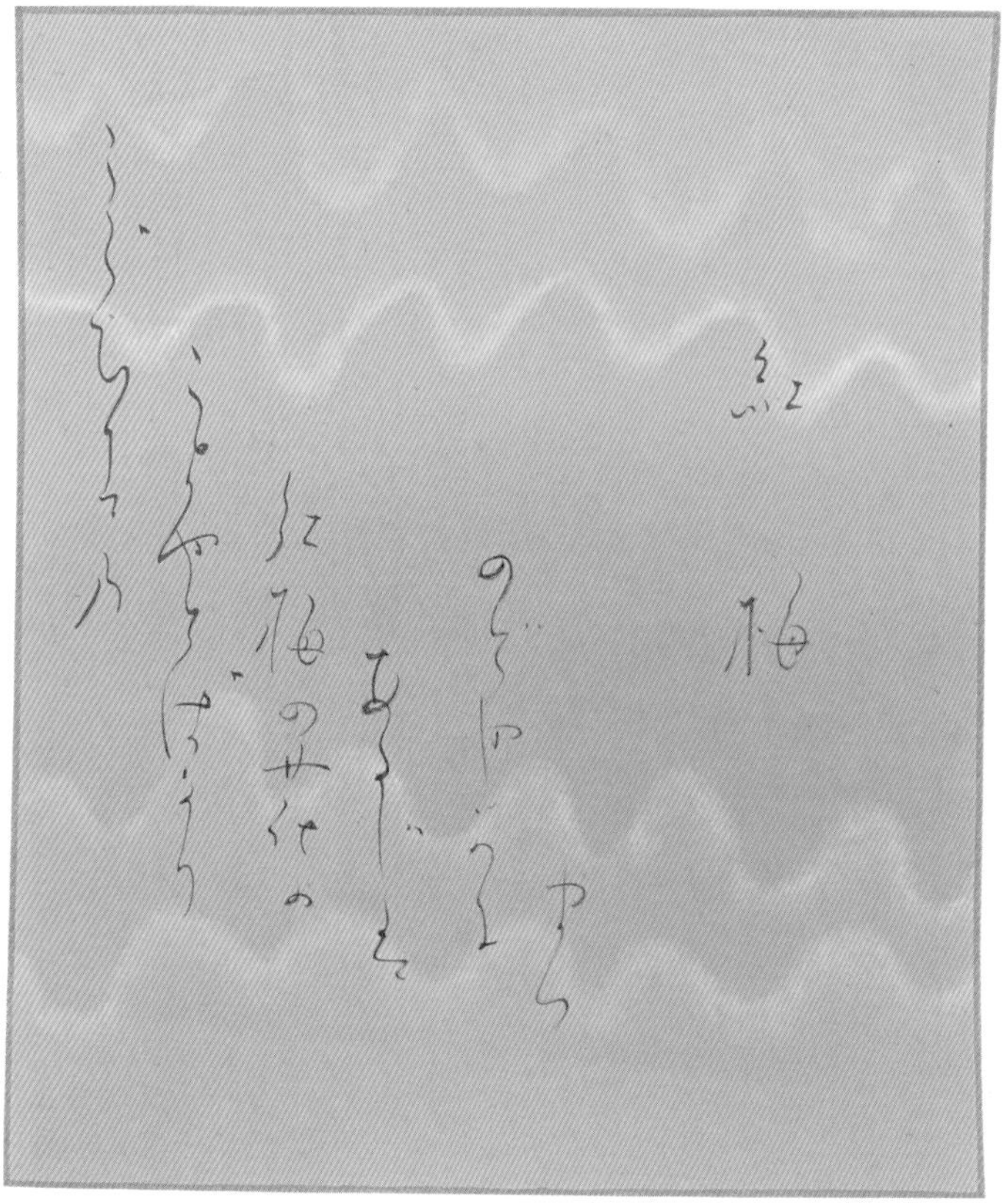

紅梅
うぐひすのこよやとばかり紅梅の
花のあるじはのどやかにまつ

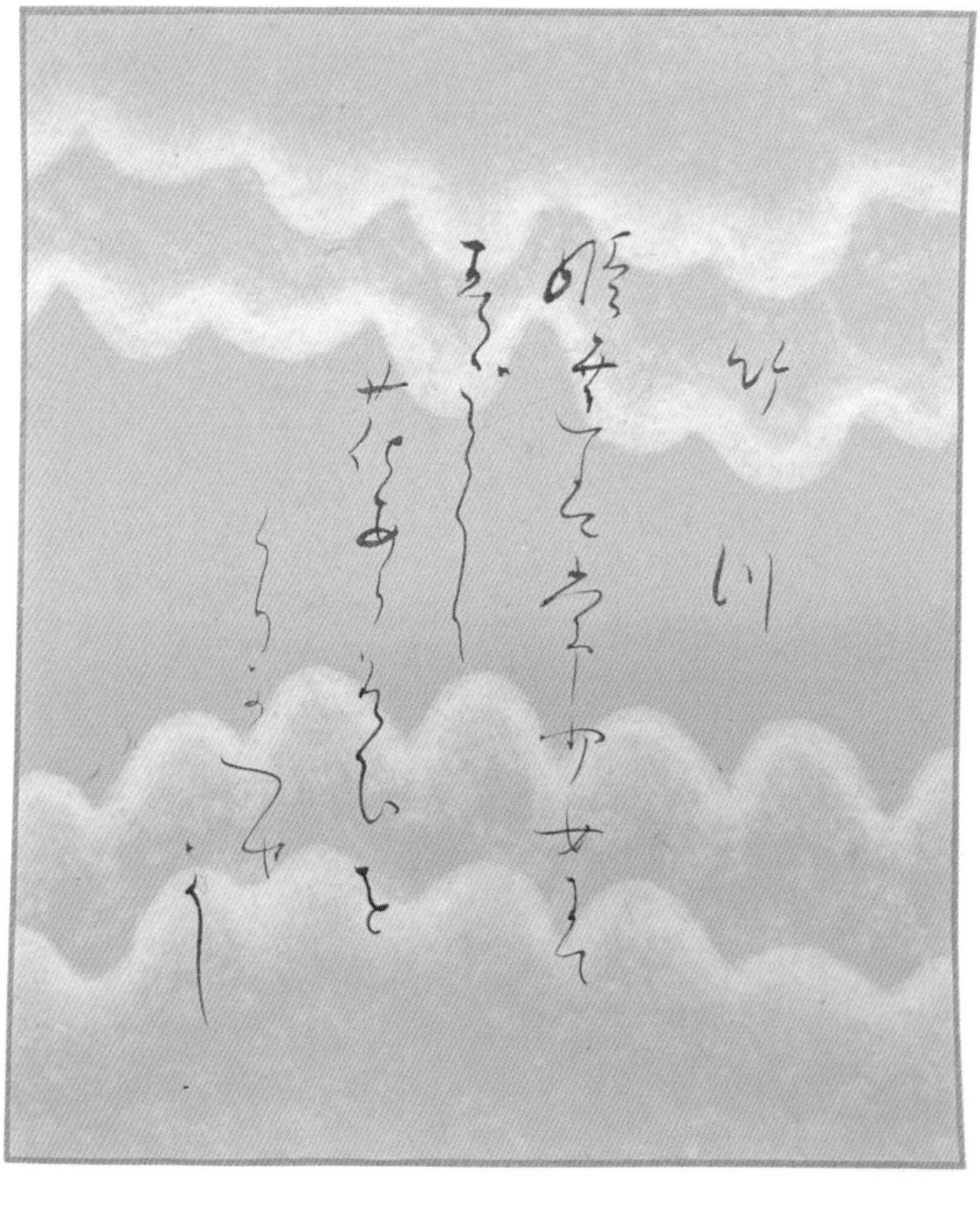

竹川
姫達は常少女《とこをとめ》にて春ごとに
花あらそひをくりかへせかし

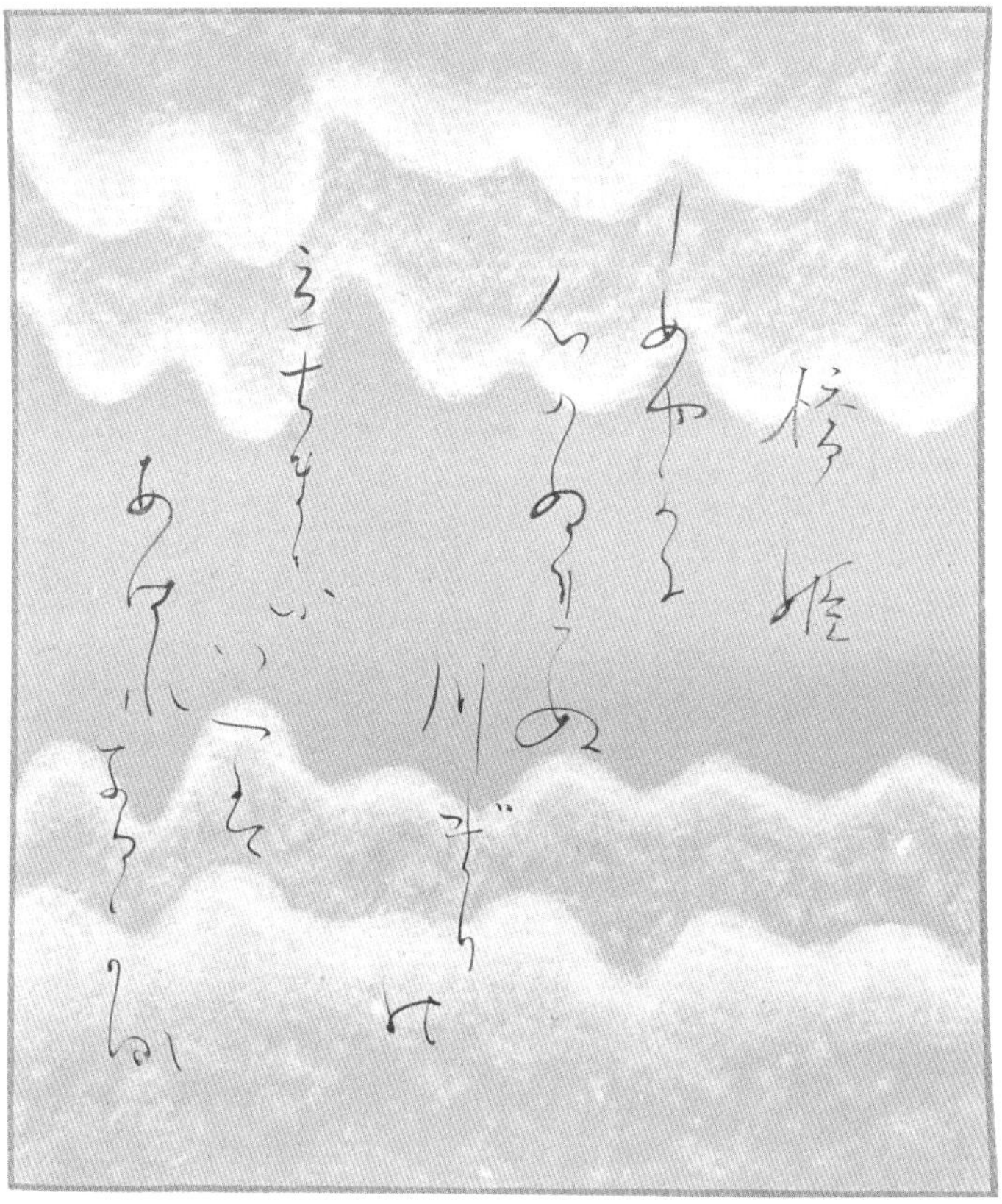

橋姫
しめやかに心のぬれぬ川ぎりの
立ちまふいへはあはれなるかな

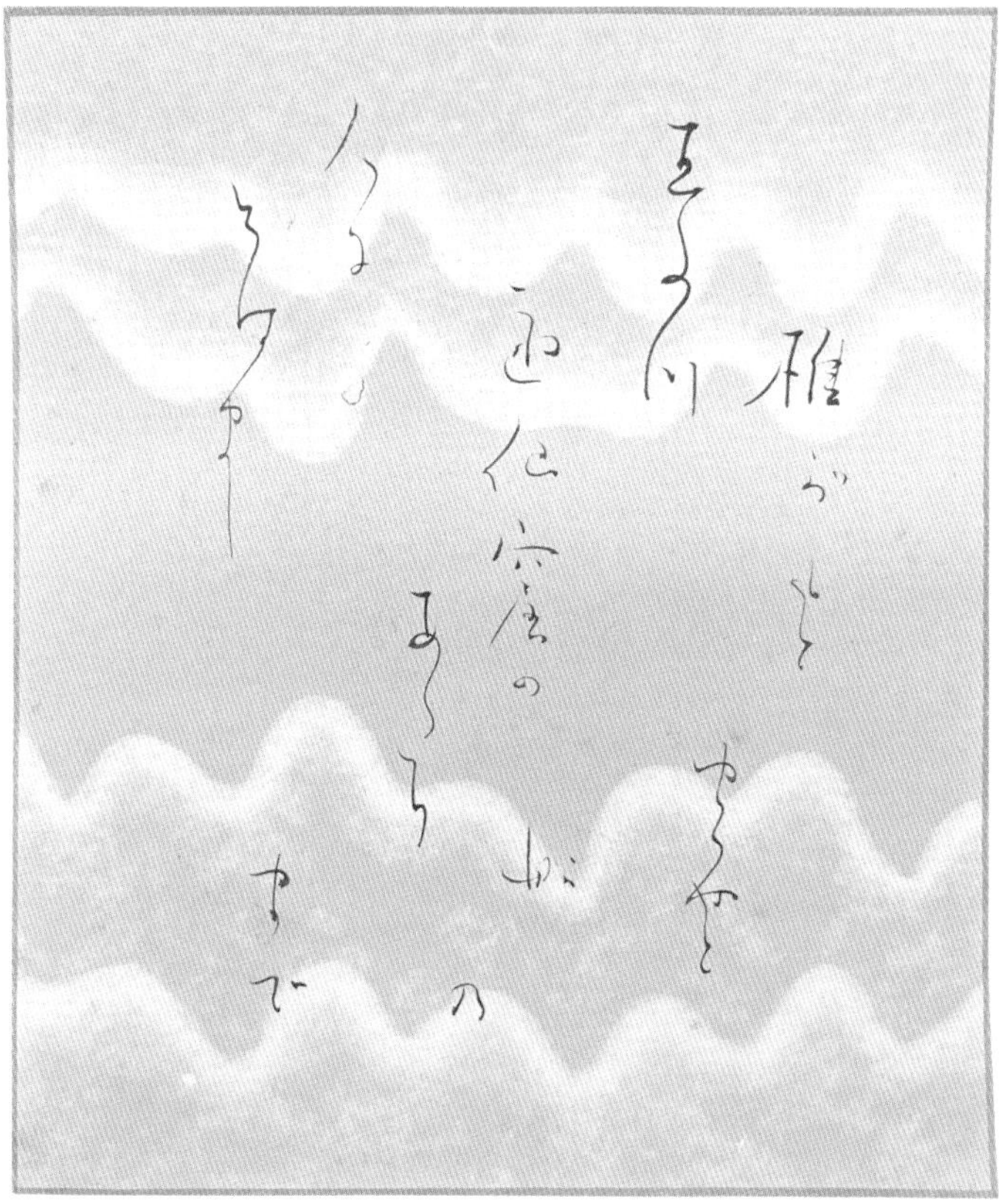

椎がもと
春の川遊仙窟のあたりまで
ゆくやと船の人にとはまし

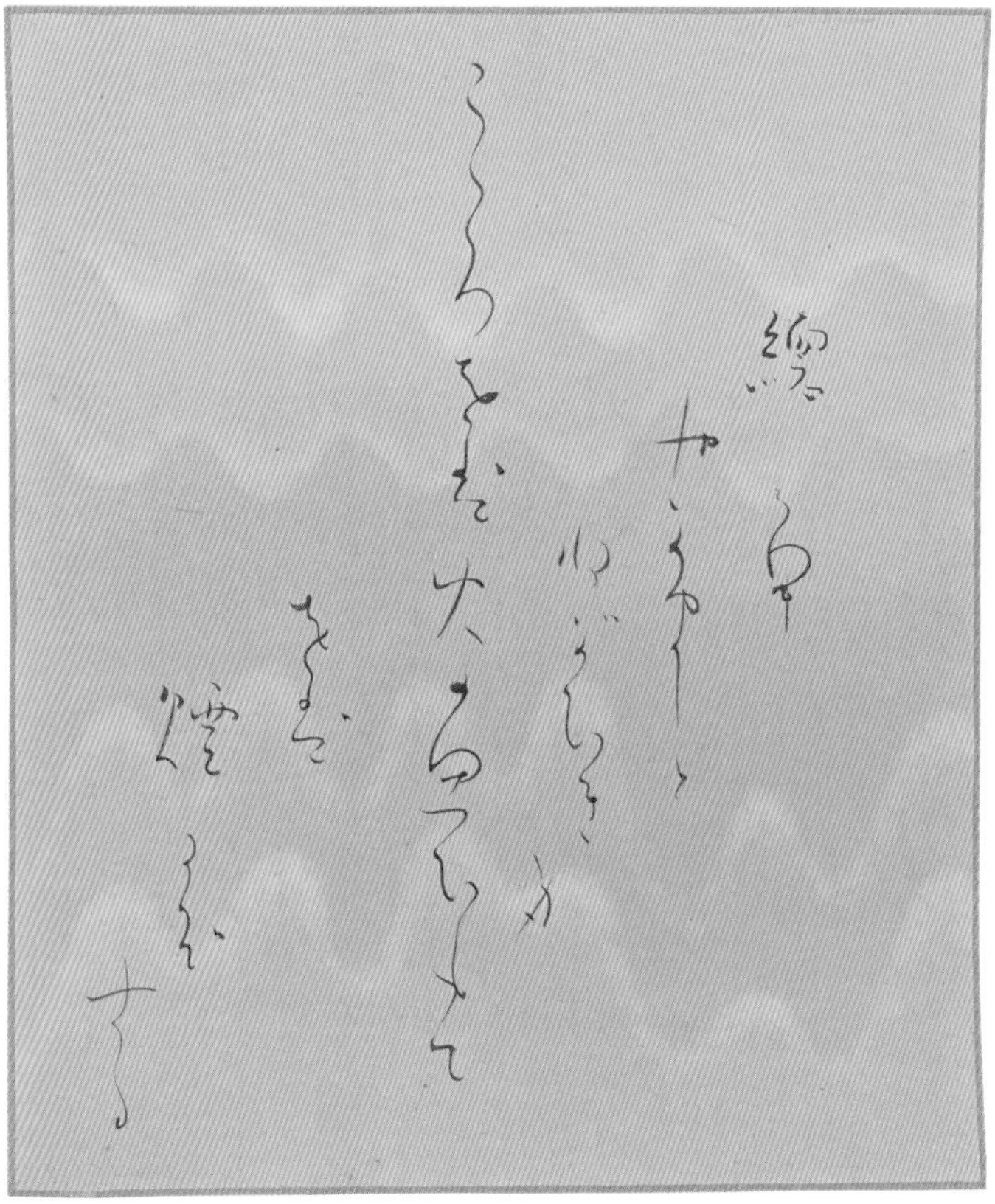

総角
こゝろをば火の思ひもてやかましと
ねがひき身をば煙にぞする

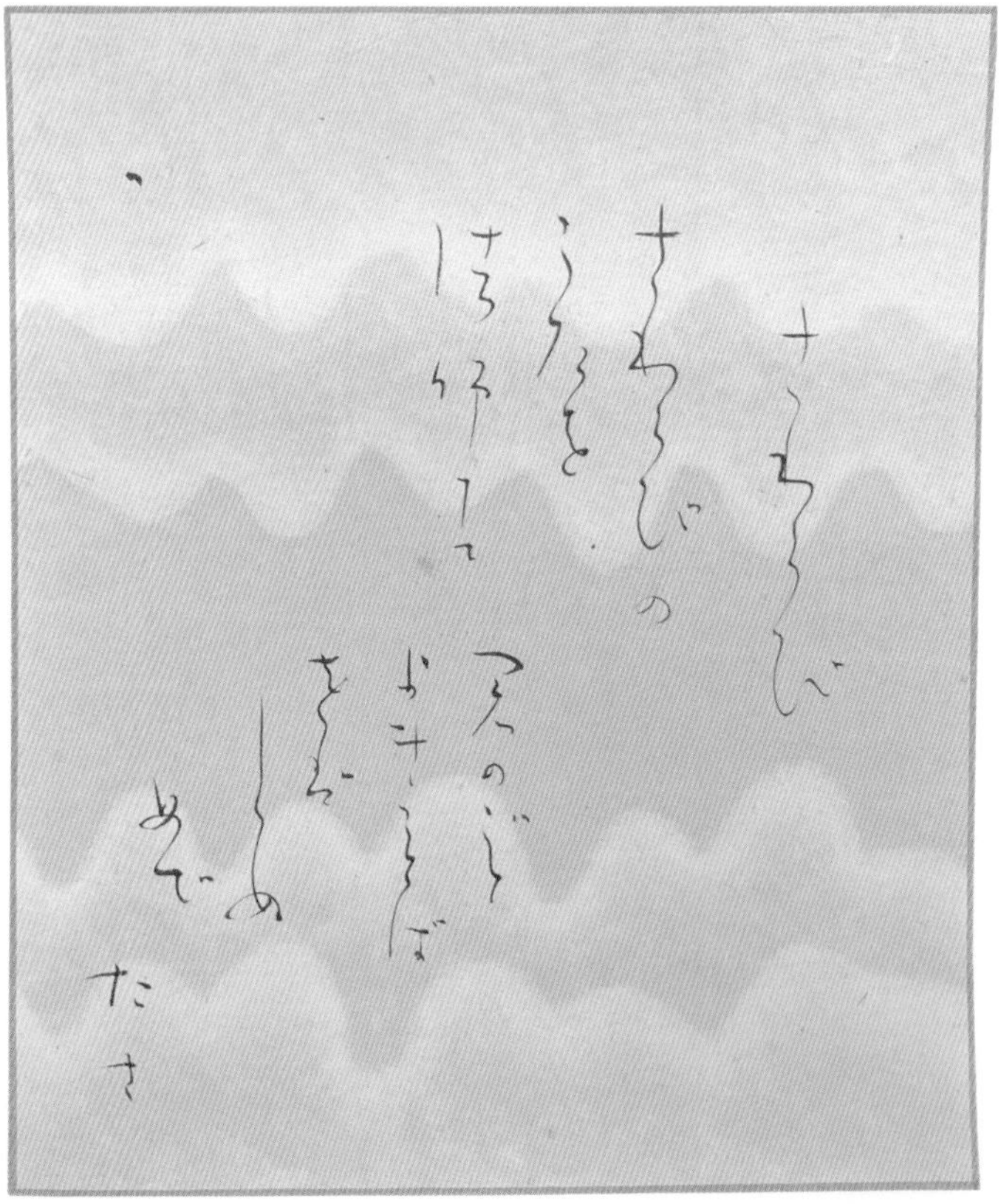

さわらび
さわらびのうたを法師す君のごと
よきことばをばしらぬめでたさ

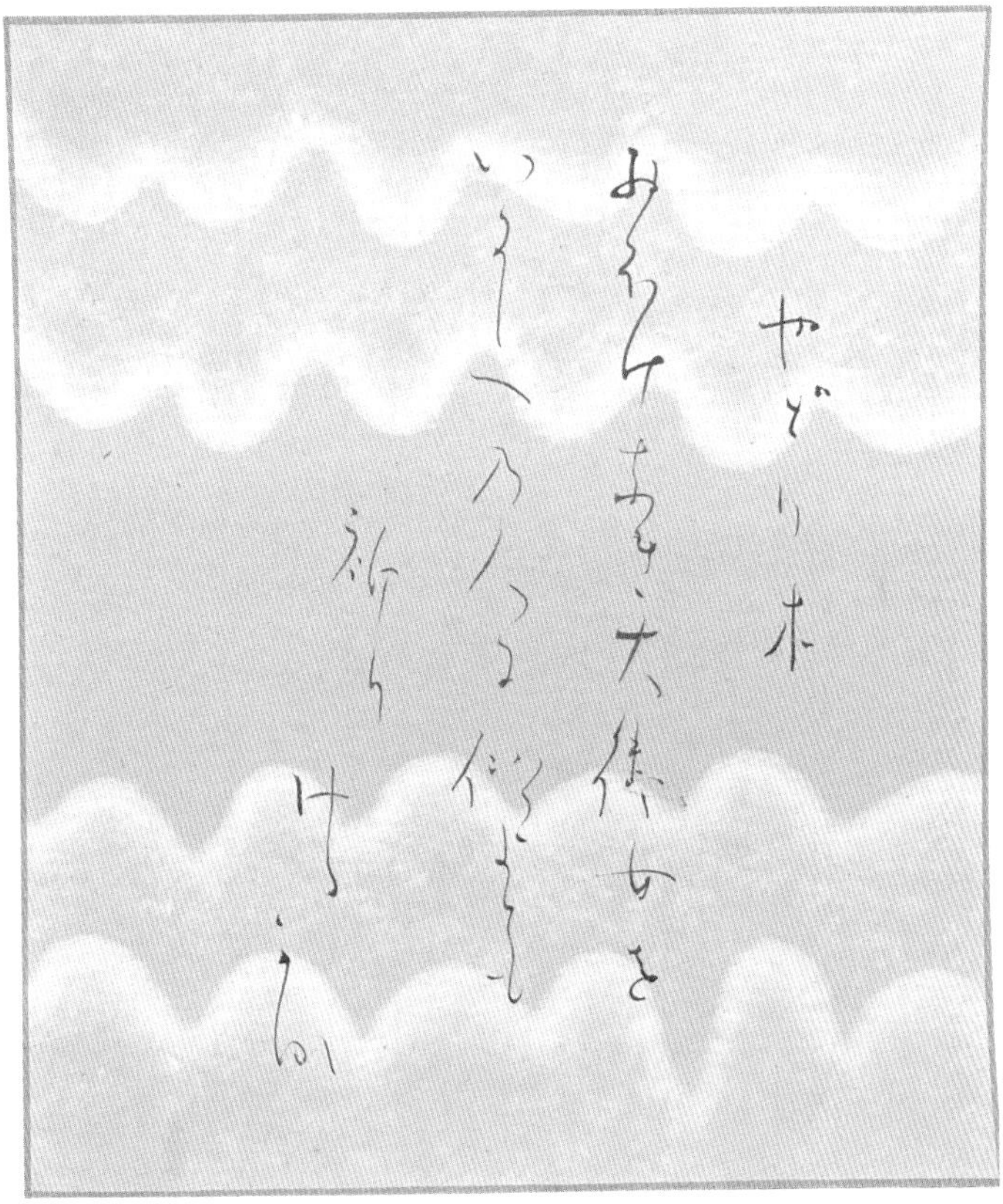

やどり木
おほけなき大御女《おほみむすめ》をいにしへの
人に似よとも祈りけるかな

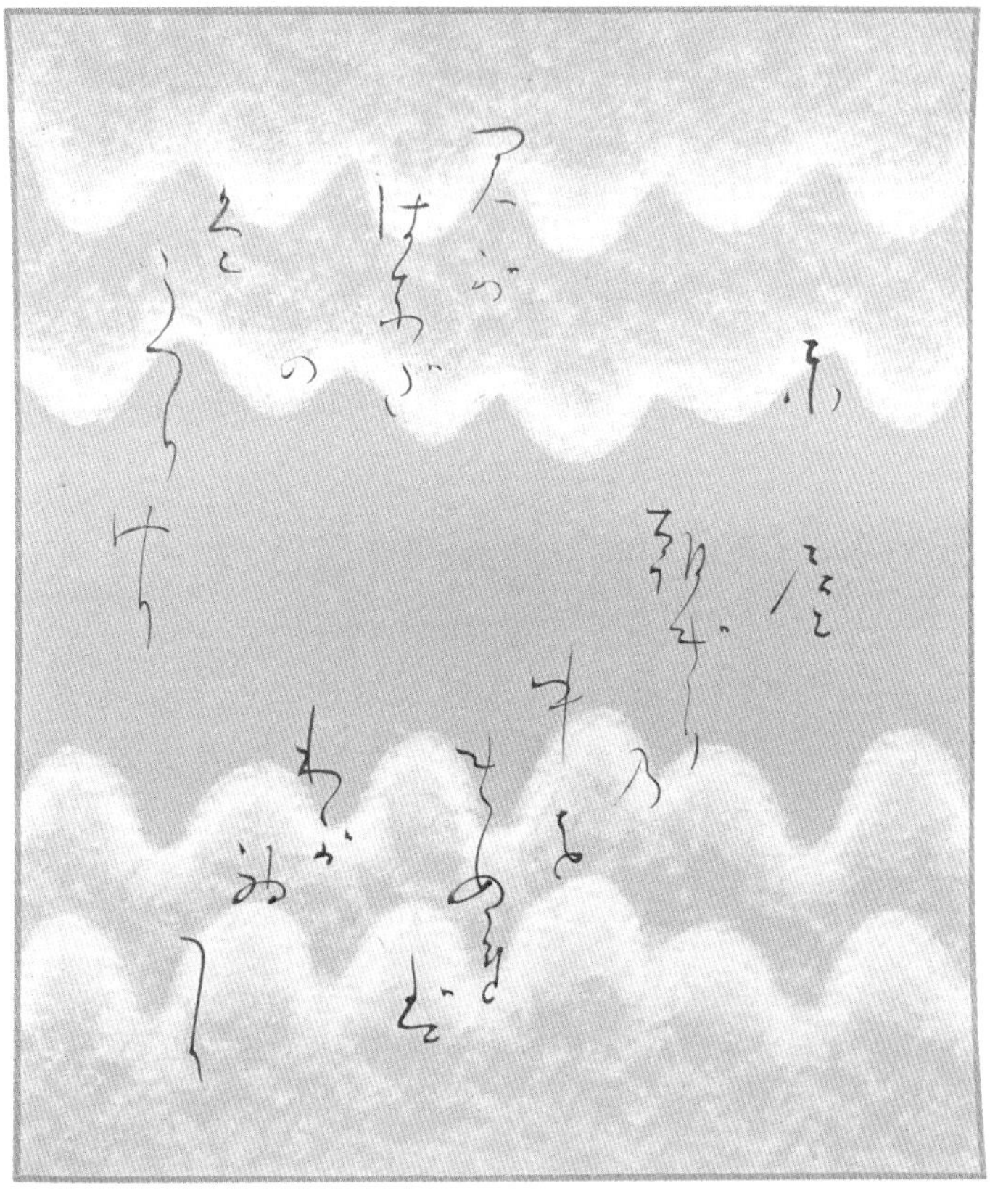

東屋
朝ぎりの中をきぬればわが袖に
君がはなだの色うつりけり

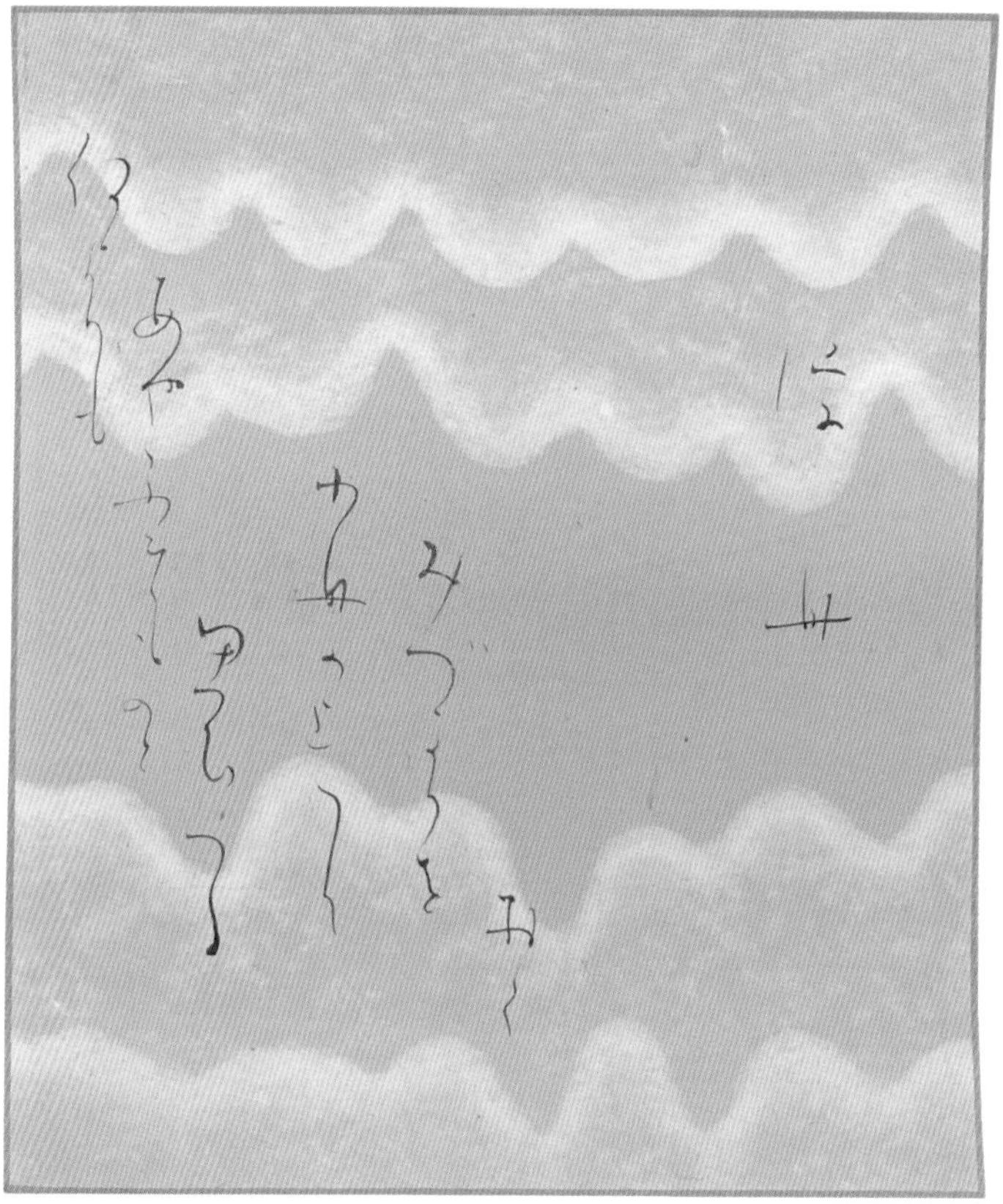

浮舟
何よりもあやふきものと思ひつる
小舟の上にみづからをおく

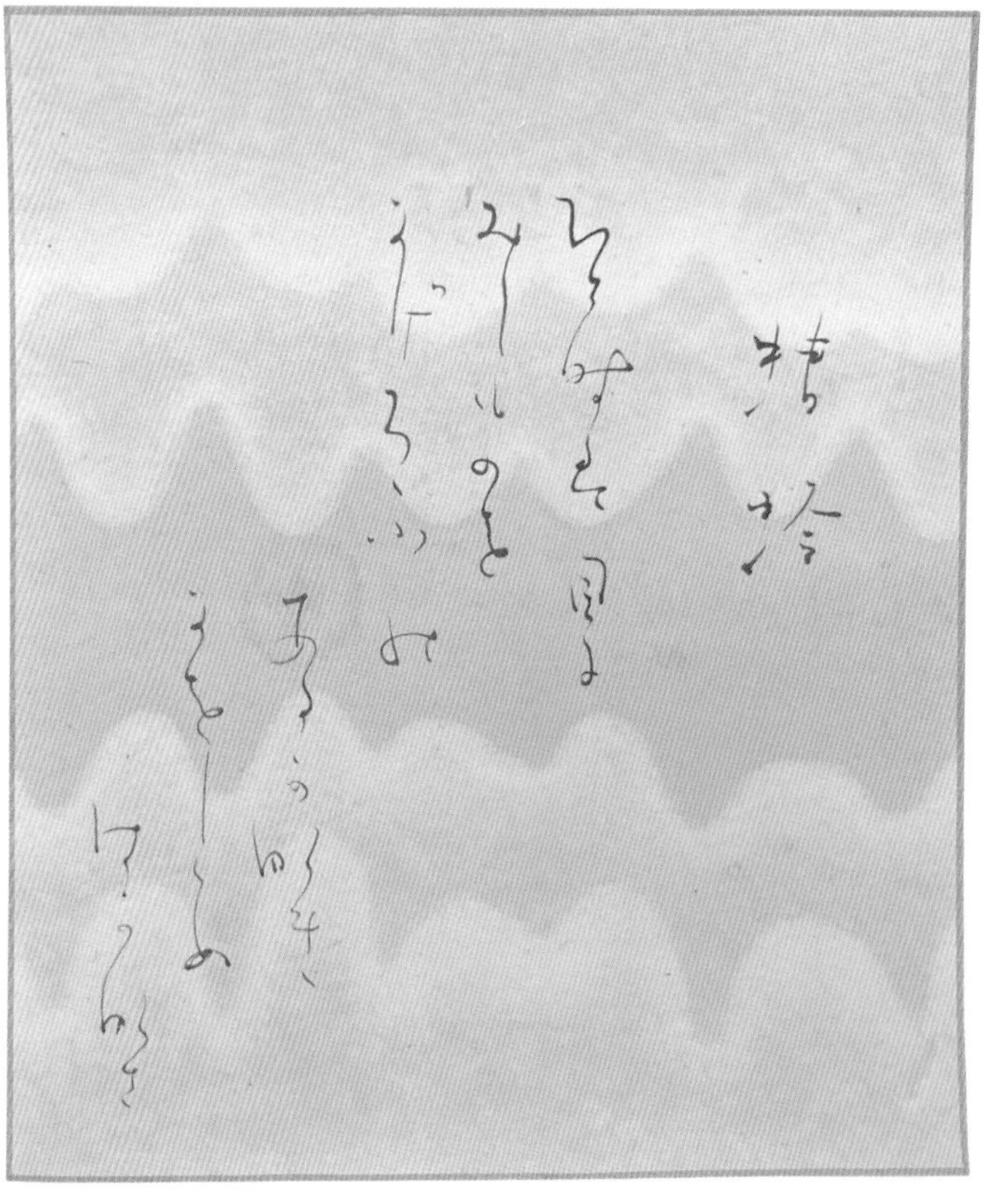

蜻蛉
ひと時は目にみしものをかげろふの
あるかなきかをしらぬはかなさ

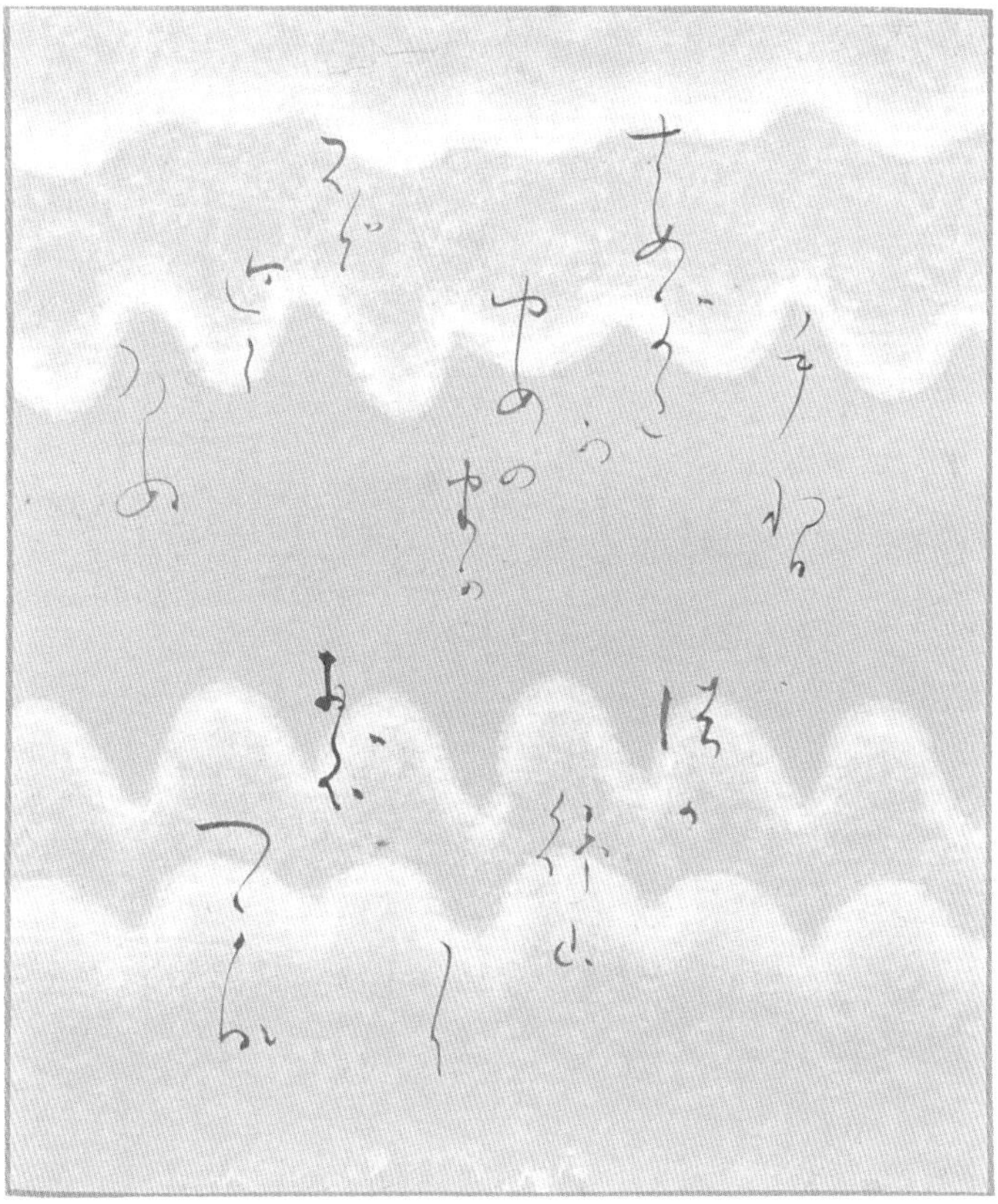

手習
さめがたかゆめの半かおぼつかな
法の御山にほど近くゐぬ

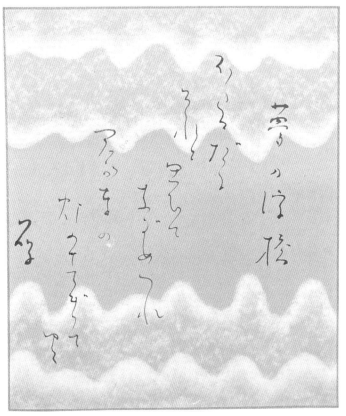

夢の浮橋
ほたるだにそれと思ひてながめつれ
君が車の灯のすぎてゆく　晶子

源氏物語礼讃
与謝野晶子
（桐箱・蓋のみ）

（桐箱・全体）

解説・解題

田口暢之

〔解説凡例〕

・巻数、巻名、鶴見大学図書館蔵「源氏物語礼讃」二種（台紙貼りの折帖に装訂された方を「歌帖」、未装訂の方を「色紙」と称した）の翻刻を掲げ、「＊」以下に簡単な語釈や解説を加える。

・先行の注釈として、西田禎元『源氏物語』の光と影』（新典社、二〇二〇年）所収「与謝野晶子の「源氏物語礼讃」歌」（初出一九九九年三月〜二〇〇〇年三月）がある。

・《 》内には「源氏物語礼讃」と対応する『源氏物語』の場面を与謝野晶子『新新訳源氏物語』によって掲げた。前掲の西田氏の注釈は『源氏物語』の原文を掲出しているため、ここではなるべく晶子自身の現代語訳を示すようにした。なお、『新新訳源氏物語』の引用は『全訳源氏物語』（新装版。角川書店、二〇〇八年。『新新訳源氏物語』を読みやすい表記に改めたもの）により、一部を初版によって校訂、一部のルビは削除、和歌の前後の改行は「／」によって表した。

・二〇二三年度の鶴見大学における国文学演習上代・中古Ⅱ、同大学院における日本文学演習Ⅱにて履修者と輪読した成果に基づく。特に博士前期課程の瀬戸山優大、渋谷ふたば、堀萌笑の三氏から有益な指摘を頂いた。

解説

1、桐壺

歌帖 むらさきのかゞやく花と日の光おもひあはではあらじとぞ思ふ

色紙 紫のかゞやく花と日の光思ひあはではあらじとぞおもふ

＊「紫の輝く花」に藤壺、「日の光」に源氏を暗示。《源氏の美貌を世間の人は言い現わすために光《ひかる》の君と言った。女御として藤壺の宮の御寵愛が並びないものであったから対句のように作って、輝く日の宮と一方を申していた》。

2、帚木

歌帖 なか川の皐月の水に人似たり語ればむせびよればわな、く

色紙 中川の皐月の水に人にたり語ればむせびよればわな、く

＊「人」に空蝉を暗示。五月、源氏は中川辺の《庭に通した水の流れ》が涼しげな紀伊守の家に方違えに行き、その義母の空蝉に心惹かれる。空蝉は懸想を拒む一方、未婚のときに出会っていればと夢想もする。その揺れ動く心を「皐月の水」に重ねる。

3、空蝉

歌帖 うつせみのわがうすごろもみやび男になれてぬるやとあぢきなきころ

色紙 うつせみのわがうすごろも風流男になれてぬるやとあぢきなきころ

＊「風流男」に源氏を暗示。「ぬる」は寝る。空蝉は再び忍んできた源氏の気配を察して隣室へ逃れる。源氏は空蝉の小袿を持ち帰り、《自身のそばから離そうとしなかった》。空蝉は《抜け殻にして源氏に取られた小袿が、見苦しい着古しになっていなかったろうかなどと思いながらもその人の愛が身に沁《し》んだ》。

4、夕顔

歌帖 うきよるの悪夢と、もになつかしきゆめもあとなく消えにけるかな

色紙 うき夜半の悪夢と、もになつかしきゆめもあとなく消えにけるかな

＊「憂き夜（夜半）の悪夢」に源氏の見た夢、「なつかしきゆめ」に夕顔と過ごした夢のような時間を暗示。源氏は夕顔を某院へ誘い、夜の《十時過ぎ》に《美しい女》が源氏を恨みつつ、夕顔を起こそうとする夢を見る。まもなく夕顔は死に、源氏は《恋人との歓会がたちまちにこうなったことを思うと呆然となるばかりであった》。

5、若紫

歌帖 春の野のうらわか草にしたしみていとおほとかに恋もなりぬる

色紙 春の野のうら若草にしたしみていとおほどかに恋もなりぬる

＊初二句に紫上を暗示。「おほどか」はおおようなこと。歌帖の字は「おほらか」にも見える。義母の藤壺を懐妊させた源氏は今まで以上に警戒されるようになった。そのころ、藤壺の姪にあたる紫上を引き取る。《大人の恋人との交渉には微妙な面倒があって》《恋》が破綻することもあるが、紫上には《そんな恐れは少しもない。ただ美しい心の慰めであるばかりであった》。

6、末摘花

歌帖 かはごろも上にきたれば我妹子はきくことの皆身にしまぬらし

色紙 かはごろも上にきたれば我妹子はきくことの皆身にしまぬらし

＊「我妹子」に末摘花を暗示。源氏の期待に反し、末摘花は《無口》で《ひどい容貌《きりょう》》で《野暮》であった。冬には《黒貂《ふるき》の毛の香のする皮衣を着ていた。毛皮は古風な貴族らしい着用品ではあるが、若

い女に似合うはずのものでなく、ただ目だって異様だった》。

7、紅葉賀

歌帖　青海の波しづかなるさまを舞ふわかき心は下に鳴れども

色紙　青海の波しづかなるさまをまふ若き心は下に鳴れども

＊「青海の波」に舞楽名の青海波を詠み込む。寄せては返す波の様子を舞う。「若き心」は源氏の心。紅葉賀の試楽で源氏と頭中将は青海波を舞う。翌日、源氏は藤壺に《どう御覧くださいましたか。苦しい思いに心を乱しながらでした》と手紙を送る。

8、花宴

歌帖　春の夜のもやにゑひたる月ならむ手まくらかしぬわがかりぶしに

色紙　春の夜のもやにゑひたる月ならん手まくらかしぬわがかりぶしに

＊「もやに酔ひたる月」に朧月を暗示。「わが」は源氏の。南殿の花宴の後、源氏は藤壺へ行くが、戸口は閉まっていた。弘徽殿の細殿に入ると《若々しく貴女らしい声で、「朧月夜に似るものぞなき」と歌いながらこの戸口へ出て来る人があった》。《源氏は酔い過ぎていたせいでこのままこの女と別れることを残念に思ったか》一夜を共にする。

9、葵

歌帖　うらめしと人をめにおくこともこれ身のおとろへに外ならぬかな

色紙　うらめしと人をめにおくこともこれ身のおとろへに外ならぬかな

＊「人」は葵上。「身」は六条御息所。かつて東宮妃であった六条御息所は源氏と恋仲になっていた。しかし、斎院御禊の日の車争いで、源氏の正妻である葵上の従者から辱めを受ける。その後、葵上の懐妊を知り、子のいない自分など愛されなくなるのではと不安が募り、ついに生霊となって葵上を死なせてしまう。それを「身のおとろへ」と詠む。御息所は生霊の騒ぎを《これも皆自分の薄命からだと悲しんだ》。

10、賢木

歌帖　五十鈴川神のさかひにのがれきぬ思ひ上りし人の身のはて

色紙　五十鈴川神のさかひへのがれきぬ思ひ上りし人の身のはて

＊「五十鈴川」は伊勢神宮内宮を流れる川。「思ひ上りし人」は六条御息所。源氏との関係に悩んだ六条御息所は娘が伊勢の斎宮になったのを機に、娘とともに伊勢へ下向する。

11、花散里

歌帖　たちばなも恋のうれひもちりかへば香をなつかしみほとゝぎすなく

色紙　たちばなも恋のうれひもちりかへば香をなつかしみほとゝぎすなく

＊源氏の《橘の香をなつかしみほととぎす花散る里を訪ねてぞとふ》という歌を踏まえる。麗景殿の女御を訪ねる途中、源氏は《ただ一度だけ来たことのある女の家》に声をかけるが、すでに別の男と交際していた。それを「恋のうれひ」と詠む。一方の女御は《人柄も同情をひく優しみの多い》人で、その庭の「橘」の「香」を慕い、「時鳥」（＝源氏）も鳴いていると詠む。

12、須磨

歌帖　人こふる涙とわすれ大海にひかれゆくなる身かと思ひぬ

色紙　人こふる涙とわすれ大海にひかれゆくべき身ぞと思ひぬ

＊「人」は源氏の恋人たち、「身」は源氏のこと。朧月夜は朱雀帝へ入内する予定だったため、源氏との交際が問題となった。源氏は須磨に退去し、都の恋人たちとは文通するのみとなる。源氏が海辺で禊をし、神に無実を訴えると、天候が悪くなる。初二句はそれによる別離の涙も忘れるほどと暗示。人々は《もう少し暴風雨が続いた

ら、浪に引かれて海へ行ってしまうに違いない》と話す。源氏は夢によって《あの暴風雨も海の竜王が美しい人間に心を惹かれて自分に見入っての仕業であった》と知る。

13、明石

歌帖 わりなくもわかれがたしとしら玉の涙をながす琴の絃かな

色紙 わりなくもわかれがたしと白玉の涙をながす琴の弦かな

＊「わりなし」は理屈に合わないこと。帰京間近の夜、源氏は明石の君と琴を弾きあい、《なおこの琴の調子が狂わない間に必ず逢おうとも言いなだめていた。信頼はしていても目の前の別れがただただ女には悲しいのである》。

14、澪標

歌帖 みをつくし逢はんといのるみてぐらをわれのみ神に奉るらん

色紙 みをつくし逢はんと祈るみてぐらもわれのみ神に奉るらん

＊初句は「澪標」と「身を尽くし」を掛ける。「みてぐら」は幣帛など神へ奉納するもの。復権した源氏が盛大な住吉詣でをした日、たまたま来合わせた明石の君は自身の身の程を痛感し、《源氏の一行が浪速を立った翌日は吉日でもあったから住吉へ行って御幣《みてぐら》を奉った。その人だけの願も果たしたのである。郷里へ帰ってからは以前にも増した物思いをする人になって、人数でない身の上を歎き暮らしていた》。

15、蓬生

歌帖 みちもなき蓬を分けて君ぞこし誰にもまさる身のこゝちする

色紙 道もなき蓬を分けて君ぞこし誰にもまさる身のこゝちする

＊「君」は光源氏、「身」は末摘花。末摘花は源氏流謫の間も一途に源氏の帰京を待ち続けていた。帰京後に源氏が訪れると、《「とても中をお歩きになれないほどの露でございます。蓬を少し払わせましてからおいでになりましたら」この惟光の言葉を聞いて、源氏は、／尋ねてもわれこそ訪はめ道もなく深き蓬のもとの心を》。

16、関屋

歌帖 逢坂は関の清水も恋人のあつき涙もながる、ところ

色紙 逢坂はつきぬ清水も恋人の熱き涙も流る、ところ

＊「恋人」は空蝉。源氏の石山詣での折、上京してきた常陸介と妻の空蝉に逢坂の関で行き会う。《恋しい人と直接言葉がかわしたかった源氏であるが、人目の多い場所ではどうしようもないことであった。女も悲しかった。昔が昨日のように思われて、煩悶もそれに続いた煩悶がされた。／行くと来《く》とせきとめがたき涙をや絶えぬ清水と人は見るらん》。

17、絵合

歌帖 あひがたきいつきのみこと思ひにきさらにはるかになりゆくものを

色紙 逢ひがたきいつきのみこと思ひにきさらにはるかになりゆくものを

＊「いつきのみこ」は六条御息所の娘の前斎宮。朱雀院は前斎宮に好意を寄せていたが、冷泉帝への入内が決まった。源氏は《斎王として伊勢へおいでになる時に始まった恋が、幾年かの後に神聖な職務を終えて女王が帰京され御希望の実現されてよい時になって、弟君の陛下の後宮へその人がはいられるということでどんな気があそばすだろう》と朱雀院に同情する。

18、松風

歌帖 あぢきなき松のかぜかな泣けば泣き小琴をとればおなじ音をひく

色紙 はしたなき松のかぜかな泣けば泣き小琴をとればおなじ音をひく

＊明石の君は大堰の屋敷に移住したが、源氏は訪れない。《源氏に近

い京へ来ながら物思いばかりがされて、女は明石の家も恋しかったし、つれづれでもあって、源氏の形見の琴《きん》の絃《いと》を鳴らしてみた。非常に悲しい気のする日であったから、人の来ぬ座敷で明石がそれを少し弾いていると、松風の音が荒々しく合奏をしかけてきた》。

19、薄雲

歌帖 さくらちる春の夕のうすぐもの涙となりておつるこゝちに

色紙 さくらちる春の夕のうすぐもの涙となりておつるこゝちに

＊藤壺（中宮）が没し、《源氏は二条の院の庭の桜を見ても、故院の花の宴の日のことが思われ、当時の中宮が思われた。（中略）人が不審を起こすであろうことをはばかって、念誦堂に引きこもって終日源氏は泣いていた。はなやかに春の夕日がさして、はるかな山の頂の立ち木の姿もあざやかに見える下を、薄く流れて行く雲が鈍色《にび》であった》。

20、朝顔

歌帖 自らをあるかなきかの朝がほといひなす人の忘られぬかな

色紙 みづからをあるかなきかの朝かほといひなす人の忘られぬかな

＊「人」は朝顔の君。彼女は今も源氏の懸想を拒み続けているが、源氏から朝顔とともに《どんなに長い年月の間あなたをお思いしているかということだけは知っていてくださるはずだと思いまして》という手紙を受け取ると、《秋はてて霧の籬《まがき》にむすぼほれあるかなきかにうつる朝顔》と返歌した。

21、少女

歌帖 雁なくやつらをはなれて唯ひとつ初恋をする少年の如

色紙 雁なくやつらを離れて一つなく初恋をする少年の如

＊「少年」に夕霧（若君）を暗示。夕霧と雲居雁（姫君）は両者の祖母のもとで養育され、幼い恋心も芽生える。しかし、内大臣は雲居雁を東宮妃にする計画であったため立腹し、二人の部屋の間の《襖《から》子《かみ》には錠が掛けられ、《若君は心細くなって、襖子によりかかっていると、姫君も目をさましていて、風の音が庭先の竹にとまってそよそよと鳴ったり、空を雁の通って行く声のほのかに聞こえたりすると、無邪気な人も身にしむ思いが胸にあるのか、「雲井の雁もわがごとや」（霧深き雲井の雁もわがごとや晴れせず物の悲しかるらん）と口ずさんでいた》。

22、玉鬘

歌帖 火の国に生ひいでたればいふことの皆はづかしく頬のそまるなれ

色紙 火の国に生ひいでたればきくことの皆はづかしく頬のそまるかな

＊夕顔の娘玉鬘は筑紫で成長し、苦労しながら帰京する。初瀬詣での際、夕顔の乳母子《めのとご》の右近と再会し、その紹介で源氏に引き取られる。源氏から初めて届いた手紙に対し、《自分はもうすっかり田舎者なのだからと姫君は書くのを恥ずかしく思うふうであった》。

23、初音

歌帖 若やかにうぐひすぞなく初春の衣くばられし一人の如く

色紙 わかやかにうぐひすぞなく初春の衣くばられし一人のやうに

＊新春に源氏が女君たちを訪れると、彼女らは年末に源氏から配られた衣装をまとって出迎えた。庭の鶯までもが衣装を配られた一人のように鳴いていると詠む。なお、原文では「鶯」は明石の姫君の比喩であり、「若やかに」ともイメージが重なる。

24、胡蝶

歌帖 さかりなる御代の后に金の蝶しろがねの鳥花たてまつる

色紙 さかりなる御代の后に金の蝶しろがねの鳥花奉る

＊「后」は秋好中宮。「金の蝶」「しろがねの鳥」は紫上の童女。秋好中宮の季の御読経に、紫上からも《仏前へ花が供せられるのであったが、それはことに美しい子が選ばれた童女八人に、蝶と鳥を形どった服装をさせ、鳥は銀の花瓶に桜のさしたのを持たせ、蝶には金の花瓶に山吹をさしたのを持たせてあった》。

25、蛍

歌帖 身にしみてものを思へと夏の夜のほたるほのかに青ひきてとぶ

色紙 身にしみてものを思へと初夏のほたるほのかに青ひきてとぶ

＊「身」は蛍兵部卿宮。源氏は彼に玉鬘を見せようと、《夕方から用意して蛍を薄様の紙へたくさん包ませておいて、今まで隠していたのを、さりげなしに几帳を引き繕うふうをしてにわかに袖から出したのである。たちまちに異常な光がかたわらに湧いた驚きに扇で顔を隠す玉鬘の姿が美しかった》。

26、常夏

歌帖 つゆおきてくれなゐいとゞふかけれど思ひ悩めるなでしこの花

色紙 つゆおきてくれなゐいとゞ深けれど思ひ悩める撫子の花

＊「撫子」に「撫でし子」を掛け、夕顔の遺児である玉鬘を暗示。彼女の庭には《唐撫子、大和撫子もことに優秀なのを選んで、低く作った垣に添えて植えてあるのが夕映えに光って見えた》。玉鬘は実父の内大臣と養父の源氏が不和であることを知り、実父との対面は望めないのかと悩む。

27、篝火

歌帖 大きなるまゆみのもとにうつくしきかゞり火もえて涼風ぞ吹く

色紙 大きなるまゆみの下にうつくしくかゞり火もえて涼風ぞふく

＊玉鬘の庭では《涼しい流れの所におもしろい形で広がった檀の木の下に美しい篝は燃え始めたのである。座敷のほうへはちょうど涼しいほどの明りがさして、女の美しさが浮き出して見えた》。

28、野分

歌帖 けざやかにうつくしき人いましたる野分があくる絵まきのおくに

色紙 けざやかにうつくしき人いますなり野分があくる絵巻のおくに

＊「人」は紫上。吹き上げられた御簾を「絵巻」に喩える。野分の日、夕霧（中将）は紫上の姿を垣間見る。《そこの縁付きの座敷にいる一女性が中将の目にはいった。女房たちと混同して見える姿ではない。気高くてきれいで、さっと匂いの立つ気がして、春の曙の霞の中から美しい樺桜《かばざくら》の咲き乱れたのを見いだしたような気がした》。

29、行幸

歌帖 雪ちるや日よりかしこくめでたさも上なき君の玉のおんこし

色紙 雪ちるや日よりかしこくめでたさも上なき君の玉のおんこし

＊「君」は冷泉帝。大原野行幸の日、雪の降る中、玉鬘が行列を見物すると、《緋のお上着を召した端麗な鳳輦の中の御姿になぞらえることのできるような人はだれもない》。《帝は源氏の大臣にそっくりなお顔であるが、思いなしか一段崇高な御美貌と拝されるのであった。でこれを人間世界の最もすぐれた美と申さねばならないのである》。

30、藤袴

歌帖 むらさきの藤袴をば見よといふ二人泣きたきこゝち覚えて

色紙 紫の藤袴をば見よといふ二人泣きたきこゝち覚えて

＊「二人」は夕霧と玉鬘。ともに祖母である大宮の喪に服している。夕霧（中将）が玉鬘を訪れ、《この時にと思ったのか、手に持っていた蘭《ふじばかま》のきれいな花を御簾の下から中へ入れて、「この花も今の私たちにふさわしい花ですから」と言って、玉鬘が受け取るまで放さ

ずにいたので、やむをえず手を出して取ろうとする袖を中将は引いた。／おなじ野の露にやつるる藤袴哀れはかけよかごとばかりも》。

31、真木柱

歌帖　恋しさも悲しきことも知らぬなり真木の柱にならまほしけれ

色紙　悲しさも恋しきこともしらぬなり真木の柱にならまほしけれ

＊玉鬘と結婚した鬚黒大将は北の方に冷淡になった。それに怒った北の方の父は娘と孫を引き取りに迎えをやる。しかし、鬚黒の娘は父の帰りを待ちたがり、また《始終自身のよりかかっていた東の座敷の中の柱を、だれかに取られてしまう気のするのも悲しかった》。

32、梅枝

歌帖　天地に春あたらしく来りけり光源氏のみむすめのため

色紙　天地の春新しく来りけり光源氏のみむすめのため

＊「みむすめ」は明石の姫君。《源氏が十一歳の姫君の裳着の式をあげるために設けていたことは並み並みの仕度でなかった。東宮も同じ二月に御元服があることになっていたが、姫君の東宮へはいることもまた続いて行なわれて行くことらしい》。

33、藤裏葉

歌帖　ふぢ花のもとのねざしはしらねども思ひかはせる白と紫

色紙　ふぢばなのもとのねざしはしらねども思ひかはせる白と紫

＊「もとの根ざし」に家柄、「白と紫」に夕霧（源中将）と雲居雁を暗示。内大臣は藤宴にかこつけ、二人の結婚を許した。《命ぜられて頭中将が色の濃い、ことに房の長い藤を折って来て源中将の杯の台に置き添えた。源中将は杯を取ったが、酒の注がれる迷惑を顔に現わしている時、大臣は、／紫にかごとはかけん藤の花まつより過ぎてうれたけれども》。

34、若菜上

歌帖　なみだこそ人をたのめどこぼれけれ心にまさりはかなかるらん

色紙　涙こそ人をたのめどこぼれけれ心にまさりはかなかるらん

＊「人」に源氏を暗示。女三宮の源氏（院）への降嫁が決まったとき、紫上（夫人）は《言葉だけでなく心の中でも、こんなふうに天から降ってきたような話で、院としては御辞退のなされようもない問題に対して嫉妬はすまい》と決意したが、実際に源氏が三夜連続で女三宮を訪れ、朝に帰って《夫人の夜着を引きあけて御覧になると、少し涙で濡れている下の単衣の袖を隠そうとする様子が美しく心へお受け取られになった》。

35、若菜下

歌帖　二ごゝろ誰先づもちてさびしくも悲しき世をばつくり初めけん

色紙　二ごゝろ誰先づもちて悲しくもさびしき世をばつくり初めけん

＊「二心」は相反する心を同時に持つこと。源氏は紫上と女三宮との関係に悩み、柏木は女三宮に対する道ならぬ恋心に悩む。また、紫上は嫉妬すまいと思いつつ嫉妬してしまい、女三宮は柏木との関係を断とうと思いつつ断ち切れない。

36、柏木

歌帖　死ぬ日にもつみむくいなどいふきはの涙に似ざる火のしづくおつ

色紙　死ぬ日にも罪むくいなどいふきはの涙に似ざる火のしづくおつ

＊女三宮との密通が源氏（院）に露見したことを知った柏木は病床につき、《無礼であるとお憎しみになる院も、死ねばすべてをお許しになるであろうから、やはり死が願わしい》と思うに至った。そして《煩悶して、苦しい涙を流しているのであるが》、女三宮には《今はとて燃えん煙も結ぼほれ絶えぬ思ひのなほや残らん》という

手紙を贈った。

37、横笛

歌帖 亡きひとの手馴の笛によりもこしゆめのゆくへのさむき夜半かな

色紙 亡きひとの手なれの笛によりもこしゆめのゆくへのさむき秋の夜

＊「亡きひと」は柏木。夕霧が柏木（衛門督）遺愛の横笛を託された夜、《故人の衛門督がいつか病室で見た時の袿姿でそばにいて、あの横笛を手に取っていた。夢の中でも故人が笛に心を惹かれて出て来たに違いないと思っていると、／笛竹に吹きよる風のごとならば末の世長き音に伝へなん／私はもっとほかに望んだことがあったのです」と柏木は言うのである》。

38、鈴虫

歌帖 すゞむしは釈迦牟尼仏のおん弟子の君がためにと秋をきよむる

色紙 すゞむしは釈迦牟尼仏の御弟子の君がためにと秋を浄むる

＊「君」は出家した女三宮。源氏が女三宮を訪れると、《新しく鳴き出した鈴虫の声がことにはなやかに聞かれた》。女三宮は《大かたの秋をば憂しと知りにしを振り捨てがたき鈴虫の声》と詠む。

39、夕霧

歌帖 つま戸より清き男のいづるころ後夜の法師のまう上るころ

色紙 つまどより清き男のいづるころ後夜の律師のまう上るころ

＊「男」は夕霧（左大将）。落葉の宮の部屋に泊まったことを、律師が宮の母へ《今朝後夜の勤めにこちらへ参った時に、あちらの西の妻戸からりっぱな若い方が出ておいでになったのを、霧が深くて私にはよく顔が見えませんじゃったが、弟子どもは左大将が帰って行かれるのじゃ、昨夜《ゆうべ》も車をお返しになってお泊まりになったのを見たと口々に言っておりました》と告げる。

40、御法

歌帖 なほ春の真白き花と見ゆれどもともに死ぬまで悲しかりけり

色紙 なほ春の真白き花と見ゆれどもともに死ぬまで悲しかりけり

＊「花」に紫上を暗示。夕霧は紫上の遺骸を見て《明るい灯のもとに顔の色は白く光るようで、生きた佳人の、人から見られぬよう見られぬようと願う心の休みなく働いているのよりも、己をあやぶむことも、他を疑うこともない純粋なふうで寝ている美女の魅力は大きかった》。

41、幻

歌帖 大空の日の光さへつくる日のやうやく近きこゝちこそすれ

色紙 大ぞらの日の光さへつきん日のやうやく近きこゝちこそすれ

＊「光」に源氏を暗示。源氏（院）は出家を意識し、《今年が終わることを心細く思召す院であったから（中略）／物思《も》ふと過ぐる月日も知らぬまに年もわが世も今日や尽きぬる》。

42、匂宮

歌帖 春の日の光の名残花ぞのに匂ひ薫ると思ほゆるかな

色紙 春の日の光の名残花ぞのに匂ひかをると思ほゆるかな

＊「光」に源氏を、「匂ひ」に匂宮、「薫る」に薫を暗示。光源氏の没後は、孫の匂宮、子（実は柏木が女三宮と密通して生まれた子）の薫の二人が物語の主人公となる。《世間も黙ってはいなかった。匂う兵部卿、薫る中将とやかましく言って》。

43、紅梅

歌帖 うぐひすもこよやとばかり紅梅の花のあるじはのどやかにまつ

色紙 うぐひすのこよやとばかり紅梅の花のあるじはのどやかにまつ

＊「うぐひす」に匂宮、「あるじ」に柏木の弟の紅梅大納言を暗示。

紅梅大納言は中君を匂宮と結婚させようと、梅の花を折って《心ありて風の匂はす園の梅にまづ鶯の訪はずやあるべき》と詠んだ。

44、竹河

歌帖 姫達は常少女にて春ごとに花あらそひをくりかへせかし

色紙 姫達は常少女にて春ごとに花あらそひをくりかへせかし

＊「姫達」は玉鬘の娘二人。彼女らは幼いころ、庭の《桜の木を私のだ私のだと取り合いをし》、今も《碁をまた打ちにかかった。昔から争っていた桜の木を賭けにして、「三度打つ中で、二度勝った人の桜にしましょう」などと戯れに言い合っていた》。《毎日花争いに暮らしているのであった》。

45、橋姫

歌帖 しめやかに心のぬれぬ川ぎりの立ちまふいへはあはれなるかな

色紙 しめやかに心のぬれぬ川ぎりの立ちまふいへはあはれなるかな

＊源氏の弟八宮は娘二人を抱えて落魄し、宇治の山荘で在俗のまま仏門に帰依していた。薫はそれを慕い、ある日、八宮（宮）が寺に行っているときに訪れる。《霧はますます濃くなっていて、宮のおいでになる場所と山荘の隔たりが物哀れに感ぜられた。薫は姫君たちの心持ちを思いやって同情の念がしきりに動くのだった。（中略）／朝ぼらけ家路も見えず尋ねこし槙の尾山は霧こめてけり》。

46、椎本

歌帖 あけの月涙のごとく真白けれ御寺の鐘の水わたる時

色紙 春の川遊仙窟のあたりまでゆくやと船の人にとはまし

＊八宮の臨終の知らせが届く直前、《姫君がたの心には朝霧夕霧の晴れ間もなく歎きが続いた。有り明けの月が派手に光を放って、宇治川の水の鮮明に澄んで見えるころ、そちらに向いて揚げ戸を上げさせて、二人は外の景色にながめ入っていると、鐘の声がかすかに響いてきた》。

＊匂宮は初瀬詣での途中、夕霧の別荘に寄った。そこは八宮の山荘の対岸に位置しており、八宮から和歌が贈られてきた。匂宮の返事を持って《薫は自身でまいることにした。音楽好きな公達を誘って同船して行ったのであった。船の上では「酣酔楽《かんすいらく》」が奏された》。「遊仙窟」は初唐の伝奇小説。主人公が黄河の水源を探しに行く途中、仙窟に迷い、仙女二人から歓待される物語。「遊仙窟」は椎本巻に引用されていないが、状況はたしかに類似する。

47、総角

歌帖 こゝろをば火の思ひもてやかましと思ひき身をばけぶりにぞする

色紙 こゝろをば火の思ひもてやかましとねがひき身をば煙にぞする

＊「身」は八宮の娘の大君。薫（中納言）は大君に懸想するが、病気がちの彼女は妹の中君が匂宮との結婚生活に悩んでいることを思い、自分は《死ぬほうがよい、中納言がこうしてつききりになっていて介抱をされるのでは、癒《なお》ったあとの自分はその妻になるよりほかの道はない、そうかといって、今見る熱愛とのちの日の愛情とが変わり、自分も恨むことになり、煩悶が絶えなくなるのはいとわしい》と、ついに病死する。

48、早蕨

歌帖 さわらびのうたを法師す君の如よきことばをばしらぬめでたさ

色紙 さわらびのうたを法師す君のごとよきことばをばしらぬめでたさ

＊「法師」は御寺の阿闍梨。「君」は匂宮。匂宮との結婚生活に悩む中君のもとへ、阿闍梨から早蕨が贈られる。その手紙の歌は《一所懸命に考え出した歌であろうと想像されて、つたない中に言ってあ

る心を身にしむように中の君は思い、筆任せに、それほど深くお思いにならぬことであろうと思われることを、多くの美しい言葉で飾ってお送りになる方の文《ふみ》よりもこのほうに心の引かれる気がして、涙さえこぼれてきた》。

49、宿木

歌帖 おほけなき大みむすめをいにしへの人に似よとも思ひけるかな

色紙 おほけなき大御女をいにしへの人に似よとも祈りけるかな

＊「大御女」は女二宮。「人」は大君。薫は女二宮との縁談を《名誉なことにもせよ、自分としてありがたく思われない、女二の宮が死んだ恋人によく似ておいでになったならその時はうれしいであろうが》と、亡き大君を思う。

50、東屋

歌帖 朝ぎりの中をきつればわが袖に君がはなだの色うつりけり

色紙 朝ぎりの中をきぬればわが袖に君がはなだの色うつりけり

＊「わが」は浮舟の。「君」は薫。薫は亡き大君にそっくりな浮舟を京から宇治へ連れて行く。道中、《外をながめながら後ろの板へよりかかっていた薫の重なった袖が、長く外へ出ていて、川霧に濡れ、紅い下の単衣の上へ、直衣の縹《もえぎ》の色がべったり染まったのを、車の落とし掛けの所に見つけて薫は中へ引き入れた。／かたみぞと見るにつけても朝霧の所せきまで濡るる袖かな》。

51、浮舟

歌帖 何よりも危きものとかねて見し小舟の中に自らをおく

色紙 何よりもあやふきものと思ひつる小舟の上にみづからをおく

＊「自ら」は浮舟。匂宮は薫に内緒で浮舟（姫君）と交際し、ある日、《はかないあぶなっかしいものであると山荘の人が毎日ながめていた小舟へ宮は姫君をお乗せになり、船が岸を離れた時にははるかにも知らぬ世界へ伴って行かれる気のした姫君は、心細さに堅くお胸へすがっているのも可憐に宮は思召された》。

52、蜻蛉

歌帖 ひと時はめに見しものをかげろふのあるかなきかをしらぬはかなさ

色紙 ひと時は目にみしものをかげろふのあるかなきかをしらぬはかなさ

＊薫の愛した大君は死に、浮舟も入水した。薫は《宇治の姫君たちとはどれもこれも恨めしい結果に終わったのであったとつくづくと思い続けていた夕方に、はかない姿でかげろう蜻蛉《とんぼ》の飛びちがうのを見て、／ありと見て手にはとられず見ればまた行くへもしらず消えしかげろふ／「あはれともうしともいはじかげろふのあるかなきかに消ゆる世なれば」と例のように独言を言っていた》。

53、手習

歌帖 さめがたかゆめの半かあなかしこ法の御山にほど近く居る

色紙 さめがたかゆめの半かおぼつかな法の御山にほど近くゐぬ

＊「法の御山」は比叡山。救出された浮舟はその麓の小野に移されて意識を取り戻し、《不思議な蘇生をしましてからは、何も皆夢のようにしか思い出せなくなっていまして、別の世界へ生まれた人はこんな気がするものであろうと感じられます》という状態であった。

54、夢浮橋

歌帖 ほたるだにそれとよそへてながめつれ君が車の灯の過ぎてゆく

色紙 ほたるだにそれと思ひてながめつれ君が車の灯のすぎてゆく

＊「それ」は「君が車の灯」、「君」は薫。横川から下山する薫の一行を見て、《小野では深く繁った夏山に向かい、流れの蛍だけを昔に似たものと慰めに見ている浮舟の姫君であったが、軒の間から見え

る山の傾斜の道をたくさんの炬火《たいまつ》が続いておりて来るのを見るために尼たちは縁の端へ出ていた》。

解題

はじめに

与謝野晶子（一八七八～一九四二）は歌人として著名であるが、古典への造詣も深く、とくに『源氏物語』に親しんだ。「源氏物語礼讃」は晶子が『源氏物語』各巻の内容を一連の短歌として詠んだものである。まず、晶子と『源氏物語』の関係を簡単にまとめる。

晶子は十一、二歳のころから二十歳になるまで繰り返し『源氏物語』を通読したと回想している（『光る雲』実業之日本社、一九二八年）。三十歳（数え年）となった明治四十年（一九〇七）には閨秀文学会で『源氏物語』の講義を担当した。三十五歳の明治四十五年（大正元年。一九一二）から翌年にかけては『新訳源氏物語』全四巻を刊行する。これは全巻にわたる初の現代語訳として人気を集めた。しかし、晶子自身は逐語訳でないことを気にしており、『新訳源氏物語』と並行して、「講義」と称する詳細な注釈の作成にも取りかかっていた。

大正八年（一九一九）、四十二歳の年末に『源氏物語』五十四帖に関する短歌を依頼されて詠む。これが「源氏物語礼讃」の基になったと思われ、以降、推敲を重ねて知人などに揮毫して贈っている。詳しくは後述する。

大正十二年（一九二三）、「講義」の執筆はさまざまな困難を抱えながら十年以上も続けられていた。原稿はかなり書き溜められ、完成にも近づいていたが、関東大震災によって一枚を除き、すべて焼失してしまう（一枚残ったのは、依頼主の小林政治（天眠）にまとめて原稿を送った際にたまたま脱落したもので、後から別途送付したもの。京都府立京都学・歴彩館天眠文庫蔵）。

その後、昭和に入り、晶子は再び現代語訳を思い立ち、六十一歳であった昭和十三年（一九三八）から翌年にかけて『新新訳源氏物語』全六巻を刊行した。その「あとがき」によると、『新訳源氏物語』の「粗雑な解訳文」を二十年以上も恥じていたが、七年前に改訳を決意し、夫鉄幹の死を乗り越えて完成させたものであった。各巻頭には「源氏物語礼讃」の色紙が写真で掲げられ、完成祝賀会に際して揮毫も行われた。

一、「源氏物語礼讃」の成立

ここでは「源氏物語礼讃」成立の経緯を確認する。晶子自身の書簡や晶子の次男である秀氏の『縁なき時計　続欧羅巴雑記帳』（采花書房、一九四八年）が手がかりになる。

まず秀氏の回想によると、「大正七、八年頃のことであろうか、」「中央公論の瀧田樗蔭氏が家を訪れられた」。「明後日の晩に取りに来るから、それ迄にこの屏風に源氏五十四帖の歌を書いて呉れ」というのが来意であった。そして、急いで作って大晦日の晩に完成した。

実際、晶子も大正九年（一九二〇）一月二十五日付けの小林一三（逸翁）宛書簡（以下「書簡①」と称す）で、「去年のくれにある人ぜひ五十四帖をうたにせよと申され」と記す。つまり、「源氏物語礼讃」は大正八年（一九一九）の年末に初めて作られたと分かる。しかし、このときの屏風は現存者未詳である。

また、書簡①で晶子は「先年うかゞひ候せつ拝見いたし候ひし秋なりの源氏の屏風、うらやましく存じ、いつかは自分も試みてましとおもひ念じ候ひしが」とも述べる。これは逸翁美術館に所蔵される上田秋成（一七三四〜一八〇九）の「源氏物語短冊貼交屏風」を指す。秋成は『雨月物語』などの著者として有名な江戸中期の歌人、国学者である。この屏風には『源氏物語』各巻を詠んだ秋成の和歌が短冊に記されて貼られている。晶子はそれに憧れ、「いつかは自分も」と思っていた矢先、樗陰からの依頼を受けたのであった。

その後、「いく度もうたをかへ、なるべく完全にと心がけ候ひしが、お目にかくるもはづかしからぬまでに自信もでき候ひしかば、私の源氏のうたもまた御手許へとゞめさせ給へとてさし上げ候」（書簡①）といって、一三に「源氏物語礼讃」の短冊を贈り、現在も逸翁美術館に所蔵されている。また、書簡①には「源氏物語礼讃」を「活字にはいたさず候」とも記される。

その二ヶ月ほど後、大正九年（一九二〇）三月十一日付け小林雄子（政治妻）宛の晶子書簡（以下「書簡②」と称す）では「九条武子様にも、その前に源氏五十四帖のうたをおく様へと同じものした丶めて上げたく存じ居り候」と言うが、実際に武子へ贈ったかは明らかでない。雄子宛の短冊は京都府立京都学・歴彩館天眠文庫に所蔵される。書簡②では一三へ真っ先に短冊を贈ったことを述べ、「あとより気に入らぬうたをかへ、今はや丶完全になりしやうにおもひ居候へど、書きて見候ハゞまたいかに思はれ候べき」とも言う。つまり、樗蔭、一三、武子?、雄子と三ヶ月ほどの間に立て続けに「源氏物語礼讃」を揮毫し、そのたびに推敲を重ねていたのである。

十日後の三月二十一日付け雄子宛書簡には、先日贈った短冊は一枚「かきつぶして」しまい、それだけ別のになっていたが、その後、同じ短冊が見つかったので、柏木の歌を書き換えて贈りなおす旨が記される。現に天眠文庫には両方の短冊が所蔵されるが、短冊だけでなく歌そのものも差し替えられている。ここからも頻繁に推敲していたことが窺えよう。

なお、天理図書館には正宗敦夫に贈った折帖が所蔵され、末尾に晶子自筆で「大正己未一夏日」と記されている。これは大正八年（一九一九）にあたる。すると、大正八年の年末に樗蔭からの依頼を受けて作ったという書簡①や秀氏の回想と齟齬する。これは伊井春樹氏の指摘どおり「己未」の書き間違えか。

二、「源氏物語礼讃」の活字化

大正十一年（一九二二）一月の第二次『明星』一巻三号に、「源氏物語礼讃」と題して五十四首が掲載された。書簡①の「活字にはいたさず候」という方針を転換したことになる。

大正十二年（一九二三）八月の第二次『明星』四巻二号には「源氏物語礼讃」の「空前の一大歌帖」を先着一名に「参百五拾円」で販売する旨の広告が出る。これは長らく所蔵者未詳であったが、近年、鶴見大学図書館に収められた折帖である可能性が高い（後述）。

大正十三年（一九二四）五月には歌集『流星の道』にも「絵巻のために」と題して「源氏物語礼讃」五十四首が掲載される。このように、当初「源氏物語礼讃」は晶子を経済的に支援した恩人や友人・知人への贈り物として揮毫されていたが、やがて活字として公表されたり、販売されたりするようにもなる。

一方、昭和六年（一九三一）の夏には晶子が京都、大阪、奈良を旅し、その際、小林政治（天眠）へ懐紙に記した「源氏物語礼讃」を贈っている。政治はそれを折帖に仕立て、現在は京都府立京都学・歴彩館天眠文庫に所蔵される。

そして、昭和十四年（一九三九）に完結した『新新訳源氏物語』の各巻頭には前述のように「源氏物語礼讃」の色紙の写真が飾られ、九月の「新新訳源氏物語完成記念祝賀会」では「短冊」一枚五円、「歌巻物」一巻百円（百巻限定）に加え、「少数」が「別仕立」として二百円で販売された。「歌巻物」はさかい利晶の杜などに現存し、神戸親和女子大学附属図書館には「別仕立」に当たる屏風が所蔵されている。

ここまで確認してきた「源氏物語礼讃」について年表風にまとめると、次のようになる。

（「大正己未」（一九一九）「一夏日」正宗敦夫宛。折帖。天理図書館蔵。
＊「己未」は誤記か）

大正八年（一九一九）十二月末　瀧田樗蔭からの依頼。屏風。

現蔵者未詳。

大正九年（一九二〇）一月末　小林一三宛。短冊。逸翁美術館蔵。

大正九年（一九二〇）三月？　九条武子宛？　形態不明。現蔵者未詳。

大正九年（一九二〇）三月　小林雄子（政治妻）宛。短冊。京都府立京都学・歴彩館天眠文庫蔵。

大正十一年（一九二二）一月　第二次『明星』一巻三号に活字化。

大正十二年（一九二三）八月　第二次『明星』四巻二号に「一大歌帖」の広告。現蔵者未詳。

大正十三年（一九二四）五月　歌集『流星の道』に活字化。

昭和六年（一九三一）八月　小林政治宛。懐紙（折帖へ改装）。京都府立京都学・歴彩館天眠文庫蔵。

昭和十三年（一九三八）十月～　『新新訳源氏物語』各巻頭に写真掲載。

昭和十四年（一九三九）九月　祝賀会で頒布された「歌巻物」。さかい利晶の杜ほか蔵。

「別仕立」と思しき屏風。神戸親和女子大学附属図書館蔵。


ほかに年次未詳の折帖が知られる。
・年次不記。宛先不明。折帖二帖。さかい利晶の杜蔵。
＊『与謝野晶子と小林一三』所収「与謝野晶子・小林一三　略年譜」（宮井肖佳氏担当）は、大正九年（一九二〇）五月の欄に「この頃「書かれたか」と推定。

三、鶴見大学図書館蔵の「源氏物語礼讃」その一

鶴見大学図書館には二種類の「源氏物語礼讃」が所蔵されている。一つ目の書誌を記す。

登録番号、1408639。折帖。一帖。「源氏物語礼讃」を散らし書きにした色紙を台紙に貼って折帖とし、帙に入れ、さらに桐箱に納める。色紙、縦二一・一糎×横一八・〇糎。上青下紫の雲紙。字高、約一五・二糎（桐壺巻による。散らし書きの仕方により異なる）。「源氏物語礼讃」五四枚に加え、冒頭に「源氏物語禮讃」と題した色紙、巻末に「与謝野晶子」と署名した色紙の計五六枚。

折帖、縦三〇・五糎×横三〇・〇糎×高さ四・〇糎。灰色地に緑・紫・青などの色で菊花紋を織り出した絹表紙。中央の金色絹題簽（縦一九・〇糎×横五・五糎）に「源氏物語禮讃　晶子」と墨書（晶子自

筆）。金揉箔散らしの台紙に前述の色紙を貼る。見返しも同じく金揉箔散らし。小口は四方とも金。

帙、縦三一・〇糎×横三〇・五糎×高さ四・七糎。緑色地に茶色と赤色の横線を細かく織り出した絹表装。中央の白色絹題簽（縦二二・五糎×横六・一糎）に「源氏物語禮讃」と墨書（晶子自筆）。帙の裏地は金揉箔散らし。

桐箱、縦三四・一糎×横三三・八糎×高さ七・一糎。蓋の表の中央に「源氏物語禮讃」と墨書（晶子自筆）。蓋の裏の右端に「大正十二年／六月／与謝野晶子」と墨書（晶子自筆。「／」は改行を示す）。

影印では色紙を見やすくするため、周囲の台紙部分をカットしたが、台紙も含めると左のようになる。

箱書きの年次からは、大正十二年（一九二三）八月の第二次『明星』四巻二号掲載の「一大歌帖」の広告が想起される。ここで、その広告を詳しく検討する。広告は一ページ分で、ページの右半分には「与謝野晶子夫人作歌並に書／源氏物語礼讃」と大きく題し、ページ左上の四角囲みには次の記述がある（「／」は改行）。

　空前の一大歌帖／全一巻、桐箱入／高島屋特製／唐織表装／価参百五拾円／送料不要

「歌帖」「全一巻、桐箱入」「唐織表装」は鶴見大学図書館蔵の折帖の特徴と一致する。

さらに、ページ下段の説明文には次のように記される。

　平安朝文学に精通し、殊に「源氏」、「栄華」の両物語の味解に於て、現代／の第一人たる与謝野夫人が、「源氏物語」の各帖を讃美して五十四首の歌／を作り、自ら之を色紙に書して、優麗高雅なる装幀に由り、方一尺二／寸の大歌帖に製したるもの、茲に唯だ一巻のみを特に同好の鑑賞に供／します。希望の方が二人以上ある時は、第一着の申込者に譲ります。／申込所（以下略）

「色紙に書して」「方一尺二寸」（約三六センチ四方）という条件も鶴見大学図書館蔵の折帖を思わせる。もっとも、鶴見大学図書館蔵の折帖は約三〇センチ四方であるが、箱まで入れた大きさであれば「方一尺二寸」に近づく。

念のため、他の可能性も考えておく。九条武子宛のは実際に贈ったのか、贈ったとしても折帖であったのか不明である。小林雄子に宛てた書簡②では「おく様へのは帖にせんかと存じ、いろ〳〵中沢氏（引用者注、『新訳源氏物語』の挿絵・装訂を担当した中沢弘光）の絵などさがさせんといたし候が、版画はやはり品格わろく候へば、たんざくにいたし、いつぞやの小林一三様の屏風のやうにして頂かんと存じ候」と述べている。ほぼ同時期に武子宛の「源氏物語礼讃」も計画しているので、やはり折帖にした可能性は低いであろう。

他の折帖のうち、正宗敦夫に贈ったものは明らかに『明星』の広告とは無縁である。さかい利晶の杜のも上下二帖である点が広告の「全一巻」と矛盾し、大きさも縦二八・〇糎×横二四・五糎×高さ八・〇糎（「さかい利晶の杜　収蔵品DB」参照）であって「一尺」（約三〇センチ）にも満たず、広告の「一尺二寸」と異なる。したがって、現在知られる「源氏物語礼讃」の折帖の中では、鶴見大学図書館のものが『明星』で宣伝された「一大歌帖」にもっとも近い。

「源氏物語礼讃」の本文も「大正十二年／六月」という箱書きと矛盾しない。ちょうど前年に『明星』、翌年に『流星の道』で活字化されているので、両者と比較すると、賢木・須磨・澪標・玉鬘・柏木・鈴虫・夕霧・夢浮橋に数文字の異同があるに過ぎない。意味上もっとも大きな異同があ

るのは、次の野分巻の一首であろう。

けざやかにめでたき人ぞいましたる野分が開くる絵巻の奥に（明星）
けざやかにうつくしき人いましたる野分があくる絵まきのおくに
（鶴見大学図書館蔵の折帖）

けざやかにめでたき人ぞいましたる野分が開くる絵巻の奥に
（流星の道）

夕霧が義母の紫上を垣間見た場面を詠む。野分によって御簾が吹き上げられる様子は絵巻を開くようであり、その奥に際立って「うつくしき・め

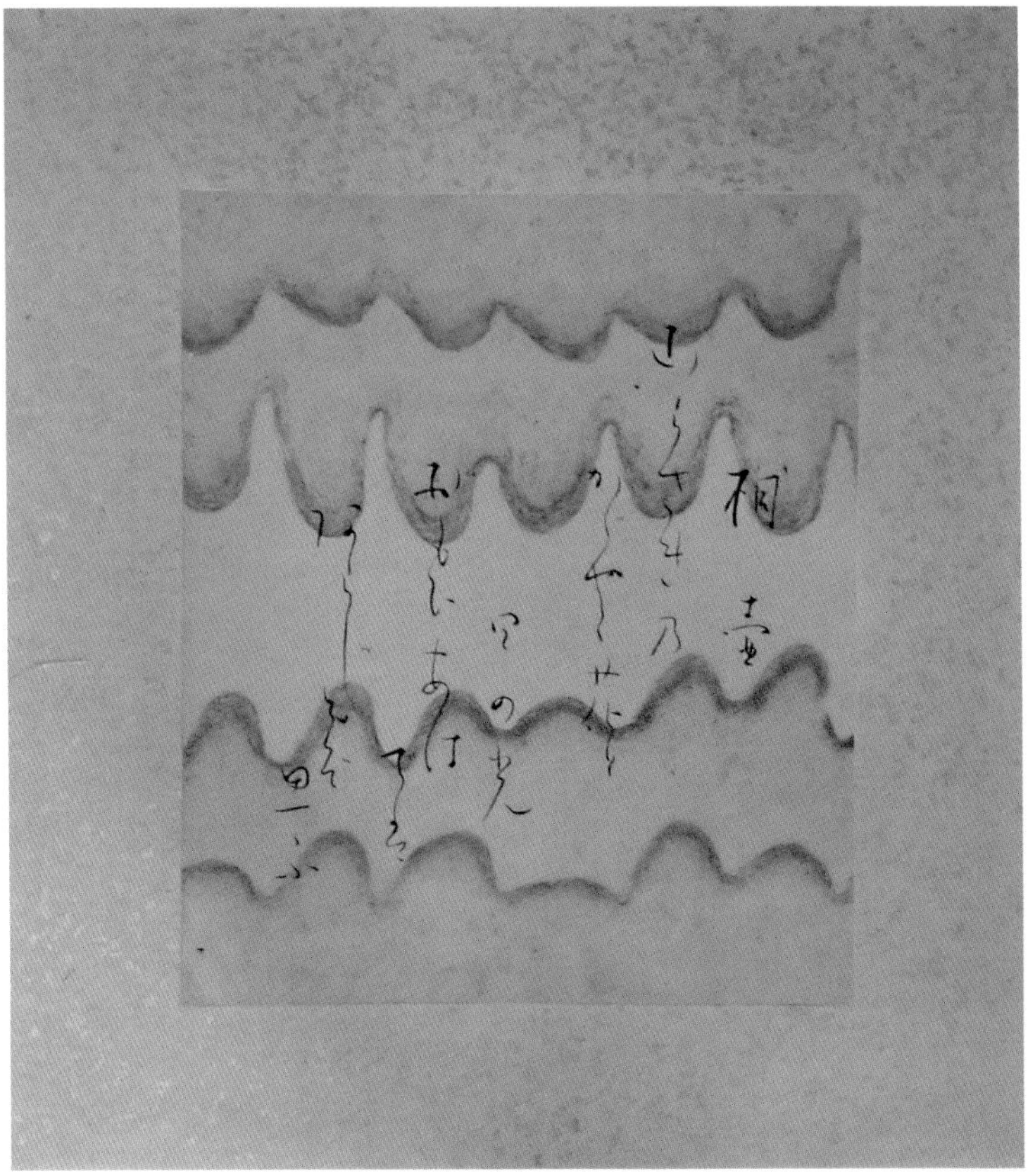
台紙

歌帖の見返し（影印では省略）

でたき」紫上がいたという意である。古語の「うつくし」は幼い者や小さい物に対して用いる場合が多く、義母の形容にはふさわしくない。そのため「めでたき」に改作したか。なお、大正九年（一九二〇）に小林一三へ贈った最初期の短冊も「うつくしき」となっているが、三四句は「いますなり野分がのぶる」であり、ここにも推敲の跡が認められる。

四、鶴見大学図書館蔵の「源氏物語礼讃」その二

次に、鶴見大学図書館に所蔵されるもう一つの「源氏物語礼讃」の書誌を記す。

登録番号、1403901。色紙（緑・黄・桃・紫色などの色替わり。白の打曇）。「源氏物語礼讃」五四枚に加え、「源氏物語禮讃／与謝野晶子」と記した色紙の計五五枚。縦二一・三糎×横一八・二糎。字高、約一六・〇糎（桐壺巻による。散らし書きの仕方により異なる）。書写年は未詳。

桐箱、縦二四・一糎×横二一・〇糎×高さ四・三糎。蓋の表の中央に金字で「源氏物語禮讃」、左下に「与謝野晶子」（ともに自筆）。年次は記されておらず、誰に贈ったのかも不明である。これも新出の資料と思われる。

本文を比較すると、椎本巻が、

春の川遊仙窟のあたりまでゆくやと船の人にとはまし

となっている点が注目される。これは「大正己未」（一九一九）「夏」と記された、年次に問題のある天理図書館蔵の折帖と、昭和六年（一九三一）夏に小林政治へ贈った懐紙にのみ見える歌なのである。それ以外の、たとえば両者の間に位置する大正十一年（一九二二）の『明星』などでは、

暁の月涙のごとく真白けれ御寺の鐘の水わたる時

という歌になっている。つまり、大正年間にも昭和年間にも、「春の川」歌を書いた時期と「暁の月」歌を書いた時期があったことになる。

一方、宿木巻の、

おほけなき大御女をいにしへの人に似よとも祈りけるかな

の五句は『明星』などでは「思ひけるかな」となっている。「祈りけるかな」とするのは大正九年（一九二〇）に一三へ贈った最初期の短冊と、昭和六年（一九三一）夏に小林政治へ贈った懐紙のみである。

また、横笛巻の、

亡きひとの手なれの笛によりもこしゆめのゆくへのさむき秋の夜

の五句は大正九年（一九二〇）に一三へ贈った最初期の短冊としか一致しない（他は「寒き夜半かな」）。

このように、鶴見大学図書館蔵の色紙の本文は昭和六年（一九三一）の懐紙に一致する場合もあるが、この懐紙自体が大正九年の最初期の本文に近い特殊な性質をもっている。そのため、現段階では鶴見大学図書館蔵の色紙の書写年は推測しがたい。

さらに、鶴見大学図書館蔵の色紙に特徴的なのは独自異文が多いことである。いくつか例を挙げる。

逢坂はつきぬ清水も恋人の熱き涙も流るゝところ（関屋）

＊他は二句「関の清水も」。

火の国に生ひいでたればきくことの皆はづかしく頬のそまるかな（玉鬘）

＊他は三句「いふことの」。

身にしみてものを思へと初夏のほたるほのかに青ひきてとぶ（蛍）

＊他は三句「夏の夜の」。

二ごゝろ誰先づもちて悲しくもさびしき世をばつくり初めけん　（若菜下）

＊他は三・四句「さびしくも悲しき世をば」。

ほかにも須磨・松風・少女・野分・東屋・夢浮橋に独自異文が見える。いずれも意味は通じるため、誤記などとは思えず、「源氏物語礼讃」の本文研究にとって興味深い資料と言えよう。

おわりに

鶴見大学図書館蔵の「源氏物語礼讃」二種を紹介し、その特徴を略述した。折帖の方は大正十二年（一九二三）八月の第二次『明星』四巻二号に広告が掲載された「唯だ一巻のみ」の「一大歌帖」に該当する可能性が高い。この前年には当初の方針に反して「源氏物語礼讃」を活字化してもいた。その背景として経済的事情なども想定できるが、同時に何度も推敲を重ねて満足できる作に仕上がったという文学的自負も読み取ってよいであろう。その意味において、この折帖は晶子にとって記念すべき品であったと思われる。もちろん、極めて美麗な装訂という美術的側面からも高く評価できる。

一方、未装訂の色紙の方は年次も贈り先も不明ながら、本文はかなり特徴的で、「源氏物語礼讃」の本文や推敲について考察する際の重要な資料となる。晶子は旅先で揮毫を求められることも多く、実際、昭和六年（一九三一）の懐紙も旅行中に小林政治へ贈ったものであった。昭和の揮毫でありながら、その本文に改作前の初期のものも目立つのは、改作後の歌を記したノートなどが旅先で手元になかったためかもしれない。鶴見大学図書館蔵の色紙が改作前、改作後、あるいはどれとも一致しない独自の本文を多く持つのも、似たような事情によるか。むろん、晶子が熟考して意図的に変えた可能性もあり、今後、精査すべき問題である。

依拠本文

・逸見久美編集代表『鉄幹晶子全集』（勉誠出版、二〇〇一〜二一年）
・市川千尋『与謝野晶子と源氏物語』（国研出版、一九九八年）所収「資料「源氏物語礼讃」」
・伊井春樹監修『与謝野晶子と小林一三』（逸翁美術館（図録）、二〇一一年）
・植田安也子・逸見久美『與謝野寛　晶子書簡集　天眠文庫蔵』（八木書店、一九八三年）
・逸見久美『与謝野寛晶子書簡集成』（八木書店、二〇〇一〜三年）

主な先行研究

・新間進一「与謝野晶子と「源氏物語」」（『古代文学論叢6　源氏物語とその影響　研究と資料』武蔵野書院、一九七八年）
・ゲイ・ローリー「与謝野晶子の「源氏物語礼讃」——宇治十帖の歌を中心に」（目白近代文学7、一九八七年三月）
・市川千尋『与謝野晶子と源氏物語』（国研出版、一九九八年）所収「与謝野晶子「源氏物語礼讃」の成立事情——小林一三宛未発表書簡をめぐって」（初出一九九二年六月）
・伊井春樹『与謝野晶子の「源氏物語礼讃歌」』（思文閣出版、二〇一一年）
・辻憲男「与謝野晶子の源氏物語礼讃」（神戸親和女子大学言語文化研究11、二〇一七年三月）
・伊井春樹「与謝野晶子の『新訳源氏物語』から『新新訳源氏物語』へ——「源氏物語礼讃歌」詠作の背景と意義」（文学・語学219、二〇一七年六月）
・神野藤昭夫『よみがえる与謝野晶子の源氏物語』（花鳥社、二〇二二年）

【編者紹介】
鶴見大学　日本文学科・源氏物語研究所
源氏物語研究所は平成 11 年（1999）設立。現在の所員は 10 名。『源氏物語』とそれに関連する古典籍を蒐集・研究し、その成果を毎年「年報」や貴重書展によって学内外に広く公開している。
ホームページ　https://genjiken.wixsite.com/tsurumi

【執筆者紹介】

田口 暢之（たぐち　のぶゆき）　＊解説・解題
鶴見大学文学部日本文学科准教授。源氏物語研究所主任。

慶應義塾大学大学院博士課程を単位取得退学。博士（文学）。

近年の論文に「特殊な沓冠歌―源俊頼と順徳院を中心に―」（和歌文学研究126、2023年6月）、「『千五百番歌合』の伝本と本能寺切」（国文鶴見58、2024年 3月）などがある。

与謝野晶子が詠んだ源氏物語
――鶴見大学図書館蔵『源氏物語礼讃』二種――

鶴見大学文学部創立六十周年記念
二〇二四年二月二十五日　初版第一刷発行

編者……鶴見大学　日本文学科・源氏物語研究所
装幀……山元伸子
発行者……相川　晋
発行所……株式会社 花鳥社
https://kachosha.com
〒一〇一-〇〇五一　東京都千代田区神田神保町一-五八-四〇二
電話　〇三-六三〇三-二五〇五
ファクス　〇三-六二六〇-五〇五〇
ISBN978-4-909832-88-7
組版・印刷・製本　メデューム